浦东人家

陶玲芬 著

Shanghai literature and Art Publishing House
上海文艺出版社

目录

第一章 / 1

第二章 / 69

第三章 / 147

第四章 / 181

第五章 / 231

第六章 / 255

后记 / 298

第一章

都是做了吃、吃了做的种田人，浦东地方的农民，总归同别地方两样。

奚家宅离市区和县城川沙都有些远。宅上大部分是半工半农家庭，就是男人在外头做厂、女人在屋里种田。也有女人做厂、男人种田的，少数。家中月月有四五十块、五六十块现钞进来，说穷真穷不到哪里去。就算顶苦那两三年，也没听见啥地方饿煞人。不过说不穷也不对，肚皮吃勿饱，大人小人破衣烂衫，屋舍低矮破旧，儿子齐肩的爷娘，想起日后造房子、讨娘子，就会夜里睡不着。解放后生出来的小人，只要不是跌进浜里、塘里，生一个成功一个，小名八弟、九妹的勿勿少。月月进来的现钞，管着一家老小三、四代十来个人的吃用，不容易。老祖宗传下来的田地就是这么多，该掘的早掘了，能填的都填了，土地不是人，生不出子孙。土地也不是没良心，你再服侍得好，风调雨顺的，也只有这点本事、这点力道。像早稻，亩产过了千斤就算放卫星，要再多收七八百斤，人骗人。

大家还是说现在的日子是"芝麻开花节节高"。比比旧社会，确实好得多。再说"楼上楼下、电灯电话的新农村"景象在前头等着，怎不心满意足？女人们在私下里也抱怨：这帮小浮尸要吃要用，苦煞。可生都生出来了，眼前苦，大了就好。只不过小浮尸们要大起来，且有得等。

宅上早些年就数祥生娘子唐引娣会生。矮墩墩的女人，嫁进奚家宅后，肚皮隆起来瘪下去、瘪下去隆起来，三十出头就是五个儿子一个女囡的娘了。可这以后突然停歇，同她差不多年纪的女人后头追上来，肚皮一只只此起彼伏，都有了八个九个甚至十个了，她的肚皮倒是风平浪静。人们猜想是她男人祥生弄的花头，几个嘴巴野些的同唐引娣寻开心，却连个屁也打听不出。唐引娣在奚家宅，就是个"闲话讲勿来，只晓得做"的女人。同她那外号三猢狲、精透精透的老公正好反一反，所以说，"一只馒头一块糕"，老天爷搭好的。

这对夫妻在奚家宅是头挑。祥生是厂里劳模，五八年到北京开全国群英会，同毛主席握过手的；唐引娣因养猪当了市三八红旗手，国庆节胸戴大红花，一早要上人民广场观礼台，前一夜就住在国际饭店。外国席梦思太软，她实在不习惯，只好困到地板上。这事后来竟传得半个上海都知道。不过这都是讲起来光荣的事，平常日子，同宅上人呒啥两样。大家没把他们当了啥，他们也没拿自己当啥啥，做了吃，吃了做，日复一日。

五个儿子一个女儿，唐引娣个个宝贝。老大金龙像煞他爹，从小精怪活络，参军当兵去了，听说部队蛮看重他。老二银龙像娘，厚道忠心，从小是宅上最好的读书囡。他人样长大，力气也大，十六岁的人，站在船头挟河泥，已经老像样了。回乡务农后的第二年，银龙就被选上了大队长。老三铁龙，兄弟姐妹里生得最趣。前年有样板团来招跳舞的，横挑竖拣，倒相中他了，哪晓得最后一关，说两只脚夹拢后哪里不对，不要了。这老三脾气犟柱，书又读不进，还特别会吃，有人笑说：一定是他娘养的哪只猪投胎的。只不过铁龙的一双手，比两个阿哥来事，做啥像啥。老四石龙，三岁那年过继到高桥，寄爹姓顾，是祥生要好的同事，无子女，吃用比自家要好得多。女儿宝凤今年十三岁，帮得上她阿妈了，聪明活络，全说是像了爹。奶末头的小龙，眼下还是小学生。

一

　　正是吃不饱的年月，一早开门，远远近近，老白霜重得赛过落雪。唐引娣在井边汰衣裳，叫铁龙在灶间帮着烧火。

　　灶间黢暗。锅开了，铁龙从描花的大土灶后闪出，拎起厚重的锅盖，用饭铲搅动着粥汤，白白的蒸汽即刻弥漫开来。见四下无人，铁龙踮起脚，用锅铲柄叉下挂在灶壁上的一块已割去了大半的咸肉，极快地切下肥肥薄薄的一片，扔进了翻滚的粥汤里，旋即拿过筷子，顾不得烫嘴，夹起就往嘴里头送——

　　"做啥？！"背后断然一声大喝，铁龙手中的筷子也被劈手打落在地。他爹奚祥生正立他身后，两眼瞪得要吃人似的。自知理亏，铁龙缩紧脖子，却忍不住伸手捡了灶台上的那片肉，飞快塞进嘴里。

"啪"！一个耳光重重掴在他脸上。铁龙眼冒金星，一个踉跄，跌倒在灶边柴堆上，柴梗戳破额角，出了鲜红的血。

"睁开眼睛只晓得吃，猪！！"

铁龙面孔涨得通红，用袖口狠狠擦去额角的血，一声不哼，横眼看着他爹，却故意把嘴里那片半生不熟的肉"呷咕呷咕"地大嚼。

奚祥生被激怒了，"你……你给我吐出来！听见哦？吐了！！"铁龙非但不吐，还很夸张地咽了下去。奚祥生立即脱下一只鞋子，跳着脚没头没脑地来打铁龙。已被逼到墙角的铁龙没了退路，一矮身，操起身边一根粗大的杠棒一横——奚祥生拿鞋的手劈到杠棒上，痛得拼命乱甩，咧了嘴"嘶嘶"地吸气。

老二银龙窜进来，横到两人中间，见铁龙还手持杠棒怒目金刚一样，吓得大叫"放掉！"一面连忙去夺。被银龙的身子隔着，奚祥生打不着铁龙，大骂："你个无法无天的烂浮尸！小赤棺材！人大心大，反了你！"

铁龙挨打，本是惯了的。做坏事、闯祸，不打不过门。多数是一打就逃，做爹的追出来骂两句，也算做了规矩。但今天铁龙手抄杠棒，对自己横刀立马，奚祥生惊怒之极，一个念头从脑子里闪过：小赤佬大了……可大了就这样对爷老头子？手中的鞋底没有再过去，一口恶气哽在喉咙口，从牙缝里迸出一句，"废铜烂铁！"

这句话最戳铁龙的心！铁龙知道自己出生那年老头子刚进了名震上海的钢铁大厂，便给他取名铁龙，意思是要做钢浇铁铸的男人，他认为铁龙这名头比有金有银的两个阿哥的来得实在。铁龙喜欢自己的名字，有次把这写了篇作文，破天荒给老师读了出来。但他还是不喜欢读书，上课捣蛋。老师讲他,他就爬上老师家的屋顶,用一团稻草包了牛屎把落水管堵个紧实,通都没法通,把语文老师气得大哭,再不肯在乡下教书。铁龙因此被学校贴了白榜,得了个警告处分。阿爸回来一顿恶打,骂他是"废铜烂铁!"这事之后,只要有人敢叫他"废铜烂铁",就是揭他的老疮疤,他就会同人家不要命地相打。今天老头子竟又这样骂他,铁龙眼睛血红,手里的竹杠不安地跳动着,面色吓人。唐引娣和宝凤闻声早站到门口,宝凤怕三阿哥吃亏,一把从背后将父亲抱住,唐引娣拾起根细柴枝,边抽着铁龙边骂:"都过十五吃十六的饭了,哪能好这样对你阿爸?!年纪活到狗身上了。"

"他骂我废铜烂铁!"铁龙躲避着,却争辩着嚷。

"自己阿爸,为你好呢!人大气也大。"

"睁开眼睛只认吃,"奚祥生咬牙切齿,"呒出息的东西!"

铁龙眼泪流了出来,额角的血还没止住,他用袖口狠狠擦了,牙缝里崩出一句,"法西斯……"

"说啥?!"奚祥生拔高了喉咙,"再说句我听听!你有本事了?有本事就给我滚!"

"滚就滚!"铁龙猛地扔了杠棒,腰一猫,窜出门去了。

早饭吃过,各忙各的。中午吃饭铁龙没回来,唐引娣嘀咕了两句,特地在灶台上留了碗菜粥,还是锅底厚的那些。立春一过,白天长了,吃夜饭时天还没暗,铁龙仍不见人影。唐引娣也不响,因为灶台上留着的菜粥已经没有了。

第二天早上起身,唐引娣发现铁龙一夜没有回来。她不敢抱怨,想找又抽不出身,邻人突然跑来大喊,说铁龙跟着镇上的学生,到云南去了！奚祥生怀疑听错了，邻人却说得有鼻子有眼，"就是西……啥个纳，是农场，说一个月有廿多块工钱！海元他娘刚刚得知，他同海元还有镇上的同学……这会怕是要到川沙了。"

奚祥生愣住了。

唐引娣和银龙跑出门去，在大队部门口爬上了去县城拉化肥的拖拉机。一路赶到火车站，母子俩在人堆里拼命推挤，朝每节列车的窗户拼命张望，声嘶力竭地叫喊……人山人海，哪有铁龙的身影？

铁龙隔着车窗玻璃，倒是看到了疯狂奔跑着的母亲和二哥，但他故意躲到同伴身后去了。

突然间，开车铃声刺耳地响起，列车一个启动，人群哭声冲天！唐引娣跺着脚大哭起来，但她的哭声淹没在排山倒海的哭喊声里，无法分辨。她不死心，又叫着、喊着跟着开动的火车跑，可怜她个头矮小，屡屡被身后奔跑的人险些撞倒。她前面跑着的一个男人突然昏厥，倒在了地上，唐引娣被他一绊也摔倒在地。不知因为是哭软了还是跑软了，她大口大口地喘着粗气，竟再也爬不起来，眼睁睁望着知青列车远去，越来越小、越来越小，最后连一个黑点点也没有了。

昏倒的男人脸色煞白，人事不省，身边有人围住了拼命地叫着"爸！爸！"唐引娣回到神来，慌忙帮着掐那男人的人中……她怎么也想不到，此人后来竟成了自己的亲家、铁龙的丈人。

这天唐引娣到家后，瘫在小竹椅上，哭得痛彻心扉，"我的亲肉啊，刚刚吃十六岁的饭，人还不及扁担高……做啥跑到天远地远的地方去？看不见、摸不着了呀……"奚祥生听着烦，就骂："哭啥？废铜烂铁，烂浮尸，滚得越远越好！！"

唐引娣突然扑上去，"有你这样做爹的么？自己的亲肉呀！"她的拳头雨点样地捶着丈夫厚实的肩背，"你这吃人饭不做人事的老棺材！你去给我把铁龙找转来……"

奚祥生一闪身，跑进房间把门闩插上，由老婆捶着门在外头骂。他没料到从来都逆来顺受的老婆今天怎么会发疯，自己就从无有过地放了个软档，避开。他拉开老木橱的抽斗，拿出户口簿一翻，铁龙那页上已经有了一个新鲜的蓝色"签出"方章，抽斗里还少了五块钱。不用说，昨天早上铁龙"滚"了之后回来过的。老婆的哭声高一声低一声传进门来，奚祥生想：女人终究头发长见识短，到云南地方锻炼锻炼有啥不好？当年他到上海学生意，才刚吃十四岁的饭。铁龙劳动做事，不比老大老二差，嘴馋贪吃也不算大毛病，一个月有三十多块工资，西双版纳虽说远着点，可是个头顶香蕉、脚踏菠萝、四季如春的好地方。他的命要比两个阿哥好！

唐引娣在堂屋里越哭越伤心，眼门前壮咕咕的一个儿子，去了天远地远的云南，就这么看不见了。街上同去的人，都买好了配给的新胶鞋、新棉毯、新帐子，她的铁龙是要啥呒啥啊！听说路上要走几日几夜，回来一趟远去远来，可她连送也没送着，话都来不及讲一句，都是这铁石心肠的男人害的！同他做了半世夫妻，她突然这样恨他，这样无法忍受，她再不想同他过了！唐引娣边哭边骂，要到公社去离婚，要搬猪场去住……银龙收工回来，顾不上吃饭来劝娘，唐引娣一把推开他，拔脚就出门，宝凤和小龙追着喊着，跟在娘身后。

奚祥生和唐引娣吵成这样还从未有过，四邻惊动，远远近近地围在他家门口看白戏。

老婆造反,不理最凶,奚祥生心里有底。烧了夜饭,吃过,天一黑,同之前所有的礼拜天一样,他拎包一拿,回浦西上海去了。

唐引娣住进猪场,真的给她男人看颜色了,劳模家庭到底也同普通人家一样会吵,还吵到夫妻都不想做了。单调的生活起了波澜,好比看戏,不晓得下头会哪能弄?女人们便有些莫名的激动。劝和的、责怪的、火上浇油的、乱出主意的,把猪场弄得空前热闹。进进出出的人,踏得猪场边小路的草都蔫了。

公社妇女主任和大队妇女主任匆匆赶到,"你们凑啥热闹?惟恐天下不乱是吗?"看热闹的女人们不敢争辩,嘻嘻哈哈地前后溜走了。唐引娣对公社妇女主任哭诉,"……他就是子女不看重!我的石龙,就是他喝饱了老酒后,说啥负担重、养不起,答应人家,让人家抱走了的……解放了,共产党领导,不会饿死人,他还要把儿子送人,这口气我憋了多少年啊……"

大队妇女主任告诉公社妇女主任,那户人家是祥生阿哥厂里的同事、老朋友,没子女,条件比他家要好很多,极是宝贝石龙呢。唐引娣却说:"不管的!我的小囡,吃糠咽菜也要团了一道,看着他们一天天地大……呜呜!"

"好了呀,别哭了!更不要翻旧账、说从前了。"公社妇女主任笑着,"引娣阿姐,我看你还是搬回去吧,饲养场是队里的地方,你住在这里像啥?气味又大得来,啥都不便。"

"我是呒去处呀!人家有娘家,我是无爹无娘无亲人呵……"唐引娣又哭开了。是的,奚家宅人哪个都晓得,唐引娣很小死了爹娘,给人抱走做了养女。在浦东乡下,养女比童养媳要苦。童养媳养大了是自家媳妇，养女长大是人家的人，只不过眼面前多一口饭养个小丫头，打死做死也无人管的。

公社妇女主任不耐烦了，"你看你，倒是越劝越来劲了。劳动模范夫妻吵架，影响多不好？都是组织里的同志，觉悟都高，有啥原则性分歧啦？弄得饲养场像戏园子，让群众说三道四，不是给毛主席丢脸吗？"

唐引娣的哭声一下子被镇住了。

"冷静下来再想想，快点住回去！"妇女主任放心了，微微一笑回身走了，还没出门，唐引娣突然犟头犟脑回了一句，"毛主席没说夫妻不好离婚。毛主席来了，我就要他替我作主！"妇女主任哭笑不得。

夜来，猪场寒冷，顶棚上吊着的那只十五支光赤膊灯泡洋油灯般的幽暗。唐引娣一个人缩在那张似床非床，铺满稻草、放有被褥的大铺上发呆。这铺，是给值夜的人睡的。男人屁股一拍走了，好比打仗没了对手，她有些泄气、有些迷茫。猪场不是家，当然样样不便。宝凤、小龙又哭惶惶地找来，自家的猪、羊、鸡、鸭更一日都少不得她照管，一道做饲养员的菊娣来劝，说这样会越弄越尴尬的。她心里却有章程：离婚，自然是吓吓他的，目的是要他把铁龙去寻回来，只要肯寻，老浮尸定寻得回来！做人向来像头老绵羊的唐引娣，这次真的是横是横了。

这一夜，大风大雨，打响了今年的第一声春雷。"不到惊蛰一声雷，七七四十九天雪花飞"，春播要防冻了。

唐引娣望着屋外的滂沱大雨心神不宁。银龙刚才来过，说管水员毛根去黄楼吃喜酒赶不回来，他替毛根到田里巡水了。家里就两个小的，她真该回去。但母猪黑花，眼下哼哼唧唧的极不安生。黑花还是头一回做娘，黑花一向胆小，万一惊胎早产，要出大事情的。唐引娣走到黑花跟前，俯下身去抚摸黑花鼓胀的腹部，"哦，不吓不吓，是天老爷打雷闪电哩，伲黑花不怕……"但心里却惦着奶末头儿子小龙小时候一打雷就往她怀里拱，比他大两岁的宝凤终究也只是个十三岁的小姑娘……唐引娣觉得自己真的是弄尴尬了。

　　这个大风大雨的夜晚，多少有些异端。黑花头胎早产，一口气生了十四只滚壮的小猪，只只活。到田头去巡水的银龙，桥头救起一个人，是刚刚转来没多久的上海姑娘小杜。小杜本来在贵州大山里插队，苦去苦来。家里人走关系弄到这边来了，说定是给粮管所的某人做媳妇的，也不晓得怎么她又不肯了，大风大雨的从介绍人那里跑出来，过桥时不当心滑进河里，幸亏被银龙碰着。这事在乡下倒是呒啥，见死不救还算人么！这姑娘命不该绝。去年春天，德兴家四岁的儿子在河里沉死了；六月里打谷机漏电，嫁来不到半年的新娘子凤妹触电死掉，肚里都有小囡了呢；再前一年，南浜头一对夫妻搭娘家的拖拉机回来，半路翻车，女的一个头敲扁，男的腰身压得像塌饼……但哪能呢？天下万物，生生死死，从作物到牲畜，一年到头看过多少？乡下人不像城里人大惊小怪。

　　唐引娣不回家，大队妇女主任又来过猪场两趟，说给钢铁厂工会都打过电话了，厂里会做祥生阿哥的工作，她再不回去，有样学样，人家夫妻相打也逃到这里来，猪场成啥地方了？公家的场所，私人怎能说住就住呢？三八红旗手尤其不能带这样的坏头。唐引娣终于彻底没话，只好顺了妇女主任，不尴不尬地回了家。

又是礼拜六，奚祥生像是啥也呒啥地回来了。唐引娣因为屋漏，正好在家忙得四脚朝天，见了他，理也不理。

奚祥生从包里取出几个馒头，放到桌上说："食堂的豆沙馒头，你们喜欢吃的。""阿妈最喜欢吃。"宝凤乖巧接口。唐引娣像没听见似的，心里在骂：儿子被你打出了门，弄点豆沙馒头来哄人？她从来依他，样样都依，这回造反了，就是不依了。"还三不罢四不休了，"奚祥生竟然笑了起来，"你这女人气性大得来。"

唐引娣虎着脸，在屋檐旁边大声嚷着："你去把铁龙给我找回来！"

"想得出！这叫破坏上山下乡懂不懂？上山下乡是毛主席号召的，是防修反修的百年大计。铁龙去的是军垦农场，叫作军垦战士。你以为是走亲眷啊，要来就来、要走就走的？"

唐引娣不响。

"户口都被他自己签走了。户口就是魂，没有户口了，还回得来啊？连这也不懂！"

唐引娣懂的。

"这个不识天高地厚的小浮尸，就是要去吃吃苦头、锻炼锻炼。西双版纳在哪里，晓得么？那是中国最西南角落的边疆！离上海几千几万里远呢。我去找？你想得出的！"

唐引娣只觉得浑身发麻，手脚发冷，赶紧地扶住身边的竹梯。她晓得事情讨厌了。

半个月后，同铁龙一起去云南的海元来了家信。银龙打听到后立即告诉阿妈，说云南那边真心不错，唐引娣那颗一直吊着的心才总算放了下来。

到了西双版纳水利兵团,农民出身的铁龙在一群手不能提、肩不能挑的城里学生中立即鹤立鸡群。连队建在河滩荒野上,生活异常艰苦,特别是没啥吃的。铁龙不怕,工余带着兄弟们打蛇、摸鱼、挖笋、种菜……天天嘻嘻哈哈,活得比啥人都高兴。领导见铁龙在知青中很有号召力,让他当上尖刀班班长。曾因两个优秀的阿哥而相形见绌的"废铜烂铁"这下彻底扬眉吐气,享受着他十六年来从未有过的光荣和自信。

银龙同铁龙通了信,他们的信是通过海元传递的。银龙给阿妈读信,报喜不报忧。唐引娣不识字,把铁龙的来信横看竖看,摸着信纸好比摸着了儿子,然后,她小心地把信折好,藏在只有她自己知道的角落里。

奚祥生再没有在老婆儿女面前提起铁龙,但看神情好像铁龙的事老头子全知道。银龙怀疑被阿妈藏着的铁龙来信,精怪的阿爸看得一封不落。

二

银龙很羡慕铁龙。一样的务农,一样从鸡叫做到鬼叫,铁龙现在算国家职工了,月月有工资、拿现钞,除了离上海远,总比在奚家宅好!而自己,这辈子钉死在奚家宅,想想都要出眼泪。本来,他能一步登天的,复旦大学去年秋天来招试点生,大队推举了他,说再没人比得过银龙是块读书的料!这话不错,银龙叫名五岁那年的春三月,一滑脚落进一人深的鱼塘,要不是小手死命扯牢塘边的一蓬野草,差一点送了命。

唐引娣正怀着石龙，肚子已经老大，两岁多的铁龙交给了五保户阿奶，银龙无人照管，唐引娣只好叫他跟了阿哥去小学校。小学校就在奚家宅的老祠堂里，屋漏，桌椅破烂。三个年级廿来个小囡，高高矮矮的坐着，老师一个人轮着教，叫复式班。这里四周关不煞，鸡、狗进进出出，做阿姐的背着小弟、带着小妹，坐在后排墙脚边哄着弟妹听课，实在吵不过了，就领出门去，听到多少是多少。没想到小小的银龙坐得住，没书没簿的，都听进去了。第二个学期，就同阿哥一样发到了书，唐引娣拆了条土布作裙，缝只书袋给他，从此一路读上去，一路的全班第一，小学毕业保送川沙中学，成绩照样是头挑。都说奚家宅要出状元了，可中学刚读一年，"文革"了，两兄弟只好一道回乡赚工分。金龙后来参军走了，过一年，银龙也去体检，他有近视眼，都是喜欢看书害的。现在要去读大学，银龙开心得要死，无论出身还是表现，自己"根正苗红"，舍我其谁！哪料公社这关没通过。革委会主任老严说，奚家大队是支"3860"部队（妇女儿童），大字不识一个的中老年妇女是主力。有文化、有能力的年轻人再一个个走光，这里农村还有啥希望？老严还说，留下来就是革命需要，银龙是党员，要顾大局识大体，个人利益服从集体利益。

那夜，银龙听他爹在同他娘说，老二以后再要出去，难了。

唐引娣说这是命，要服。可银龙就是不服。全国农村"农业学大寨"，穷山恶水的大寨，靠战天斗地；奚家大队人均不足一亩地，要战、要斗都没得对象。靠这块不晓得传了几辈人的土地，吃饭人一年比一年多，工分值就一年比一年低，只好靠买返销粮填肚皮。后生们哪个不是"手捏锄头柄，眼望高烟囱"——只等厂家来招人，从这里走出去。银龙和大队一帮年轻人动足脑子，到处托人打听，前前后后用了一年时间，终于办了一家小得不能再小、连名字也没有的螺丝加工厂，厂房就在旧仓库里，弄到两部人家淘汰下来的小车床车头，底座是砖头砌的，拆掉一副有人从前备着的寿材，在厚实的棺材板上装好车头，专门加工市区没人要做的非标准件螺丝。利薄，小工厂第一笔业务，收入三十五元。三十五块钱，抵得五百斤麦子，等于两亩地半年的收成啊！

真是机器一响，黄金万两！奚家宅人奔走相告，他们都晓得算账：做十天，就好比队上多了四亩地；一个月就等于多了十二亩地，一年下来，等于多了一百四十来亩田地。大伙儿正盘算着"鸡生蛋、蛋生鸡"，有了钱，再添两台新的机器，叫它日日夜夜地开，然后……

银龙一直担心发生的事，终于还是发生了。上级领导把他找去，说有革命群众举报：奚家大队办小工厂，在铜钱眼里蹿筋斗，属于阶级斗争新动向。而且，小工厂是"地富反坏右"子弟掌握了实权。

银龙据理力争，没用。小工厂只得关门落锁，连买机器的本都来不及收回。

奚家宅人议论纷纷。

县革会的路线教育工作组正在此蹲点呢，学大寨最主要是学"思想领先、政治挂帅"。奚家宅几次召开现场会，银龙被抓了典型，大会小会上作检讨，被批判。他大队长身份也被撤掉了，要不是老严一直帮着说话，差一点还被党内警告处分。银龙从小到大一直撑的是顺风船，又委屈又伤心。上次大学去不成，他难过，暗里却觉得是自己表现太好，成了接班人苗子，虽然走不了，但好好争取，还可以一步步被提拔重用。这下成了走资本主义道路的典型了，属于表现太坏，有此污点，前途渺茫!

银龙苦闷,无处可说。父母面前,说也无用;大队班子里的年轻人,就算同情,这种属私心杂念类的不满和牢骚,也暴露不得。他憋在心里,走进走出,面色难看。

但有个人在悄悄关注着他,默默地同情着他,银龙的委屈和不甘,在整个奚家宅只有她最懂。这就是小杜,大名杜慈心,正是那个被银龙雨夜从河里救上来的上海姑娘。初来乍到,小杜对奚家宅的一切都十分敏感,何况是她的救命恩人。从宅上人没头没脑的议论中,她了解了小工厂关门和大队长罢官的事,但自己只是一个外来人,脚跟没立稳,不好多响。

小杜有小杜的心事。奚家宅和小杜差不多年纪的姑娘,个个简单得如白纸一张,而小杜,已经是一身惊心动魄的故事了。她晓得,瞒得住的是自己以往的经历,她的出身、她那非比寻常的家庭,总有一天会在奚家宅传得风风雨雨。所以,她总是低着头,问一句讲一句,哪怕是在最不用设防的唐引娣面前。

唐引娣觉得小杜不响,那是她的人性。老天爷让各人各性,就像她的五个儿子,一只肚皮出来、一只镬里盛饭,脾气就不一样,连过年过节的吃,有的要吃馄饨、有的要吃圆子。

猪场人手不多,小杜就跟着唐引娣干活。猪场臭,气味老远就闻得着,特别是那几只洋种大白猪,骚气重,屎尿腥。但小杜肯忍,从不抱怨,那猪屎猪尿混合着热烘烘猪食的气味,甚至使她有了一种莫名的安全感。面前的唐妈妈,看得出是个难得的好心人,处处照应她,从不挑剔和为难自己,杜慈心实在老知足了!

猪场一落雨就东漏西漏，春寒料峭，阴冷的猪场同在露天差不多，手一湿，十只指头冻得又红又痛。雨大，大田组的人不出工，可猪猡要吃要拉，在猪场做的人，一年到头没得休息。猪场除了唐引娣还有两个饲养员，菊娣和品芳。杜慈心刚来时，她们蛮高兴，小姑娘生得"趣"，浦东话里，"趣"的意思就是漂亮。可惜身子瘦骨伶仃。女人瘦，总归不灵，特别在肚皮吃不饱的年月，大脸大福的才讨人欢喜。唐引娣教小杜做这做那，小杜啥都做不像，菊娣和品芳就抱怨：说起来多了个人手，还算青壮劳力，身板这么单薄，力气一点没有的，派不了用场！

日子长了，和小杜东拉西扯的，晓得了她本来在"地无三分平、天无三日晴、人无三分银"的贵州大山里插队落户，爹妈都没了，上海有个外婆，还有个阿姨。阿姨能干，是她相帮把小杜弄到浦东来的。

猪场都是女劳力。傍晚，银龙会帮他阿妈来挑水冲猪圈，银龙力气大，从河里舀起满满两桶水，不用肩胛挑，一手一桶拎进来，用力朝猪圈里"哗"地一倒，摧枯拉朽之下，灰白光洁的水泥地面顿时露了出来。女人们的扫帚就跟着银龙的水，角角落落扫得清清爽爽。

银龙从不主动和小杜说话，小杜看见他，也总不好意思地低了头。

三

天暖和起来了，桃红柳绿。黑花下的猪崽们早断了奶、分了圈，长成五六十斤的架子猪。这一天，又一头母猪大白要生了，小杜陪着唐引娣值夜，外头正下着暴雨打着大雷，似回到数月前的那个生死之夜，她不由神思恍惚起来。唐引娣也想起了那夜，银龙把小杜从冰冷的河里捞起来，小姑娘半夜发烧，烧得滚烫。唐引娣烧了个火盆守着她。后半夜，小姑娘突然叫起来，"血、血！姆妈……"她的双手在空中乱抓。唐引娣连忙扑过来捉住她的手，"阿妹，阿妹，不怕！"

"……血，还是血……"迷迷糊糊的小杜死死捉住她的手，唐引娣觉得她是受惊吓、发高烧说胡话了。今天说起那日的事，小杜忍不住就哭了，说那天她收到电报，天没黑离开村子，举着火把赶夜路，天亮后走到拉甲坝，坝上有头班车开往县城，在县城上了去省城的长途车，到贵阳天已擦黑。又两天三夜，才到了上海。医院急诊间里，妈妈脸色白得像张纸，嘴里插了三腔管，已经不能说话。小杜这才得知早患有肝硬化的妈妈因为门静脉高压大出血，抢救数天。她半昏迷中强撑着，只为见上女儿一面。

"我拼命叫姆妈，她睁眼看我，不断流眼泪。眼睁睁看着她上面吐血，下面拉血……鲜红鲜红的血……一盆盆的血……"小杜失声痛哭，身体颤抖不停。

唐引娣一把抱住小杜，拍着她的背，"不哭不哭。我爹娘也老早没的……五岁，一点记不得亲爹亲娘……啥样子。"

同病相怜，她们哭到了一起。

小木窗外的雨像是小些了，雷声却还在远处打滚，有闪电不时划过，照见那头待产的大白此刻倒是呼呼地睡得沉。漏雨处接水的洋铁皮盆和木桶，叮叮当当地仍在奏着交响乐。灯光昏黄，小杜依偎在这个母亲似的给了她温暖的女人怀里，终于平静下来。

第一章 | 19

又是周末。奚祥生今天回家特别早，特别地高兴。原来厂里的一个炉子坏了，关炉停火好些天，还是滚烫得进不去人，提早一天生产能多炼多少钢啊！奚祥生带领他的徒弟们向厂党委请战，并立下军令状，坚决要求进炉抢修！今天一早，一队斗志昂扬的精壮后生将石棉装备从头到脚浑身披挂个严实，再在背上盖上几层粗布大麻袋，临进炉门时，一手托了旁边递过的、四周刮好特殊水泥的耐火砖，一手执泥刀，被从头到脚冲上几大桶冷水，裹一身水冲入炉内，火速砌上砖，逃一样地出来，即被兜头浇上几桶冷水，甩去直冒白烟的麻袋，赤红着脸大口喘气……厂长、书记和车间主任全到场了，工会还搬来锣鼓家什助阵。人到中年的奚祥生没有冲入炉内，他手执秒表，是现场的总指挥。如此一人一砖，连续作业，十来个精兵强将轮换，很快把已脱落损坏的炉膛修好了。

全厂轰动。整个冶金局轰动。

夜饭桌上，奚祥生连说带演的，绘声绘色向儿女、老婆诉说着。银龙毕竟已经成人，且在一贯严肃的父亲面前早已不习惯动容；宝凤和小龙，就拍手拍脚，毫无遮掩地表示了对父亲的崇拜。唐引娣在一边不认识似的看着老公，跟这男人过了半辈子，她还是头一回看见他这得意的样子呢！五八年到北京开群英会，都跟毛主席握了手、同周总理喝了酒，高兴是高兴，也没见他这手舞足蹈的样子！唐引娣晓得绰号"三猢狲"的男人性子活络，但他在外头有说有笑，回到屋里却总是一本正经板着一张面孔，动不动骂人发脾气。凭良心说，他是顾家的，屋里的大事，都由他管，就是对子女不看重。还有呢，别人家夫妻有话有商量，他同她，没有的。奚祥生今天确实开心，他觉得自己终于出了一口恶气！前几年，老厂长被打倒时，有人说他是"走资本主义当权派"搞"唯生产力论"的黑干将，当了造反派头头的徒弟还批他"埋头拉车，不抬头看路"，弄得他香喷喷的一个劳模，变成了臭烘烘的缩头乌龟。他气啊！只不过没同老婆说，说了，她弄得清爽么？怕只会瞎担心。今天，一度威风扫地的金瓦刀到底扬眉吐气了，他向全厂人宣告：奚祥生和他的徒弟们都是响当当的英雄汉、钢厂的主人公！

　　唐引娣炒了两把黄豆给男人下酒。奚祥生边喝酒边仍在同儿女们说着抢修的事。唐引娣见他舌头都大了，忍不住说："你今朝话多得来……"奚祥生说："你不懂！龙生龙，凤生凤，不让他们听听外头世界的事情，眼光不过奚家宅这点大，只会垄烂泥死做，到老死一个苟头缩颈的农民——总巴望他们比爹娘有出息吧？"

　　银龙还是来猪场帮着挑水冲猪圈。一连几天落雨，地上烂泥滑脚。不晓得怎么一下，他脚下一滑跌倒，扁担飞了、水桶摔了，一只手臂撞在墙角，痛得不由得"啊"出一声。小杜听见响动，赶紧出来，见银龙已经起身，手腕擦破一大块皮，流着血，忙他去自己屋里抹红药水。银龙觉得不碍事，唐引娣心痛，推着儿子进去。

　　银龙第一次进了小杜的屋子。这本是猪场柴草间拦出的一角，隔壁至今存放着柴草、饲料和猪场一些不用的东西。这儿离猪场后门不过廿来步，还闻得着猪场糖化饲料飘来的气味。小杜的房门口搭了个小披屋，放了水缸和烧饭的一应家什。

　　银龙坐在房门口的秧凳上，由着小杜给他清洗、上药。这地方他自小再熟悉不过，但眼下却觉得陌生：原本的泥地洒了生石灰，虽说还是高低不平，却整洁干爽。四周裸露的墙砖和顶上的瓦片被小杜用淡绿色的薄纸遮了、糊好，门窗也用油漆漆过，一块小小的碎花布作了窗帘，清清爽爽。北面一张挂了白纱帐的竹榻，洋布被子叠得方正，透着闺房的神秘气息。

小杜冲了一杯滚烫的麦乳精送到了银龙手里，"大队长，你救了我，我都没好好谢谢你。"银龙连忙摇头，脸却立即红了。因为，他的眼前突然闪现了小杜一对从白布乳罩中蹦出来的丰满乳房……心慌意乱间，银龙连忙低了头，再不敢看人家。原来是那天夜里，他救起掉落河里的小杜跑进猪场时，并不知道那是个什么人。唐引娣正给黑花接生，走不过来。银龙手忙脚乱地从烧饲料的大灶上取下铁锅，把人伏倒在锅上。灯光太暗，这人穿着宽大的黑色橡胶雨衣，面目不清。银龙的手用力压她的后腹部。很快，那人嘴里吐出一汪水来，头也动了动，银龙这才松了口气。

"把衣裳脱光！用热水给他擦！用力擦暖！黑花……用力！你肚里还有呢，做娘不容易咯……"唐引娣一边关照临盆的母猪，一边指挥儿子，"银龙，你要是擦不暖，就抱牢他，心口贴心口。"

银龙忙拿过热水瓶，往破木盆里倒上热水，然后去脱那人衣裳。灯光依稀，那人动了一下，脑袋一晃，被锅灰弄得乌黑的脸下，露出一段雪白的脖子。银龙连拉带扯为他扯掉了雨衣，绞了热毛巾来给他擦洗，唐引娣在那边伸长脖子喊："焐心口！心口！"

银龙便把那人翻转过来，匆匆解开前面的扣子，衣襟一拉，少女丰满的乳房从白布乳罩下跳了出来。银龙一惊，失声叫道："啊！"

"怎么了？"唐引娣忙问。

"是个女的……"

"管他男的女的，救命要紧！有气没有？"

"阿妈……"银龙还是犹豫。

"不碍事！"唐引娣吼道，"快，帮她擦，擦暖！"眼见姑娘气若游丝，银龙只得用热毛巾擦洗少女的胴体，他的手在颤抖，耳热心跳。

黑花那边大约完事了，唐引娣急吼吼地抽身过来，一看是个年轻女子，一把用满是母猪胞浆水的手推开儿子，"锅放回去！帮我大火烧。天太冷，热水不够的！"她把姑娘拖到灶膛边，解开棉袄一把将她揽入怀里，随手拨旺灶火，命银龙去照看黑花母子。银龙给黑花喂着热粥，目光忍不住往这边看。灶火爆裂着，烧得极旺。闪烁的火光中，姑娘湿漉漉的乱发下满是锅灰的脸被擦洗干净，原来生得很"趣"……

在唐引娣怀里醒来的小杜当然什么也不知道。今天见银龙这样不自然，小杜只当他在女孩面前害羞，静静地笑了，问："手上还痛吗？"

"不痛了。真的。"

"你为啥不喝？这叫麦乳精，没喝过？"

"喝过，在薛老师那里。薛老师也是你们上海人。"

她拿过一个铁皮小罐，取出一块点心，"那这个你一定没吃过吧，哈尔滨的蝴蝶酥。"

"没有，东北的东西。"

"啥东北呀！"杜慈心开心地笑了起来，"哈尔滨，淮海路上有名的西饼店好哦？你尝尝，奶油味特别特别浓！我从小就……"她突然敏感地意识到：对于从小生活在贫困乡间的银龙，不该这么说。"喝麦乳精呀，趁热。"

银龙这才喝了一口手中杯子里的奶褐色汁液，一股浓烈的香甜带着温热顷刻弥漫了他的全身。咦，怎么同薛老师那儿喝过的不一样呢？他不知道这是因为杜慈心泡得浓的缘故，然后，他尝了一片蝴蝶酥，满嘴是陌生而诱人的奶油味。杜慈心微笑着看他，目光是那样温暖，她突然轻轻地说："我知道你心里委屈……把小工厂关掉，不对的。"银龙不响，却突然想哭，想同面前的女孩说许多的话，想一直待在这个小屋里再不出去……但他只摇了摇头，走了。

在后来很长的时间里，银龙嘴里像是一直有股甜甜的奶油味。夜深人静时，一片素胸会不由自主地在他眼前闪现，这令银龙感到了一种羞耻感，他狠狠地自责。他觉得自己在堕落，叮嘱自己在逆境中要坚强，要经得起风雨，但还是不由自主地找各种理由去猪场，名义上帮阿妈她们干活，其实，他想要看见小杜。但见了小杜，他又心虚，不敢多同她说一句话。

四

奚祥生回到家，刚进门，就一屁股坐在八仙桌前的长凳上，脸色难看。唐引娣问他有啥不适意，他有气无力地告诉娘子：老顾死了。昨天，行车上的一根钢索不晓得怎么会绷断的，吊件一个晃荡正好敲着老顾的头，救命车开到时，老顾已经没救了。

老顾就是石龙的寄爹。石龙五岁那年中秋，奚祥生与厂里同事喝酒，大家说他工资高、日子好过，奚祥生说他孩子多，正愁养不活。师弟老顾一直无囡，眼看近四十了，正动领养的脑筋，说："你嫌多？

送我一个就不肯了。"奚祥生已醉，回说："哪能不肯？"当场答应把老四过继给老顾。酒醒后奚祥生后悔了，但答应了的事死活要做到。唐引娣同他吵、对他哭，终究犟不过。石龙到顾家作为独子，吃穿自比在奚家宅好得多，唐引娣慢慢放下心来。谁知没出两年，多年不养的老顾娘子倒是有了，接连二胎女囡，今年肚皮又鼓了出来，再过两个月就要生了。老顾娘子这回肚皮尖突突的，同前两回完全两样，都说准定是个男囡了。如果老顾娘子这回真生个男囡，唐引娣就缠着男人去把石龙接回来。奚祥生真的去同老顾说了，老顾他们倒答应了，唐引娣心里开心，连宝凤、小龙，都欢天喜地地张口闭口四阿哥回来如何如何。

第二天一早，唐引娣跟了男人到高桥去吊丧。

顾家的屋里屋外已满是亲眷朋友，身怀六甲的老顾娘子正哭天抢地、悲痛欲绝。披麻戴孝的石龙和两个妹子六神无主地站在阿妈身边陪着抽泣。

孤儿寡母，不忍目睹。

锡箔燃起的青烟里，唐引娣拉过石龙来到一角，流着泪对他说："石龙，我的乖囡！阿妈不好接你回去，寄爹没了，顾家当门立户的男人就是你了。"

十五岁的石龙全不懂"当门立户"的意思，在突如其来的灾祸面前，他只会扑在亲娘怀里呜呜地哭。唐引娣紧紧搂住这个早就不属于他的骨肉，心碎成了片片。

老顾娘子太过悲伤动了胎气，当天见了红，来不及送医院就早产了，果然是个儿子，实在太早了，孩子很小，好在还会猫一样哭，唐引娣就留在高桥照顾,没有回来。

一大早,杜慈心从银龙家后门口走过,发现宝凤拎着大马桶出来,立即放下手边的东西赶上去,"我来帮你、我来帮你!"

宝凤大笑,"你会倒马桶啊?"

"哎……"杜慈心有点不好意思了。

"我已经倒好了,我老早就会倒了。小杜阿姐,人家说,你不用马桶用痰盂的。你们上海人都用痰盂不用马桶?"

"我们用抽水马桶,雪白的陶瓷,用完放水一抽,清爽。"

"啥叫陶瓷啊?"

"吃饭的碗就是陶瓷呀。"

"啊?马桶做成像大饭碗一样?"

杜慈心忍住笑,一时不知道该怎样描述,"下次回上海带你去我家,你一看就明白了。"

宝凤惊喜地说:"真的?我还没去过上海呢!"

"到了上海,我带你去吃三鲜小馄饨,还有生煎馒头、酒酿圆子……"

宝凤却摇起头来,"阿妈要骂的。"

"那我买奶油蛋糕回来给你吃好吧?奶油小方,上面有一朵奶油做的小花,又好看又好吃!"

"好呀!小杜阿姐,你们上海人家都用抽水马桶呀?那雪妹阿姐怎么一来就用马桶的呢?"

宝凤说的雪妹阿姐指的是大队支委张雪妹。雪妹的太太(即曾祖及以上的先辈)就是奚家宅人,大大(即爷爷)那辈起到上海当了码头工人，天天掮根杠棒到码头门口领竹签接生活，从外洋轮上扛包走"过山跳"，据说身坯扎足、力大过人，慢慢地就在其昌栈买下地皮安了家。因为娘做纱厂，一年到头三班倒，雪妹十多岁就当了家，中学毕业时正逢上山下乡"一片红"，她"过房"到奚家宅，给勿曾生养的三阿叔做了"过房囡"。浓眉大眼的雪妹是个"黑里俏"，去年春上有电影厂来招学员，被人家一眼瞄中，说是活脱脱一个铁姑娘，拍电影都不用化妆的。可她到处躲，白白废掉一个跳龙门的机会。因为她从小在家门口的给水站挑水，雪妹下得乡来，一担湿谷上肩，走起路来一阵风，倒比一般男人家不差。稀奇的是女红针指类细巧生活，她也样样拿得起，就是心直口快要得罪人。小杜刚进猪场时，作为大队知青小组组长的雪妹主动来找小杜。她就是想看看：出身这么恶劣，居然有办法从外地弄进上海郊区、背后"花头"不是一眼眼的人，长得啥样子！一见面，雪妹对这个弱不禁风的嗲妹妹绝无半点好感，所以就冷冰冰地说："我叫张雪妹，是大队知青小组的组长。你的情况我都知道，出身不由己，道路自己选。党的政策，你应该懂。"

"嗯。"小杜应了一声。她感觉到对方的口吻居高临下、寒气逼人。又不是头一次经历，她想起简·爱，心底就冒出一种自尊的傲气。

雪妹立即感觉到小杜看似谦卑的神态中有一种东西，似在挑战着自己。这种东西，她也不陌生。上海过来的女知青，本公社有好几位，开大会碰着，她们团在一起，用上海话叽叽喳喳、嘻嘻哈哈。她们的举手投足、一颦一笑，要比她更自信、更活泼，就连她们的衣着，哪怕打了补丁，哪怕让太阳晒得看不出本来的颜色，也和她的有一种说不出的两样。上次她穿了件新的枣红色小花灯芯绒两用衫，奚家宅人都说"趣得来"，她们却当着她的面说"乡气"，还捉住她上海话里的浦东口音，夸张地学着玩……反正，在这些上海姑娘眼里，住在其昌栈的张雪妹，就是一个乡下人，在她面前，她们有着一种莫名其妙的优越感。雪妹不买账，却又有些莫名的气短。今天，难道连见人矮三分的杜慈心也……她站起身来，甩下一句"你要对得起大队长救你的恩情，踏踏实实劳动"，走了。

杜慈心笑笑，连句"有空过来坐坐"也没说。

宝凤见小杜不回答，就追着问："小杜姐姐，你在上海的时候，同雪妹阿姐认得吗？"

"上海人山人海的，哪里会认得？听说她家在其昌栈，这地方有个轮渡码头，危棚简屋的，比奚桥镇大不了多少。"

"咦！上海，不都是高楼大洋房吗？"宝凤大为意外。

"宝凤，你真的应该去上海看看！"

五

再过一个礼拜，奚祥生接了老婆回家来，一路上遇着宅上的人纷纷告诉他们：宝凤把个家当得有模有样，这个心灵手巧、看啥会啥的小姑娘，日后会不得了！

奚祥生坐在桌边一口一口咪着老酒，对娘子说："嘿，老天有眼，我这一个女儿啊，生得趣，偏偏又聪明，从小讨人喜欢。"

"她脾气臭，有种出种的。"

"去年发年终奖,不是买了两斤粗绒线吗?叫宝凤给老二织件毛线衫。"

"瞎糟蹋东西!才十四岁的人,从来没织过。"

奚祥生从鼻头里不屑地"哼"出一声,"她织出来的,肯定比你织的要好!"

"吃你的瘟酒吧——宠得她骨头没三两重了。"唐引娣这么说着,脸上可是笑着的,男人特别宝贝这个独养女儿,奚家宅啥人勿晓得?

宝凤抱着两斤还包着店里商标纸的新毛线,在门口的太阳下喜不自禁地看着、捻着。"宝凤,你娘说你织不出来,说糟蹋了好东西哪。"奚祥生眉开眼笑地望着女儿说。

"我叫雪妹阿姐教!她织的绒线都是上海的新花样。"

"看看!脑子会动哦?织得不好么,怕啥?好拆掉重来的。"

"阿爸呀!等二哥的这一件织好,我把你的一件拆了重织,现在流行鸡心大叠领,老好看的。"

"阿爸要啥好看呢?"

"要的,要的!人家说,你年轻时喜欢唱戏,台上扮相趣得来!"

"要不要唱两句你听听?"不等女儿开口,奚祥生就唱了起来,"新春三月草青青……"

雪妹惦记着宝凤织的毛衣该开袖窿了,趁夜饭后无事,她就跑了过来。宝凤果然正在灯下织着银龙的毛衣,但那件毛衣的变化着实让雪妹吃了一惊,不由叫了起来,"你织的啥?我教你的全拆光了?"

"这是阿尔巴尼亚花,又叫扭扭针,"宝凤有些不好意思,"小杜阿姐说，这是上海现在最流行的花样。你看，是不是蛮洋气的。"

"我原来教你织的元宝针，厚实！织得好好的，拆它作啥啦？"

"起头针数多了。都说元宝针会横阔，越穿越大，二哥也说不要太厚……他喜欢这个花样嘛。"

雪妹脸色不好看了。

银龙去猪场晚了，只有杜慈心一个人在。照例地挑水、冲猪圈，银龙不开口，小杜也不多说什么。银龙突然发现墙角的草堆里有本很破的书，他拿起看了，是本高中语文书，但前三分之一已被撕光，后几页也残破不全。第一页竟是课文：莫泊桑的《项链》，他立即放不下手了。小杜说，去街上收泔脚的时候，饭店师傅正用它引火，她讨来的。她问银龙是不是也喜欢看书？银龙说是，要不是迷书看，眼睛也不会近视，早参军走了。小杜说她从小喜欢看书，家里有好多小说，因为妈妈爱看，可惜……没有了。银龙笑笑，没接口。

"我们家的事，就是我的出身……"小杜支吾着。

"出身不由己。重在表现。"

小杜便明白，她的情况，他是知道的。银龙见小杜有些沉闷，就岔开了说，"薛老师，就是那个上海老师，肯借我书看，他说要看书是好的。我从他那里借了《青春之歌》《红岩》《三国演义》，好多好多，还有苏联小说，不过现在都要批判了。"

"……我有一本泰戈尔的《飞鸟集》放在外婆家，没有被……我喜欢泰戈尔，全世界都知道的大诗人。'生如夏花之绚烂，死如秋叶之静美'，灵哦？"银龙显然不知道泰戈尔，他急切地说："那你借我看！我也有本《聊斋》，中药店里的老师傅的，要看吗？"

两个人突然为找到了共同的话题而兴奋，距离逐渐拉近。说着讲着，不觉天早黑透了，银龙要回家，小杜同他一起出来，低头说道："我就知道，在奚家宅，你会是同我最谈得来的人。"

银龙笑了。走在回家的路上，他就想：为啥他会同小杜谈得来呢？奚家大队学生出身的年轻人多了，别的不说，张雪妹，一样的上海姑娘，说话一刮两响、做事手快脚快，但在她面前，银龙就从来没有在小杜面前的感觉。自小工厂弄起来后，到阿妈面前提亲的人不止两三个。阿爸说二十刚出头，勿急。可阿妈觉得自家穷，儿子多，房子又没有，有人家看中，不容易。银龙才不愿像宅上那些男人家，人在上海做厂，礼拜天才回奚家宅这个老窝。阿爸讲的，有机会出去，就在上海成家，但银龙心里有了个小杜，蒙蒙眬眬间，他觉得自己的老婆就该是小杜，哪怕走不了，也无所谓了！

小杜再回上海时把那本《飞鸟集》带来了。夜深人静，银龙独坐灶间，把十五支光灯泡用报纸圈个深筒罩了，一束明光，清夜静好。

银龙捧着书，慢慢地、细细地看，一字一句地读："你微微地笑着，不同我说什么话。而我觉得，为了这个，我已等待得很久了。"他顿时心跳起来——这个印度老头怎么这么会写呢？莫非他也遇到过一位小杜般的姑娘？银龙觉得心里暖极了，也快乐极了，他知道那种美好的东西叫爱情。之前，他从书里看到过也向往过，没想到的是，它就这么突然地来了！

六

大队支委开会时，公社知青办正好来电话，询问奚家大队知青在农忙中的表现。接电话的是银龙，他回答了一连串的"好的，好的，都好"，放下话筒，雪妹就笑，"都好？和稀泥！"

银龙说："对了，你是组长，该你说。"

"我说？我怎么说？你是贫下中农呀！我自己也不过是个再教育的对象。再说，那劳动表现差的，你又不是没看见！"

"谁啦？我没看见。"银龙当然知道雪妹话里"劳动表现差"指的是谁，却故意这么说，他以为雪妹不会当着这么多人给他难堪。

"还有谁？猪场里的！有人反映：身上没三两力气，铲个猪塯，两只脚轻飘飘的，像是在跳舞。"

"五个指头伸出来还不一般齐呢，不能统统像你吧？能力有大小，人家又没有偷懒。"

有人打哈哈说："啊呀，像雪妹这样的铁姑娘，别说奚家大队，全公社也找不出第二个的。""铁姑娘以后要配个钢男人，一户钢铁人家噢！""那小囡就是钢铁合金？"

"要死啦！"雪妹骂着，捡起桌上吃剩的芦粟秆向他们扔去。

笑闹间，话题是被扯开了，但雪妹心里隐隐不快。是的，她后悔自己嘴巴又一次太利，不该多说那么一句，但银龙对小杜明目张胆地袒护，当着大队干部们的面驳她，太不给她面子！雪妹心里更想不通的是：奚银龙，你为什么要护一个出身反革命的嗲妹妹？就算你从河里救过她，难道到现在还要做她的保护神？莫非……莫非你对她有意思？天啊！一个反革命的女儿，不至于吧？

银龙与雪妹，是奚家大队支委中仅有的两个年轻干部，都有文化，又都在全公社年轻人中排得上号，怎么说也该是"战友"了，但两个人偏偏合不拢，关系一向微妙。雪妹正义感强、主意也大，喜欢充大好佬；银龙从小就是奚家宅"小浮尸"们的榜样，却低调少言，对强势激进的雪妹退避三舍，更不习惯女人对他说三道四。两人为工作的事争过几次，还吵过一回，弄得全大队都晓得。一向对雪妹和颜悦色的三婶婶为此骂了她，连弥勒佛样的三阿叔也说："小姑娘嘴巴太利，勿好的。"雪妹心里实在不买账：你们乡下，小姑娘只配缩在壁角落里不响。我张雪妹从小受的是"妇女能顶半边天"的教育，嫌我敢闯敢干没人要？老实说，我张雪妹才貌双全，还看不上奚家宅的男人哩！

路线教育结束后，老严暗示小工厂可以重新开工。雪妹立即主动"汇报"说：上海厂家任务重呢，一直忙不过来。工人老大哥既然相信伲、要伲帮忙，工人老大哥的事就是伲贫下中农自己的事啦！这么一来，加工螺丝非但不算走资本主义道路，倒成了"工农联手一家亲"的好事了。

小工厂又开张了，银龙也因"检查到位、教训深刻"而官复原职。他来猪场的次数大为减少。但他十三四岁起帮阿妈干活，早已习惯成自然；另一个，他与小杜把书借来借去的，熟了，常常从书里谈到书外，何况爱情在银龙心里生了芽，几天不见，想。这天傍晚，银龙挤出身来到了猪场。三个中年女人见了他都说："你这么忙，这里的事就不要管了，我们多跑两趟河浜边就是了。"银龙说"不碍的"，走到一边去拿水桶，目光却在寻杜慈心，见她在，就主动走过去，拿出一本薄薄的《唐诗三百首》，说是借来的，想抄，没时间，要小杜帮个忙。小杜接的时候，小声说："正要去找你呢！今天我生日，一会去吃蛋糕。"

银龙进了小杜的房间，见一只碗大的发糕放在小桌上，就说："生日吃蛋糕，洋派的。"

杜慈心笑了，"蛋糕是这样子的么？这是面粉发糕！不过我打了两个蛋。有蛋的糕，也好叫蛋糕的。"

"上海人过生日都要吃蛋糕？"

"小辰光，过生日年年吃。后来……"小杜的口气有些伤感，"今天我二十岁了。"

"我是不是要说：祝你生日快乐？"

杜慈心竟叹了口气，幽幽地说："我外婆讲的，做人一世，不如意事常八九。所以生日那天，才要说快乐，要这一天开心。"

"你外婆说得出这样的话，她有文化吧？"

"我外婆……生了七个小孩，除了我妈和最小的阿姨，都没有带大。我外公走的时候，外婆三十岁。她经历过太多的事……好像一辈子都不顺，不过，她看得开。今天，外婆一定记得是我的生日。"

"我从来没过过生日。肚子饿了，让我尝一块。"

"急啥？还没许愿，还没吹蜡烛呢。"杜慈心把从街上买来的两根白蜡烛用火柴点了，小心放在"蛋糕"两边，然后闭上眼睛，双手握拳在胸，像是在祈祷着什么。

银龙满是笑意地看着小杜，这以前，他从不敢这样直面她。现在，她闭了眼，再不怕她从自己的眼睛里发现他心里的秘密……跳动的烛光下，小杜又长又密的睫毛遮住双眼，她的脸庞洁净水润，似有一种圣洁的光亮……银龙心跳得厉害，他有想要抱住她的冲动，但他克制着，不敢造次。突然，他发现小杜的脸上显出了忧伤，有一颗泪珠挂在她的睫毛上。"小杜！你……"

杜慈心睁开眼睛，泪水夺眶而出。

"你怎么了？"银龙心里不安极了。

"对不起……想到去年的今天……"她擦着眼泪，却怎么也擦不干净。

"怎么了？好好的，哭啥？"银龙慌了。

小杜用双手捂住脸，泪水却从指缝里汩汩流出，她哽咽着，努力让自己平静。银龙有些不知所措，"别哭别哭！你刚才还说，生日么，要快乐的。"

"去年，今天，实在……你不知道，我都不想活……"小杜好像怎么也收不住。银龙的想象，只能到达那遥远的贵州大山里的艰苦日子，就说："唉，过去了嘛，别想了。"

小杜拼命地忍着，嘴唇还在哆嗦，她抬起头，向银龙挤出了一个怯怯的笑，眼泪却还在不由自主地流淌。银龙连忙起身去拿挂在墙边的毛巾，交到她的手里。这时候，他才发觉小杜的手冷得像冰一样。他一把就捏住了她的手，心痛地说："别哭了啊，你这么哭，我……"

话音未落，杜慈心居然一下扑入他的怀里，抓住他的双手，像抓住救命稻草般，强忍着不让自己哭出更大的声音。

银龙再也把持不住，紧紧搂住了她。他不明白小杜为什么这样，更不知该说什么好。

"你不知道,你把我从河里捞出来,其实……"小杜泣不成声地诉说着,"哪是我不小心掉下去的,是我自己……想一了百了……"她瘦弱的身子在他怀里哆嗦个不停。

"为啥?"银龙大惊,"听别人说,粮站那个头头不地道……"

"妈走了,我恨不能跟了去……"小杜的头深深埋在银龙怀里,呜呜咽咽,"闭上眼睛,我就看到她大口大口地吐血,万念俱灰……见我活死人一般,外婆、小阿姨急煞……托人把我弄到这里来,说这户人家怎么怎么好。女知青走嫁人这条路,多了……随便找个人嫁掉,能离开贵州。上海郊区呢!再要怎么样?可第一次去他家,这男的就对我动手动脚,还要我……我不肯,他就……我叫起来,他骂人,他爹也帮他嘲笑我……"

"不像话!"银龙气愤地叫起来。

"嫁这样的男人,活了真还不如死了好!贵州又回不去了,我绝望透顶……"

银龙搂紧了她,"好了,都结束了。以后,我不会让你再吃苦!"他发誓似的说着,俯下头去吻她泪水婆娑的眼睛。杜慈心仰起脸,主动把嘴送到了他的唇边……

这天晚上,银龙躺在床上,怎么也睡不着。傍晚在小杜那里发生的一切揭开了他人生新的一页,他又兴奋又激动,甚至觉得不太真实,像是做梦一般。他在黑暗中睁着眼睛,细细回味着当时的每一个细节……他记不得与小杜热吻了多久,外面传来宝凤急切喊他的声音,定是阿妈有啥要紧事,叫宝凤来找的。他慌忙松开身,说了声,"找我呢,走了。"到了门边,又回身抱住小杜,在她脸上狠狠亲了两下。银龙觉得自己已经对小杜说了,"我不会让你再吃苦。"从今往后,杜慈心,就是他的老婆!他绝不会再和别的女人好,他要和小杜结婚,不管在乡下或者别的地方,一生一世和她在一起!银龙心里充满了幸福感,他想象着此时此刻,杜慈心一定也和自己一样,想着他,心里是那样的甜蜜。

是的,此时此刻,同样已经躺在床上的杜慈心,黑暗中她把目光投向无限高远的深处,同她阴阳两隔的妈妈说着话:"姆妈呀,今天,我不管不顾地往前走了……是不是又冲动了?可他是一个很好的人!还有一个很好的家。我想我是找到归宿了。姆妈,你保佑我吧!……"

第二天一早,大队部接到上海来的长途电话,是小杜家里打来的,说她外婆病重,要她立即回去。小杜一听,心急慌忙往市区赶。外婆的心脏开过刀,一路上,她连最坏的结果都想到了,提心吊胆地赶得满头大汗。一进大门,就看见外婆坐在天井里晒太阳。看见外孙女回来,外婆高兴地从藤椅上站起身来,眉开眼笑,"阿囡哎……"

杜慈心立即明白小阿姨又出花头了。她见小姨闻声从房里出来,劈头就责备道:"外婆好好的,做啥要这样骗我啊!吓得我……"

"咦,不想回来?怪了!乡下角落,倒呆出味道来了?"小阿姨目光灼灼地审视着她。

"我吓煞了呀,摸摸,一身汗!"

小阿姨一副云淡风轻的样子,"这种乡下,少呆一日是一日,能回上海么,多一日是一日。"

外婆也说:"讲我身体不好,讲屋里无人照顾。"

"是啊、是啊!"小姨连连点头,"就留在上海,等到调令下来,要办手续了你再回去——反正户口已经进了上海,再到乡下吃苦?戆哦!"

杜慈心不作声。

因为姆妈一直病病歪歪，杜慈心从小在外婆身边长大。小时候接送幼儿园、上学了督促功课、生病了抱去医院，样样都是小阿姨。虽说是姐妹，小阿姨同姆妈个性完全不同。外婆说："我两个女儿，一个林黛玉，一个穆桂英。"小阿姨长得比姆妈还出趟，打扮漂亮摩登，但一张嘴巴却啥话都讲得出、骂得出。小阿姨找男人东挑西拣，眼睛挑得五花六花，扬言：生小囡要痛死痛活，所以她是坚决不生的。但多少男人还是到妇女用品商店柜台边，同这位"手帕西施"搭讪。总算定了一个要结婚了，软缎被面、的确良枕头，五颜六色地压了一樟木箱。"文革"开始了，这位男朋友说是哪个反革命集团里的，被隔离审查了。小阿姨同人家说断就断，突然就嫁给了现在的阿胡子。阿胡子是造反司令，长得墨赤乌黑，络腮胡子，看上去龌龊相。他张口闭口"标点符号"（脏话），笑起来声音大得敲锣打鼓，讨厌煞。外婆就是为这事发了心脏病，等抢救过来出了医院，小阿姨已经是阿胡子的人了。外婆哭，讲两个女儿的婚事是"一蟹不如一蟹"，吓得姆妈连忙捂住她的嘴——"一个是革命造反派，一个是国民党反动派"，这么说，要闯大祸的！把杜慈心从贵州弄到川沙，就是阿胡子一手操办的，他同川沙县革会的哪个头头，在六六年安亭事件中是并肩卧轨的兄弟。

杜慈心留在上海，日日陪着外婆，心里却放不下银龙。如果，小阿姨能帮她上调，有了市区户口，到工厂企业上班了，她就同他从此一刀两断？毕竟，银龙是个拿工分的乡下农民。但银龙纯朴正派、好学上进，与她又是萍水相逢，更是她的救命恩人，实属不可多得！杜慈心觉得她要好好想一想。

这天银龙又来猪场了，几担水一挑，喘气擦汗的当口，定定地望着仓库那边小杜的房门出神，连他娘叫他都没听见。小杜匆匆一走个把月了，不晓得她在上海怎样？夜来床头《飞鸟集》还在枕边，银龙总要想起小杜，想起在她临走前那个傍晚的相拥相吻，就在心里说：小杜，我想你呢，你什么时候回来啊？

杜慈心在上海待着也心神不宁，不免露出要回奚家宅的意思。小阿姨两只骨碌碌的眼睛铆着她，问："想回去了？回去做啥？那间猪棚隔壁臭气冲天的破房子这么吸引你？心心，我发觉这次你像是没把魂带回来，是不是呢？"

杜慈心只好说："吃着你们的定粮……我那边轧的米，要生虫了。"

小阿姨"嘿嘿"地笑，笑得阴阳怪气。

那天以后，外婆身体不对了。今天"天旋地转"起不了床，明天"腰酸背痛、老毛病发作"，晚上还要杜慈心睡在她脚后跟。但杜慈心发现外婆饭没少吃，精神也蛮好，估计多半是在做戏，外婆舍不得她去乡下吃苦。有杜慈心在，小阿姨能安心上班，回来两夫妻还有现成饭吃，何乐而不为？

晚上，小阿姨同阿胡子说："我发觉，心心的魂灵，像是落在奚家宅没带回来。"阿胡子不懂，稀里糊涂地"嗯"了一声。

"我说你叫县革委的那个人，快点把她弄上来算了。"

"户口过来……还没有满一年吧？"

"本来说半年就上调的！这话哪个赤佬同我讲的？前两天饭桌上，老娘都跟你开口了，你没听见样的，坍台！"

"唉，是要告诉你呢，"阿胡子支吾起来，"这老兄……出事了。搞腐化，被女方老公当场捉牢，说打得路也不会走了。"

"要死啊！"小姨急得跳起来，"那，他乌纱帽丢没丢？"

"弄到这地步，哪里还保得牢？"

"那心心的户口会因为他的事再退回去？"

"这不搭界！"阿胡子口气坚决，"户口嘛，弄进来了，哪有再弄出去的道理？再说，户口归公安局管的。"

小姨半天不响，终于说："听好！这件事，不要让心心晓得。"

"为啥？"

"自己想去。黄鱼脑子！连你的狐朋狗党，统统黄鱼脑子！"

又一个多月过去了，落霜了，油菜已经种上，可还是不见杜慈心回来。银龙实在猜不透发生了什么，只好推想：许是那神通广大的小阿姨，把小杜弄回上海的事做到八九不离十了——人要走了，来不来无所谓。银龙那颗滚烫滚烫的初恋的心，渐渐冷了下来。

大雪纷飞。今年的雪落得早，落到地上就化掉。才寸把长的冬小麦、种下没两个月的油菜，在雪天里抖抖索索，像是冷得吃不消，恨不能缩到地里去。但奚家大队的小工厂，却偏偏热火朝天。

全靠上海厂家信得过，给了个加工的大单子，几台土车床二十四小时连轴转，人换班机器不停；检验的、点数包装的也无不跟着加班加点。雪妹一有空就过来看，她明白，只要机器在响，工分值一天一个样。奚家大队的人，都说这个年要比去年好过了。但她还是不安，对银龙说："只担心其他大队也来学样，影响一大，'出头椽子先烂'。"

"我在写总结。强调：在公社革委会的领导及帮助下，我们坚持工农兵学哲学、用哲学，反对学大寨中的形而上学，上海郊区的学大寨运动要紧紧依靠有工人老大哥支持的优势……"

雪妹哈哈大笑。银龙也笑了,他望着窗外静静飘落的雪花,"瑞雪兆丰年,明年,该比今年好吧。"

雪妹一眼看见他领口那件宝凤织的绒线衣,阿尔巴尼亚花,忍不住说:"嗳,那个杜慈心,回上海长远了,不来啦?"

"我哪里晓得。"

七

春暖花开。

街道里委干部找上门来,说年过好了,乡下马上要春耕大忙,城里的知青统统要动员回去。她们挨家挨户检查,说:"对于那些不自觉的、一直赖在城里、逃避接受再教育的知青,要采取手段。"

"我年纪大了,一直有毛病……"外婆赔着笑脸。

"啊哟,这也好算理由?如果老人身体不好就留在身边,城里会有多少吃闲饭的人啊?上山下乡政策还怎么执行?"另一位干脆直接对杜慈心说:"尤其是你这样出身不好的青年,更应该主动去吃苦、受锻炼!"

杜慈心无言以对。

"三天里面,一定回去!听见了吗?"

得知杜慈心回来,银龙比任何一天都早地跑猪场来挑水。小杜立即主动走了过去,一边寒暄,一边配合他冲水打扫。两人的目光急切而热烈,无声地倾诉着相互的思念。银龙往小杜手里塞了个纸团,小杜接过,不动声色地走开了。在纸团上,银龙写着:"有线广播停后,在猪场草垛旁见面。"

下弦月出来还早,猪场外一片漆黑。草垛像个大黑影,在黑暗中显得有些吓人。杜慈心打着手电,轻手轻脚地走来。一声轻唤"嘿!"不待听清,人已经被银龙一把抱住,两人热烈拥吻……菊娣来拿忘在猪场的东西,急急从后头小路走来。大概是听到草垛这边的动静,她停了脚步向这里张望,当菊娣看清那一男一女原来是银龙和小杜时,吃惊得差一点叫出声来!

银龙和宝凤天不亮就到上海去了,从西北退伍回家的大阿哥金龙今天一早到上海。一走四年,三人模样都已大变,竟差一点相互认不出来。

三人上了上川线,坐在公交后座上的金龙兴致勃勃地对弟弟妹妹说着部队的事情:"……机械连全是重型大家伙——美国和苏联的挖掘机、压路机、推土机、载重卡车……"他掏出一张照片给银龙看,照片上的金龙威风凛凛地坐在一辆大型工程车的驾驶室里,好不神气。

"这辆是美国老牌的卡特彼勒挖掘机,我还开过比塞洛斯。比塞洛斯特别厉害,从前巴拿马运河开挖的时候,就有它的份了。"

宝凤听不懂,但对大哥充满了崇拜。

"我开的机器就是我的武器。一般的小毛小病我全自己来,用不着上修理所。你们不知道,这四年虽在西北大山里打转转,但生生死死的都见识过了。兵团大会战,上千人不分昼夜,绝对是大场面噢!我奚金龙再不是参军前的那个戆噱噱的乡下小青年啦！"

"你准备哪天去县武装部报到？"银龙问他。

"嗨，别人家急着听分配的消息，我无所谓。"金龙自得地说，"像我这样优秀的退伍兵，技术能手加党员加立功受奖，指导员说，肯定都会抢着要！"

奚祥生为金龙特地调休在家，他对金龙不肯留部队而一定要回家是不高兴的。但儿子一走几年终于回来，他心里还是欢喜。

饭桌上，金龙又手舞足蹈地说着，"……真不是吹，我们连长、团长对我奚金龙都老买账了。我手上的功夫好呀，那些工程师、技术员有时候也来同我商量。书是没他们读得多，不过我实践比他们强！这是遗传了阿爸你啊，金瓦刀，开过群英会的！"

奚祥生听着不舒服，"我没你行！牛皮哄哄……"

"真不是牛皮哎，"金龙不以为然，"我的退伍经费比别人都高。不信，你们去打听打听。"

银龙故意说："他自豪，他骄傲，是想让阿爸阿妈为他高兴。"

"就是啊！我没坍你们二老的台吧？好就是好，没啥不好意思的！"

奚祥生白了他一眼，"部队待你这么好，你还不识抬举。"

"上海兵，有几个肯留下来的？工程兵逢山筑路、逢水架桥，只钻荒山野岭，凭我奚金龙这个脑子、这双手，到哪都可以过得不错。"

奚祥生闷头喝酒，不响。何止是老头子呢，全家人都感觉到了金龙的自负和骄傲。当晚，唐引娣在床上与丈夫说："老大现在一张嘴巴会讲来……不像伲种田人家的囝了。"

"所以我要他留在部队呀！"奚祥生气咻咻地对老婆说，"人呢，比老二聪明，可不及老二靠得住。这浮尸是个孙猴子，只有部队收得了！"

当娘的难免要帮儿子讲两句好话，"部队看得起他，给他入党、立功……"

"屁用！不识天高地厚，吃苦头的日子在后头！"

那夜草垛后看到的事，对于老实人菊娣，实在是桩大心事。她男人说，这事说不得，说出来会有大风浪。可活到这把年纪，她心里还不曾藏过秘密。菊娣变得日夜心不定了，憋到第三天，到底憋不住了——引娣阿姐同她一道在猪场十来年，这么重要的事瞒了不讲，对不住她的呀！于是，趁小杜到街上饭店挑潲水，菊娣附在唐引娣的耳边，叽叽咕咕地讲了个痛快。

唐引娣的手突然颤抖起来，一勺猪食一半洒到了地上。

在灶间，银龙刚放下饭碗要走，被唐引娣一把拉住，还在身后推上了门。银龙问他娘："做啥？"

"你给我讲老实话！是不是同她相好了？"

银龙一愣，说："谁？"

"还有谁？猪场的那个，小杜。"

"是的。"银龙干脆承认了。

"你、你！"唐引娣连连摇头，"银龙啊！种田人家的女人不是摆了看的，除了养小囡、赚工分，还要烧茶煮饭、洗衣汰被、抱柴出灰、种菜捉草、养猪放羊、饲鸡喂鸭……"从来不会讲话的唐引娣，竟一口气连环炮似的说了起来，"……乡下的女人，要从早到夜地做，她样样上不得手啊！"

"我做。"

"男做女工，越做越穷！你一个男人，在外头要担肩胛，你的老婆就要是个'做胚'！"面对母亲的诉说，银龙实在词穷。

"听阿妈一句，断掉！"唐引娣逼他，银龙不吭气。这事，他有思想准备，只是来得太突然。

唐引娣心里有啥都放在脸上，在猪场和小杜一起做事，气咻咻地对她再不理睬。小杜只当是她是家里有啥不开心，菊娣和品芳心中有数，暗里看着，装聋作哑。

八

雪妹同银龙一起从小工厂走出来，雪妹看看四周没人，小声说："你同杜慈心在谈恋爱，别以为我不知道。"

银龙吃了一惊，雪妹怎么会知道他们的事？看来，奚家宅不少人都知道了。

"你说，是不是呢？"

"是。不犯法吧？"银龙干脆认了。

"做啥呀，银龙！"雪妹反而笑起来了，"我又没坏心。我一直把你当朋友！不过，她的成分对你是有影响的，你不会没想过吧。"

"想过啊，我这辈子就在奚家宅种田了。"

"你可不是没有抱负的人。"

"呵呵……谢谢你的好心。"银龙想,公开也好,早晚的事,再不用做贼样地偷偷摸摸。

傍晚,银龙进了猪场,就迫不及待地要去和小杜说话。唐引娣一见,立即虎着脸喊:"银龙!你给我过来。"银龙只好过去。

"你把这里先帮我冲干净。"

"都要冲的,先冲哪里都一样。"

小杜走了过来,唐引娣没好气地冲着她喊:"你过来做啥?那几只寄奶的小猪要人看牢的,当心被母猪拱开!"

"已经往它们身上抹了猪娘的尿了,它们吃得好好的……"

"叫你去你就去!"

小杜莫名其妙,不明白从来对她和颜悦色的引娣阿妈今天是怎么了?

"做啥冲人家发火呀,好好说不可以啊?"银龙不高兴地说。唐引娣拿起身边一把小笤帚就对银龙打去。银龙一把夺住他妈的笤帚说,"我的事我自己作主。你不要把气出在她头上。"

唐引娣骂道:"人大心大,爹娘都不在你眼里了!"小杜不明就里,过来好心劝慰,唐引娣没好气地一把推开她。银龙却走上两步,对小杜说:"我把我俩的事同阿妈坦白了。"

小杜一惊,胆怯地退到了一边。

夜里,银龙在他的床上睡着了,唐引娣从里间出来坐在他的床边,推醒他,"银龙,你醒醒。"

银龙睡眼迷蒙地支起身来,"嗯……做啥?"

"听阿妈一句!"唐引娣急切地说,"不要再同姓杜的搭界了,我不答应的！"

"我说过了，我的事我自己作主。"

"样样事情我可以不管，这件事你不听我的，不成功！"唐引娣口气强硬。

"做啥要听你的！"

"银龙，这是一生一世、一生一世的事情啊！"

"我晓得！"话音未落，他猛地背身躺下，大被蒙头，由他娘去了。

唐引娣一夜没睡着。第二天大清老早，小杜刚起床，唐引娣就推门进来了。小杜连忙起身招呼："引娣妈妈。"

唐引娣苦着脸，看着小杜，一时竟不知如何开口。

杜慈心心里明白了几分，忐忑地说："引娣妈妈，有事，你说好了。"

唐引娣低着头，嘟哝起来，"我同你讲哦，小杜，看在我待你不错的份上……不要再同伲银龙热络。我求求你！"望着唐引娣乞求般的眼神，小杜一时不知如何应对。唐引娣急切地望着小杜，见她不响，又补上两句，"你是上海人，他是乡下人，配不拢的！现在屋里不太平了……"

见小杜没答应，唐引娣一把抓住她的手，哭出声来，"伲银龙老实，你放过他吧！小杜小杜，我救过你性命，一直护牢你……你摸摸良心，做人不好这样的。"

面对涕泪满面的恩人，杜慈心除了应允，再无路可走！

"你作声啊……小杜！答应我，我求求你！求……"唐引娣泣不成声，软下身来缩作一团，似乎真要跪下了！小杜连忙扶住她，泪如雨下,"引娣妈妈,我答应……"

傍晚,银龙又来到猪场。小杜立即避开。银龙对她叫了声"哎……"小杜像啥也没听见,躲了出去。银龙不解,只得去河边提水冲地。

"哗——哗——"清清的水荡涤着地上的污垢,也像冲刷着银龙心头的烦恼。不一会儿,小杜走到银龙身边,悄无声息地递给他一张纸条。银龙到背人处打开小纸条,发现纸条上的字写得匆忙,口气却十分坚决,"银龙:你妈跟我说了些话,当然还是反对我们在一起。我不怪你妈,她对我恩重如山,我不能让她伤心。我已经答应她了。我们的爱注定是个悲剧。原谅我!不要再勉强我!"

银龙愣住了,好一会儿,他取笔在纸条背后写道:"今天晚上,月亮出来的时候,到猪场草垛边……"他把纸条塞进小杜房间的门缝。

那夜,银龙独自靠着草垛等了好久。四周很静,不知名的虫叫得人心烦。夜露下来,银龙的头发和衣裳都湿了。他又去小杜的屋子敲门,屋里依旧没灯、没动静,像是人不在家。他晓得小杜是真的不想同他好了,人仿佛沉到冰河里,浑身发冷。

其实这个时候,杜慈心就躲在自己的小屋里。她躺在床上,在黑暗中睁着眼睛。银龙在门外的脚步,她听得十分真切。她不怪引娣妈妈,只怪自己昏了头,把痴心妄想当成了现实,奚家是响当当的红色家庭,怎可能接受她这个"黑五类"?再说,银龙单纯,其实并不真正了解自己……杜慈心对自己说:我有什么资格去"高攀"人家?认命吧!既然答应了不再同银龙来往,再大的痛苦也只好独自吞下!

猪场的女人们都看出来了,小杜日益变得沉闷。她进出匆匆,脸色难看,一收工就躲进小屋内,很少出来。自尊心极强的银龙猪场来得少了,就是来,也不主动找小杜说话。唐引娣把挑水的事托给了金龙。金龙一来看了看,说奚家宅地势低,水位高,打个井容易,立即去买来东西,七弄八弄的,装成个小型抽水机,电一接,水就咕咕地喷出来,再不用到河里吃吃力力地挑水。猪场的几个女人都开心极了,都说金龙有本事。银龙那天正好也在,唐引娣就对他喊:"银龙呀,你阿哥装了抽水机,你不用到猪场来啦,忙你的正事去吧!"银龙没响。杜慈心明白,银龙以后怕是不会过来了。

银龙心不死。他认定小杜对他是真情,就往她房门下又塞了张纸条,"小杜,我晓得你的难处。既然你答应了阿妈,就先这么拖着。等我三个月,我一定说服我娘!相信我,今生今世,我奚银龙除了你杜慈心,不会喜欢别的女人了,我就要你做我的老婆!"

看到纸条,杜慈心痛彻心扉,但她打定主意:为了引娣妈妈,为了银龙,自己的任何痴心妄想一律放弃!

唐引娣心情还是不好。银龙的事像是摆平了,可金龙从回来到现在天天"野"在外头,打扮得山青水绿,说是去会战友,以后上了班就没有工夫了。部队里带了好几套军装回来,崭新的都有两身,还去买了一件"涤卡"中山装,衣裳是好,穿上也趣,可廿八块钱啊!唐引娣奇怪他怎也买得下手。金龙只说军装穿厌了,现在上海男青年都这样穿,"涤卡"牢,洗十次、廿次还像新的,里面配件蓝白条的海魂衫,时髦。先他一年退伍回来的老战友倪桃兴把自家阿妹老早介绍给金龙。金龙和倪桃兴一同招兵入伍,还同班。桃兴人老实,啥都及不上金龙,金龙样样帮他。倪桃兴的阿妹在龚路卫生院做护士,叫桃英。金龙看过桃英的小照，长得趣透趣透。金龙穿了"涤卡"中山装去相亲，双方都满意。工作还没落实，金龙的女朋友倒落实了。在部队里吃鱼吃肉的金龙嫌家里只有粗茶淡饭，这天买了一斤熟食店的猪头肉，正好他爹在，为此骂了他一顿——不全是为了猪头肉，老头子看不惯金龙，何止这一桩事？

金龙一气，决定第二天就去川沙，到县武装部报到。

也就在这天黄昏，杜慈心的小阿姨突然来到奚家宅。她跑到大队部去替外甥女请假，说外婆的心脏病又发作了，住医院了；自己要上班，日夜照看吃不消，外婆又吵着要见外孙女，只好带着病历卡到乡下来了。病历卡是真的，外婆住院是假的，小阿姨神通广大，没有她办不到的事。其实，她来的真正目的，是杜慈心的爹爹杜方阁提前出狱，回到茂名路的家里。杜方阁瘦得像只鬼，说身体有毛病，提出要见女儿心心。外婆就叫小阿姨到奚家宅把杜慈心带走。

次日清早，杜慈心走出小屋，回身锁门时，她把一张纸条贴在了门上。这是她特意留给银龙的。

晨雾迷蒙，清晨的奚家宅十分安静。杜慈心和小阿姨一早离开，经过唐引娣家旁边，杜慈心看到她家灶间的烟囱已经升起青白色的炊烟，柴火的爆裂声清晰可闻，习惯早起的引娣妈妈已经在烧早饭了。堂屋东头的小窗也亮着灯，银龙肯定已经起身。杜慈心好不怅然，心里酸酸的。小阿姨把杜慈心的四季衣衫都带走了，这一走，恐怕时间不短。她很想再见见银龙，或者同他打个招呼？但见面打了招呼又怎样呢？杜慈心克制住情绪，头一低，加快脚步，匆匆往大路走去。

金龙到川沙县武装部报到去了。一路上，他设想着，如果有选择，自己是到大厂还是到机关或者事业单位呢？像桃兴，去年退伍兵里算是分得最蹩脚的，陆家嘴的上海肠衣厂。厂里食堂非常便宜的猪大肠吃得他满面红光，还带回家，他娘从此不大买肉了。他们那批，沪东造船厂去了不少，那里的车队分了好几人。还有分在川沙的，粮食局、少年宫，最好的一个分在县政府开小车……金龙觉得，凭条件，他肯定不会比他的战友差。兴冲冲进了武装部，武装部干部告诉金龙：今年退伍军人的安排政策，一律哪来哪去，不管他在部队曾经干过什么。

金龙顿时呆若木鸡！所有的希冀和美好的想象瞬时化为乌有，顿觉从天上掉落地狱。他神情恍惚，不知怎么回的家里。一进家门，金龙就躺在床上，不言不语、不吃不喝。

唐引娣坐在床边，无可奈何地嘀咕："你是党员呀，总归要服从组织的安排……"但金龙就像没听见。金龙的战友们硬把金龙拉进镇上的小酒店。没谁做思想工作，没谁讲大道理，面对一桌丰盛的酒菜和战友们满是同情的目光，金龙突然大哭起来……

醉得一塌糊涂的金龙是被战友背回家的。他又吐又闹地折腾到深夜，弄得唐引娣和银龙也一夜没睡。小窗上露出了鱼肚白，前前后后的雄鸡报晓起来，喔喔的鸣啼声在凌晨的奚家宅显得格外清脆。唐引娣揉揉眼睛，一言不发地去灶间烧粥，银龙还靠在金龙的床头没动。他同情老大，理解他的心情，想到自己这一年来的遭遇，大有同病相怜、惺惺相惜之感。

唐引娣还是天天到猪场出工。人有过年过节、婚丧嫁娶，但猪猡不管。猪猡日日要吃要拉，一天少不得照管。杜慈心走后，猪场少了个人手，好在前些日子刚卖了一批，存栏数不多。唐引娣不开心，不过在猪场她是不响的。菊娣见她面色憔悴,做事明显有些体力不支,就说:"引娣阿姐,你面色难看得来,眼泡都肿的。"唐引娣摇摇头,苦哈哈地笑笑。

金龙在家躺了三天,连吃饭都懒得起身。躺了三天,想了三天。"政策和策略是党的生命",政策如此,金龙只得认命!

中午时分,太阳透过丝瓜棚,映得小院斑斑驳驳的一地。金龙靠在床上,手中香烟的烟雾在他迷茫的眼前飘拂。门外有个脆脆的女声在问刚放学回家的小龙:"小龙,你大阿哥在吗?"

"床上呢!伲娘说他在坐月子。"

金龙连忙直起身向窗外望出去,只见一个年轻女子,样子极是漂亮,就站在他家门口往里张望。金龙一脸惊愕,跳下床走出门来。雪妹见了他,笑盈盈地说:"你是金龙吧?我叫张雪妹,你不认识我对哦?我到奚家宅时,你参军刚走。"

金龙不晓得她找他做啥?但这笑吟吟的脸庞和热情、爽朗、友善的模样,如一道暖阳,射进了他灰暗的心田,"请问你找我是……"

"我是大队支部副书记呀,民兵排长。"

"哦,张书记。"

雪妹"格格"地笑起来,"别这么叫我!大家都叫我雪妹。我投亲插队到奚家宅,张炳根认得吧?他是我三叔。"

"哦,炳根阿叔,晓得、晓得,皮鞋厂做的。"

"是的。金龙,你的组织关系转过来了,公社'复管办'来电话,叫我来同你碰个头。"

"哦,哦。"金龙只得客气地应着。

"大队有本事的年轻人多起来,真是好事!"雪妹笑嘻嘻地说,"听说你在部队立功受奖,算是人才啦!宅上人都说,引娣孃孃家大儿子聪明得不得了……我可真不是拍你马屁噢!"

金龙倒不好意思了,"聪明啥……"

"金龙阿哥,夜里到大队部来,我们好好聊聊。"

金龙想说"没啥好聊的",但没说出口。

雪妹边往外走边弱弱地说:"你知道,农村里么,常常不把我一个小姑娘放在眼里……金龙阿哥,你见过大世面,你会帮我的,是吧?"

金龙只好说:"那是。"

"七点钟,我等着你噢。"金龙望着雪妹轻快窈窕的背影,对晚上去同她见面竟充满了期待。

吃过晚饭,金龙就到大队部来了。雪妹正在桌前专心看一本书,发现金龙进来,忙起身招呼,"来了?坐啊。"

金龙故作随便地打量四周,然后看着雪妹桌上的书,"好用功啊。啥书呢?"雪妹不好意思地将那本红塑面的"毛选"给金龙看,"年头上公社派我参加土记者学习班。老师要我们看八本马列的书。我是竖看横看、横看竖看,就是疙疙瘩瘩地看不下去。矛盾论、实践论再不看看,实在过不了关了。"

"'两论'么,我们'战士学哲学'时读过的。我们部队大学生老多了,北大、清华的都给我们讲课。不瞒你说,我还是小组长呢。"

雪妹开心地一拍手,"那就拜你当老师了!"

"谦虚了,张书记。"

"讲好不要称书记的。部队是个大熔炉,你在工程兵时学了一身本事,外国大机器都会开、会修,人才呀!我同银龙商量了,大队小工厂你来管好吗?奚家大队社员日子好不好过,这厂关系大了。"

金龙心里完全瞧不上这小厂,支吾着说:"这个厂……当然,也算是个厂了。不是我们家银龙管着的?"

"他要管全大队的事。奚家大队这么穷,人均不足一亩地。小姑娘都想嫁出去,小伙子讨娘子都难。这样子再不改变,子子孙孙没好日子过。"

"呵,你的心,倒蛮大的。"

"我哪好同你比啊,金龙阿哥你有能力,在农村好好干,其实不吃亏。你想啊,提拔干部、推荐大学……都到基层来挑人。多少了不起的人才,就这样一步步上去的。"

"不是谁都有这福气啊。"

"努力总比不努力有希望。有希望,总比得过且过活得有意思。"

"这话对。我们指导员说,任何经历都是财富。"

"呵,你们指导员……你肯定蛮佩服他?以后,多讲点部队的事情我听听好吗?你不晓得,我从小就是想当个女兵,我眼睛特别好。可中学毕业来征兵,不要女的,气死了。"雪妹双手托腮,那双望着金龙的大眼睛满是真诚。金龙心里十分舒服,就笑着说起了他们作弄女通讯兵的故事。

这天,奚金龙走出大队部的时候,心里畅快了不少。他对这位张雪妹的印象很好,而张雪妹呢,也为自己的意外成功而高兴!昨日银龙请她帮忙做金龙的工作时,她真不想答应,但银龙还是头一回主动求自己帮忙,这个面子不能不给。再说,小小奚家宅,金龙与自己同是年轻人中为数不多的党员,明摆着今后也非平庸之辈,关系好了,多个朋友。雪妹是做好碰一鼻头灰的准备来找金龙的,哪晓得金龙一点不像银龙那样难弄。

雪妹以前只听说引娣妈妈的大儿子生得像王心刚,没想到他真的是身板挺拔、鼻梁笔直,两只大眼睛又明又亮。长相这么趣的男人,奚家宅寻不出第二个!因为当过兵,举手投足就有了同别人不一样的味道……自到奚家宅,她这颗青春少女高傲的心,头一次闪进了一个男人。躺在床上,雪妹骂自己"十三点"——"你又不了解他的,不过生得好些,就胡思乱想个啥!"

第二天,银龙问金龙:"你答应到大队小工厂来了?"

"豆腐干大的厂……听说还叫'开关'厂——一歇开、一歇关。农忙了、运动了,就要关门的,弄得好?!"

"你弄不好,谁弄得好?哪有现成的功劳等你来领?真有本事,啥小啊大啊,阿爸讲你喜欢吹牛皮,你就给他看看你的真本事!"

"我有没有本事靠他定论?"

"至少让他看到,你不是嘴硬骨头酥。"

杜慈心和爹爹虽说是骨肉亲情,多年不见,总显疏离。爹爹话少,身体差,老咳嗽,问他什么也不肯多讲。杜慈心敏感地觉得,自己同爹爹之间的那种距离,如同从小起就聚少离多的岁月,再无法改变……夜来躺在床上,睡不着的时候,杜慈心越来越想念奚银龙。她曾经多么感激上苍让他出现在自己身边,在无尽的苦难中,他救她、帮她、真心实意地呵护她。回味着他们相处的每一个步骤和细节,杜慈心发觉自己深深地爱着他。这种爱,是那样深沉、那样刻骨铭心,却又是那么的冷静、理性!世事纷繁,奚银龙的真诚和朴实,她之前没遇着过,之后也难再有……匆忙地离开奚家宅,她同他连个招呼都没打,他会不会怨恨她?特别是自己不得已而对他的拒绝,一定是深深地伤着他了。这些天来,他怎样了?他曾叫她等三个月,他一定在三个月里说服他娘。三个月过去了,他说服了他娘没有?

杜慈心决心给银龙写信,纵然他不爱她了,她也要试一试。哪怕此生就在奚家宅,就养一辈子的猪猡,有奚银龙,知足。为了不让小阿姨和外婆觉察,她想出一招:让银龙的回信,寄到附近的一家烟纸店,她上门去取。这家只卖香烟糖果的夫妻老婆店,由于他们女儿和杜慈心是小学要好同学,夫妻俩答应帮忙。小阿姨再精明,也不会怀疑到烟纸店去。

银龙收到杜慈心的信,惊喜不已!当晚就在大队部的灯光下给她写了回信。他也找了一个转信人——他的好朋友龚勤。从此,二人间信来信去,情话绵绵,倒比在奚家宅时更加要好。

九

又是周末。做早班的奚祥生赶在吃饭前到了家。

唐引娣和宝凤把饭菜端上桌子,招呼大家坐拢吃饭。

"有酒哦?"奚祥生问娘子,"烧菜的黄酒也没?小龙去街上买一瓶。"他掏出一张五角纸币。唐引娣连忙用手把那张钞票挡了,"有的有的。端午买的酒还剩着。"

奚祥生从包里掏出一大包五香猪头肉，对有些吃惊的儿子女儿说："老大老二，你们俩个陪我一起喝酒，我有话要同你们说。宝凤小龙，你们吃肉吃饭，吃好了做自己的事去。"

唐引娣拿来了黄酒，用眼色关照儿子小心。奚祥生给金龙银龙倒上酒，说："黄酒，好东西呵，活血的。"

金龙银龙不明白老头子今天要唱一出什么戏，"哦哦"地应付着，小心地抿着黄酒，吃着美味的猪头肉。

唐引娣望着油汪汪的猪头肉，忍不住嘀咕："不过年不过节的……"

"十三点！买点猪头肉吃就冤枉煞？我堂堂奚祥生，在钢铁厂里也算名头蛮响的人，做人做到这地步啊？"

"那，你上次骂儿子，也是为猪头肉。"唐引娣笑起来。

"哪是为了猪头肉呵，你懂啥！"他给老婆夹了一块上好的面孔肉，扔进她的碗里，"今朝发奖金了，我比人家多三块。这个摊头在厂门口摆了几十年，吃过的都说好。"

他看见小儿子狼吞虎咽的样子，有些心痛，"慢慢吃呵。"宝凤趁机抢白小弟，"嚼碎了再咽下去，没人同你抢的！"小龙一嘴的肉，说话含糊不清了，"太……太好吃了！"大家都笑起来。笑声中，金龙与银龙交换着眼色：老头子今天怎么了？就为多得三块奖金？

两杯下肚，奚祥生的面孔就上了色，他对儿子们说："你们以为我是冶金局大名鼎鼎的'金瓦刀'，就'敬业爱岗'啦？没有！我其实一点不喜欢这只饭碗。"

金龙银龙听父亲竟然说出这话，好不意外。

"十三岁拿起瓦刀学泥作,你们大大同我说:出了门就是大人了。上海滩人比人,有志气的做啥都是'头挑'。这话我记着了。"奚祥生眯起眼睛,像是回到了当年,"拜的师傅是本家的阿叔,造上海石库门弄堂房子。这阿叔人老实,不响的,手上功夫不错。三年学徒'萝卜干饭',没等满师,我就被阿花师傅一眼相中了。"

这些话,两兄弟听来并不新鲜,父亲外号"三猢狲",从小聪明捣蛋,在奚家宅的同辈人中不见得哪能,自跟上阿花师傅,名头才算响出来。原来,从前的上海弄堂,不管中式西式,弄堂口都有漂亮的墙花。做墙花虽说是泥作的事,但绝不是一般泥作做得了的粗活;好的墙花,也不是阿猫阿狗想得出、画得出的。本事再大的画师,画得再活灵活现,没有好泥作做出来就是白搭,这种生活就是雕塑。阿花师傅是绍兴人,却是上海滩泥作帮里做墙花的头号高手。阿花师傅年纪上去了,一直想招个传代的徒弟,多少年轻的泥作想拜他为师,可千挑万拣的,耽搁了多年。都说阿花是"箩里挑花,挑花了眼",奚祥生却被他一眼相中!

"你们大大借了几块银洋钱,备下重礼带我去给阿花磕头。我那年实足十六岁……到现在都还记得,我穿了一件新的对襟土布衫,一路上过去,你大大同我说的还是那句话:上海滩人比人,有志气的做啥都是'头挑'。"后面的故事,金龙银龙早听宅上人说过多少遍。阿爸二十出头时,哪个营造所不晓得阿花师傅手下有个小祥生?阿花师傅手脚不灵便,爬上爬下吃力,上海滩做墙花的"头挑",眼看就是他了,可是石库门慢慢地不造了……解放后造工人新村,那一手墙花手艺就无用武之地了。五八年大炼钢铁,阿爸就从建筑公司进了钢铁厂。

"做惯了只用软硬劲的细巧活，混在粗作堆里砌耐火砖，我一千个不甘心、一万个不情愿！阿花师傅第二年得病，走了，我送他回绍兴，在他坟头上哭得起不了身！哭他，也哭自己……"许是喝高了，奚祥生眼中竟闪着泪光。两兄弟暗自吃惊，这可是他们从来不知道的！这以前，他们只以为阿爸这样的党员、劳模，从来是"党叫干啥就干啥"，进了有名的大型钢铁厂，欢天喜地。

"……阿花师傅讲过：强人总比别人强，强就强在做啥都比别人做得有样！我奚祥生到钢厂，后来还不是成了'金瓦刀'，出席全国劳模群英会，同毛主席握过手的，是不是还算上海泥作行中的人尖尖？"他停了声，望着两个儿子，说，"今天为啥同你们俩讲这个，你们心里不难明白。做人哪能总撑顺风船？是虫是龙，一路上走了看。"

两兄弟啥也没说。这一夜，一张床上躺在两头的兄弟，都在黑暗中睁着眼睛，久久没能入睡。

金龙参加了大队党支部的组织生活。他说："我头一次参加大队支部的活动……在工程兵部队同机械打过几年交道。但弄社队工厂，我还是新娘子上轿头一回。我会争气的！大家多帮助。"

这天中午，金龙到小工厂仔细察看那几台土车床，看过了操作，银龙再略一指点，金龙竟明白了大概，提的问题就不算外行了。雪妹惊讶极了，忍不住赞叹不已，金龙脸上露出久违的笑容。就在那天，大门口有人来找金龙。金龙跑出来一看，竟是桃兴，那个在肠衣厂上班的战友。桃兴吞吞吐吐地告诉他，妹妹桃英得知金龙回乡务农，不情愿了。金龙拍拍桃兴的肩胛，故意大笑着说："呒啥！大丈夫何患无妻。"

第一章 | 59

小阿姨敏感地觉察到外甥女杜慈心有些不对：脸上愁云消散了，走进走出，脚步轻巧。她调休一天，趁杜慈心陪她爹去医院看病，以相帮打扫、晒被子为名，在房里角角落落地搜查。很快，杜慈心藏在垫被隔层里那些奚银龙写来的情书全被小阿姨看了个遍。小阿姨不响，老样子悄悄放好。当晚，小阿姨就在阿胡子面前抹眼泪，逼着他通过工总司邮电局的头头"通路子"。过了几天，她坐到邮局革委会的办公室里，要求他们配合教育这个无爹无娘的外甥女——小姑娘被插队地方一个大队干部迷牢了，但这个男人在乡下有女朋友的，对方是革命的红色家庭，父母一致反对儿子同这个出身墨赤黑、体力又没有的小姑娘相好，他们仍不计后果、偷偷通信。邮局革委会的造反派头头心里有数，当即叫来投递员，为了这位可教子弟能安心接受再教育，为了两个年轻人各自的前途，更为了当地农村大好的革命形势，以后凡烟纸店小杜同志的信，一概由其小阿姨代收……

杜慈心再也收不到银龙的来信。开始时她不解，后来就怀疑他变了心。以农村的标准，自己绝对不是块做好媳妇的料，更何况，自己的恶劣出身将永远影响银龙的前程……是老头子给儿子压力了？是有人给他介绍更好的姑娘了？杜慈心东想西想，越想越伤心。

浦东的银龙同样没有收到杜慈心的来信，日日焦虑不安。是小杜的阿姨为她落实工作了？是她另外又遇到了更好的对象？自己毕竟是无权无势的乡下青年，一辈子吃勿饱、饿勿煞地铆死在奚家宅！公社组织民兵冬训，银龙带队去了南汇海边，半个月后回来，仍不见杜慈心来信，他一连两封信写过去询问，依然石沉大海。

眼看着就进了腊月。西北风一刮，落雪了。吃过夜饭，屋里冷得吃不消，银龙干脆拿本书钻进被窝。他靠在床上，眼睛却呆呆地看着窗外。窗外路灯下，雪花静悄悄地落下来，悄无声息。

唐引娣进来，见银龙坐在床上发呆，说："你倒睡得比我早……下雪啦，蛮大的。金龙不在啊？"

"我哪里晓得……他在厂里吧？"

宝凤从里屋探出脑袋，神秘地笑着，"他去找雪妹阿姐啦。"银龙装作没听见。张雪妹也是怪了，一直是眼睛长在头顶心的，据说帮她介绍对象的多得是，像是都看不中，怎么就对金龙一见钟情了？阿爸阿妈和雪妹三阿叔、三阿婶，对他们的恋爱都十分称心。想想他们，再想想自己，银龙拿定主意：后天，他到上海，到茂名路去找小杜！

但银龙失望而归。不是没找到，地址和杜家门牌号一点没错，大门紧闭，他敲了好一会也没人开。后来两个放学的红小兵正好回来，一听他找的是杜家，立即警惕地问："你找反革命作啥？"银龙连忙解释，才从小孩子口中得知，小杜父亲进了医院，小杜住在离医院较近的外婆家。银龙本想在她家信箱里留个条子，但再一想，一连五封信都不回，多个条子有必要么？寒风逼人，冻雨刺骨，他快快往回走，觉得整个人都冷到了冰点。

十

冬去春来，燕子归来、柳树泛青。春耕大忙中，小工厂关门。

其实春耕大忙只是一种说法，地多人少的奚家宅，农田的事确比平常多些，但人手一多不经做，再精耕细作，也忙不到哪里去的。倒是家里忙，菜园里的青菜萝卜吃空了，闲着的地要翻、要晒、要上肥料，自有了塑料地膜，夏作菜蔬、瓜果的落籽育秧就提早了。惊蛰的雷一响，蛇虫八脚、苍蝇蚊子和各种害虫要出来，宅前宅后、茅坑地头的拔草打药也要人手……猫叫春，狗发情，猪配种，母鸡拼命生蛋、接二连三地抱窝……在这万物生长的季节里，生命四处展示着它的蓬勃和旺盛。金龙和张雪妹的恋情，迅速成熟了。雪妹以前不相信一见钟情，认为这是一种莫名其妙的头脑发晕。但从见到金龙后，人像触电一样突然就欢喜上了，懂事以来似有似无的一种莫名焦虑突然烟消云散，尘埃落定！而金龙望着雪妹，就像望着温暖的太阳，心旷神怡，所有的烦恼均不值一提。退伍回乡，原来是老天爷安排了这么好一个女人在等他！他低迷的情绪一扫而空，又变成刚回村时的样子，成天摩拳擦掌，像是要做出啥大事体来。

唐引娣也在犯愁。老大要是结婚，房子还没有呢！这些年来，夫妻俩紧紧巴巴，一分一厘地省、一分一厘地攒……还是小龙出生的那年，奚祥生在自家宅基地的东头种了八棵杉木，现在长得倒是屋脊般高了，但哪里做得了梁呢？奚祥生的工资，扣了饭钱，统统交给娘子。造房子的材料，泥作出身的"金瓦刀"必须一手操办。他早想好在自家房子的后面，东边先起两间半房半灶的平房，解决两个大的，日后再往西造过去。先造的两间，用多少砖头、水泥、瓦片、钢筋……算来算去还差不少。借钱，是奚祥生最不愿意的事，再说，数目不小，要借也无处借。唐引娣探男人的口气，说儿子反正有五个，炳根家房子大，又只雪妹一个囡,从前叫入赘,现在新派叫法是"男方到女方落户"。奚祥生呼了半天香烟,嘟囔出一句,"是老大,当头的一个……"唐引娣晓得,这事不成功了。

奚家宅上上下下对金龙和雪妹的恋情特别起劲——后生堆里数一数二的小伙子和聪明能干的铁姑娘配了对,奚家宅的老辈里都不曾有过,想想看:这对金童玉女做户人家,该是怎样的兴旺发达、风光无限啊!他们的子女后代,也断断不是一般人家比得了的——奚家宅怕是要出大事情了!奚家宅人的日子,除了生个怪胎小囡或死个不该死的人,一向波澜不惊,但人人都爱看白戏,所以金龙和雪妹的恋爱,变得尤其兴师动众。

金龙的恋情刺激着银龙。一样谈恋爱,人家是欢天喜地、顺风顺水,别说双方父母,连宅上人都拍手叫好、推波助澜。而他和小杜的爱,一开始虽像电影里小说里那样有些浪漫、有些不平凡,但丝丝缕缕的甜蜜中无不交织着凄苦和酸涩,虽然都爱得刻骨铭心,却一路做贼似的见不得阳光、得不到祝福……她心爱的姑娘眼下还音讯杳然,不知会不会从此一拍两散?因为情绪不好,银龙走进走出,总是没话。

这天,杜慈心和她爹正在吃夜饭,小姨突然风风火火地推门进来,喘着大气,却眉开眼笑地嚷着:"心心,你好回上海了!"

杜家父女不明就里。

"新的政策出来了:凡父母身边无人的,知青子女中有一人可以回城!"

"小阿姨,别乱传小道消息啦!"杜慈心不信。

"啥小道消息!去年有个叫李庆霖的给毛主席写信,毛主席还给他送了钱,对吗?现在就是落实毛主席的指示,明白了吧!"

杜慈心仍然有些不相信,随口说:"'狼来了、狼来了',我不信。"

"骗你出门叫汽车撞死!阿胡子大姐家的儿子今天都填了表啦!我刚刚特地跑到在街道当干部的邻居屋里问过,是真的,正正式式有文件的!"

"看来是出政策了。"杜方阁高兴地说,"上山下乡中的问题,国家是重视的。"

"你看着,心心。不出三天,里弄干部会拿着表格上门找你!"小姨满脸得意。

十一

夏日的奚家宅,知了在大树上"热死哩、热死哩"地叫得欢。

银龙正在大队部忙着,宝凤急急进来,与他耳语:"小杜阿姐回来了,叫我来叫你!"银龙一愣,放下手里的事就跑。

杜慈心小屋紧锁着的门已经打开,半掩着的房门内闪现小杜活动的身影。银龙大步进来,叫一声"杜慈心",小杜就迎了出来。

足足半年多没见,银龙发现杜慈心皮肤更白,人也更瘦了。他望着她,好一会儿才开口说:"你……回来了?"

"我已经填过表了,我好回上海了。"

银龙站在原地,不动,嘴里却含糊地说:"哦……好啊。"

　　"政府出了知青政策,我符合照顾回城的条件,所以要把户口迁回去了……外头晒,你进来坐坐好吗?"

　　进了小屋,银龙坐在门口的秧凳上,低着头。杜慈心坐在床上,见银龙表情凝重,她便笑着说:"我回上海你不开心吗?"

　　"不开心?怎么会。"

　　"开心不是这样子的。你不想我走?"

　　"我……我给你写了五六封信,你一封也不回!"

　　杜慈心吃惊得嘴都张圆了,"你是寄到烟纸店转交我的吗?"

　　银龙抬起头来,他感觉到什么,说:"是啊!"

　　"可我总共只收到过你一封信!"

　　"我真的写过五六封。最后一封说,你要是不想睬我了,也回封信,让我死了心。"

　　"天啊!怎么会这样?"

　　银龙愣愣地看着她,确认她不是在骗他后,才说:"好了,不要再追究了。反正……你也要走了。"

　　"你……现在有女朋友了吧?那么多人要帮你介绍。"

　　"我有女朋友的,再跟人家谈,瞎搞!"银龙低着头,讷讷地说。

　　"你有女朋友……哪里的?"杜慈心忍不住问。

　　"就是——你嘛。你又没回绝我。"

　　小杜猛地离开床边,蹲到了他面前,她搂住银龙说:"不管发生什么,银龙,我想好了!有回上海的机会,我当然不能放弃。但我们俩这几年的关系,不能因为这个改变!"

"不，不现实的。"银龙抱紧小杜的手略微松开了。

"你想啊！奚家宅好多人家都是工农结合型的，比如你爸在上海，你妈在乡下。也有女的做厂，男的种田……我回上海后派了工作上了班，礼拜天就回奚家宅来。"

银龙挣脱开杜慈心的怀抱，摇摇头，冷静地站起来说："……小杜，不要意气用事。"他想逼自己出门，但又挪不开脚步。小杜却从背后一把抱紧他，将脑袋贴在他宽厚的背上，"我都想好了。我只选择你！等正式办好手续，就和你去登记结婚！"

门外传来唐引娣急切地呼喊银龙的声音。银龙应着，匆匆出门而去，临走时扔下一句话，"晚上八点，桥头见。"

夏夜，银河灿烂、高挂中天。

早到的银龙见杜慈心一个人急急跑来，立即迎了上去。两人拉着手来到桥下避人之处，靠着桥墩相拥相偎。

银龙掏出一盒万金油，"抹点，蚊子怕这味道。"他在她的手臂和脸上小心涂抹。"今天风大，蚊子不会多的。银龙哥，我晓得你不相信，人都回上海了，还要同你好……我同你说过，我前面那个男朋友就是个无情无义的人，我最痛恨背叛！爱情要忠贞，我们是患难之交，在奚家宅的日子风风雨雨，我永远忘不了。能回城是好事，总比两个人都在乡下强。"

"乡下拿工分的农民，怎么配得上拿工资的上海姑娘？"

"你人那么好，还是大队长，怎么配不上我呢？我的命都是你救的，只要你不嫌弃我，我对你就不会变心！"

银龙感动之极，他抱紧小杜，"什么嫌弃、配得上配不上……都再也别说这样的话！你回上海后，我一定会争取尽快离开奚家宅。"

"离得开吗？怎么离开呢？"

"招工，或者争取上大学，我去找严主任，他对我其实一直蛮好……小杜，只要好好努力，总有希望的！"

小杜望着他，"我相信！"

"结婚不着急。我们都年轻，你工作还没落实，你爹爹的身体还……我们等两年，噢？"

"嗯！听你的！"两人热吻起来，难舍难分。曾经的误会、猜测、失望与痛苦，恰似作用力和反作用力，拉开后就是为了今日强烈的反弹，他们彼此更近、更亲，更如胶似漆……世界在他们心里啥都不存在了，两颗压抑了许久的心，一同飞离脚下的大地，远离世间一切烦闷，在无垠的高天与日月星辰相依；他们又潜入深深的海底，甩弃所有的忧虑，在无比洁净的水里同珊瑚小鱼为伴……

银龙拥着小杜娇小瘦弱的身子，呢喃道："小杜，我一定娶你，永远保护你……"小杜突然从银龙怀里挣脱出来，抬起头望着他，颤声说："我要告诉你一件事，就怕你听了就不和我好了。"

"不会！"银龙发誓似的说，"你就是我心目中最好的姑娘，这世界上再找不到第二个比你好的了。"

"银龙，我不是你想象中的好姑娘……"小杜低着头小声地说，"我……我生过一个孩子，在姓李的插队的江西小山村。是难产……我差一点死掉，孩子出来就没气……他连夜把……埋了。"

小杜诉说时浑身颤抖不已，但银龙搂抱她的手还是不由自主地松开了，黑暗中，他不认识似的看着她。

杜慈心背过身去，捂住脸哭了。可是，银龙没有上去抱住她，而是软软地靠到了桥墩上，他如在梦中，怎么也回不过神来。好一会儿，银龙才发现小杜已经不在他的身边了，但他连追上去找她的力气都没有……

天刚蒙蒙亮，一贯早起的唐引娣进灶间烧早饭，见小杜提着行李正从她家屋外的矮墙边走过。"引娣妈妈，"小杜叫了一声，"我走了。你们一家对我的好，我会一直记着。"

"哪，哪……吃了早饭再……"唐引娣不知该说什么，小杜已把房门钥匙放入了她的手中，转过身快步离去了。

小杜瘦弱的身影从那条熟悉的村路上了沿浜的大路，很快隐入了夏日河边弥漫的晨雾之中。

第二章

一九七九年,"文革"结束已三年。十一届三中全会后的浦东大地,一场难以估量的风云巨变开始暗流涌动。

白发滋生的唐引娣还在猪场做事,奚祥生也仍在钢厂上班,依旧一周或两周回来一次。儿女们都长大成人,婚姻大事排上了议事日程。老宅后面三年前起了两间半房半灶的平房,这是给银龙、金龙的新房。

金龙和雪妹早结了婚,雪妹又有了身孕,因为前两次均是习惯性流产,眼下正在火烛小心地保胎。唐引娣天天照看着她,一刻不敢大意。

银龙已"鲤鱼跳龙门",前年底恢复高考,他毫不犹豫报考同济大学。一是他曾经被推荐去同济当工农兵大学生,不意擦肩而过,心头有个结;更要紧的是,奚家几辈人都是做营造出身,阿爸和他自己都有传承祖业的意思。无奈填的是建筑系,不知怎么被派到了路桥系。银龙倒想得明白,造房子先要做路、沟、桥,都是建筑行业,哪样都重要。成了大学生,离开奚家宅,还想哪能呢?每到礼拜六,银龙总会回来,乡下人家,里里外外的事情,从早到夜、一年到头做不完,阿妈年纪上去,力气到底不行了。虽说金龙在身边,但小工厂的事情没日没夜地忙，结婚成家后分开吃住，雪妹还要他照顾。特别是小妹宝凤，正同阿爸阿妈闹不开心，银龙不能不管。宝凤十九岁了，出落得高挑健美、唇红齿白。宅上人都说唐引娣生的因个个趣，宝凤是奚家宅姑娘堆里顶好看的一个。前年，开挖川杨河，整个川沙的基干民兵都参加了大会战，不知怎么，宝凤同严桥公社的丁国弟好上了。国弟是个快活人，会唱沪剧，这令宝凤开心。国弟家的丁家渡同市区一江之隔，半个钟头就能到城隍庙；丁家渡不种水稻、棉花，只种蔬菜，天天送菜进市区，宝凤觉得国弟就是半个上海人。但丁家家境"实在不像样"，都说宝凤"东挑西拣，拣了只破灯盏"，阿爸阿妈不答应，四处托人给宝凤寻男朋友。宝凤先是阳奉阴违，后来干脆明说：非丁国弟不嫁了！

因为银龙常回家，奚祥生一咬牙，替他买了部永久牌脚踏车。来来去去的摆渡钱加电车、汽车钱，几年下来，也同买脚踏车的钞票差不了多少。银龙只要回到奚家宅这生他养他的土地，心里就有说不出的舒坦。从车站到家，有大路有田埂，他喜欢慢慢走着，东看看、西望望，这些曾经有着他汗水和脚印的地方，唤起他记忆中一段又一段的回忆，无论是甜是苦，都让他感慨、留恋。这里又像一条无形的鞭子，激励着他在人生路上一往无前！

身处高等学府，大学生银龙已与在奚家宅当大队长时今非昔比。唐引娣却对老二去读大学，照例是不舍得，更怕大学毕业要分配到外码头去，不过她不敢说，怕老头子又要骂她"十三点"，银龙也要不开心。男人总不情愿留在家里，总觉得外面的天大地大。可银龙大学要读四年，毕业快三十岁了，终身大事要耽误掉啦！

班上女同学不多，也有向银龙示好的，银龙却不为所动。美好纯洁却忧伤沉重的初恋，在他心里留下刻骨铭心的疼痛，永生不能消失。

这天银龙来到茂名路，敲开了杜慈心家的大门。陌生的邻人说他是一年前交换房屋搬过来的，杜家所住的房间一直空关着，没有人来。银龙在房门外徘徊着，写了张纸条从门缝里塞了进去，他希望杜慈心一旦回来，能和他联系。

银龙又到妇女用品商店手帕柜台转了两次，都没见着小阿姨，向人打听了，说这位小阿姨几年前因"投机倒把"被开除公职，听说嫁了美籍华人，跟着出国了。银龙仍然不死心，挑了个周日的夜晚，再去茂名路的杜慈心家。访了几户老邻居，终于打听到：杜家老头离世后，他女儿心心就住到外婆家去了，外婆家好像在静安寺，具体地址就谁也不知道了。银龙又去了派出所，因杜慈心户口一直不在茂名路，对方无可奉告。

所有的线索都断了。小杜如今父母双亡、孤单一人，银龙只要一想就心神不宁。不眠之夜，他在黑暗中睁着双眼，从心底里呼喊着：小杜！你在哪里？你还好吗？你有没有去参加高考？你是不是把我忘了……

一

又是周末，银龙一到家，放下书包，趁天还没黑，叫上宝凤去了园地。开春换季，要翻要种，事多。他们默默干着，银龙没说话，在落菜秧的宝凤却停了手，一双晶亮的眼睛望着二哥，说："别当我不晓得——是阿妈叫你来劝我的！劝我不要同丁国弟好对哦？告诉你：我不会听的。自己的事，我自己作主。"

银龙笑起来说："什么阿妈叫我……我不是啥也没说么？"

"那你去帮我劝劝阿妈。人不算太老，脑子老得不开窍！"

"你倒同我说说，你看中人家什么呢？"

"看中人家老实，看中人家是个快活人！国弟同我们家的人不一样，讲起来苦恼、样样不称心，倒是从早笑到夜……他会唱申曲，沪剧院下乡的人，王盘声啦、邵滨逊啦，都蛮看中他的，说扮相好，喉咙也好，还叫他去参加申曲学习班……他是严桥公社沪剧队的。"

"呵，人一定生得蛮出落的吧？"

"都说他长得像样板戏《白毛女》里的大春……"宝凤脸有些发红，"在丁家渡，论力气，论种菜技术，他就是头挑！顶要紧的是这个人良心好，待老人好。真的！"

"阿妈说，你是看中严桥靠近上海，天天好送菜过江去。"

"那又怎么了？做半个上海人总比做乡下人开心。严桥不种水稻、棉花，一年四季种蔬菜，天天送菜到上海菜场。丁家渡对过就是南码头、十六铺，风好的时候，外滩的钟声敲起来，听得见呢！"

"家里人也是为你好。终身大事，终究要自己拿主意。确实，比丁国弟条件好的，有得是。"

"是呀是呀，条件比他好的人，有得是，可人品有他好么？就算比他好，有他待我这么真心真意？有他长得趣？就算都有，我——不——要！我就喜欢他，犯法啊？"

银龙笑了起来，"宝凤，你一张嘴确实越来越利，会讲得来。"

"会讲又不是毛病!"宝凤果然伶牙俐齿又理直气壮,"我就不要像阿妈,口口声声说自己'话不会讲,只晓得做',你猜那帮懒女人在背后叫她啥……'做胚'!"

阿妈为人老实,从旧社会到解放,到人民公社,到"文革",到现在,世道千变万化,阿妈一成不变的,就是一个字——做!从小寄人篱下的养女生活,别说不做,就是做得不对或者做得少了,就要挨打受饿,养成永不偷懒的勤劳习性,全年无休,日日起早摸夜,人家停她也不停。论"做",奚家宅啥人比得过唐引娣?她以她的苦做,得到了市劳模的荣誉和尊重,但她的儿女却都不情愿成为像她一样的"做胚"……

银龙正想着,突然有人在一边大叫:"哎、哎!银龙、宝凤喂!"园地边,菊娣匆匆走过,见银龙在菜园里,兴奋得拍手拍脚地大嚷,"正要报告你娘哩——去云南的人回来了,统统回来!你们铁龙也回来了!"

银龙一愣,这消息有些让人难以相信。宝凤说:"菊娣孃孃,你无头无脑的乱讲啥?"

"我到街上买盐,看见海元家门口围满人,热闹得来,是海元回来了!他娘子和刚生的一对双胞胎也跟来了,说云南的知青统统跑光,跑得一个不剩!我连忙问'铁龙呢?'他说比他早两日敲出的章。一家人老早逃一样地跑掉了。我说那怎么没到屋里呀?他说在上海丈人家啦!"

"呵!三阿哥回来啦……"宝凤又惊又喜,扔下锄头就往家跑,她要在第一时间告诉阿妈,阿妈听到要笑死了!

唐引娣一听,立即到街上找海元再打听。吃准了是真的,唐引娣那个开心啊，走路脚头飞快！在铁龙写给银龙不多的信里，她慢慢得知儿子是报喜不报忧。街上人家说，他们水利兵团最苦，铁龙力气大，一双手又特别会做，大约比别人要好些。几年一过，队里有好几个女知青喜欢他，要跟他好。他招呼不打，自说自话地把婚结了，排行老三的他反而成了五兄弟中头一个成家的。娘子叫尤璐，说也是上海人。第二年他们就生了个女儿，取名小飞，意思是要飞回上海来。想想小夫妻在那边无爹无娘的不容易，唐引娣拿出卖菜籽的三十块钱，叫银龙买点小囡东西给铁龙发只邮包，还叫铁龙把尤璐和孙女的照片寄给她看看。回信来了，只说邮包收到了，东西都顶用，照片却一直没有寄来。唉，边疆地方，拍个小照不容易吧？

就在唐引娣四处托人打听铁龙丈人家地址的时候，铁龙一家风尘仆仆地进了南京路后背，尤璐在香粉弄的娘家。

香粉弄，老上海人都晓得。在水利兵团，尤璐很为她来自香粉弄而骄傲，尤其是在那些郊区来的阿乡面前。尤璐一讲到香粉弄和被他们称为"大马路"的南京路，就两眼放光，"……隔了一排房子就是灯红酒绿、全世界侪晓得的南京路。夜里，从晒台上望出去，天空锃亮，星星都看勿清爽。大马路上的霓虹灯忽闪忽闪地打到自家床上……这里是南京路顶顶闹猛的地方噢，出西面弄堂口，有沈大成和三阳南货店；东面弄堂口，是老大房；过去点，冠生园、翠文斋、邵万生、五芳斋……啊呀，这都是吃食店！如果说这些店小，我们讲大的！先施公司、永安公司、新新公司、大新公司，都是打蜡地板、电动楼梯！还有卖被单、毛毯、枕头套的帐子公司，宝大祥、协大祥、信大祥几家大布店；走远一点，有大世界、八仙桥，啊呀呀！闹猛是闹猛得来……"但头一次被尤璐领进香粉弄的铁龙却全然没想到,想象中天堂般的香粉弄,竟是条破旧、狭窄的小弄堂!抬头处,晾晒着衣裳被单的竹竿长长短短、横七竖八、见缝插针,叉得难见天日,没绞干的织物滴滴答答淌着水。赤着膊的男人、穿着花裤子的女人,在乌糟糟、湿答答的家门口走来晃去……铁龙好不吃惊!但看着面孔发亮的老婆,他不好响啥。还没到自家门口,先接到报信的老丈人尤延香就奔了过来,一声"璐璐啊、阿囡!"一把抱住女儿,大庭广众的,也不怕难为情。

尤家住的是亭子间。小小亭子间多了三口人,立即显得转不开身。

尤璐的小阿哥结婚后,一直在等房管所分房,无房之前,只好同父母住在一起。尤家的亭子间十二平米,哪放得下两张眠床?小阿哥夫妻就一直做长夜班:夜里他们上班,父母上床睡觉;早上他们下班回家,被褥一调,也睡在这张大床上。床前弄块大布帘一拉,倒也两不耽搁。

可现在,豆腐干大的地方要挤三对夫妻大小七个男女,铁龙满心疑惑。

二

天刚亮,唐引娣换上衣裳,梳好头发,拉上宝凤,赶着头班车,一路吐、一路换车地过江来。最后实在乘不了车,走了一个多钟头,她才摇摇晃晃、面孔煞白地进了香粉弄。数着门牌号向人打听时,她们农村人的打扮及肤色,加上浓重的浦东口音,很快就被人们围住了,"你是他们什么人哪?""哟,找尤葫芦的。"……

有热心的邻居引着她俩进到"做了多年亲家,头一回碰头"的尤家。唐引娣一眼认出了几年不见的儿子,一声"铁龙!"几乎扑了上来,她摸着儿子已长成男子汉的壮实身坯,眼泪夺眶而出,"亲肉……"

铁龙的眼圈也红了,哑声喊了声,"阿妈。"

"阿哥!"宝凤跟上一步,指着尤璐问,"这个就是阿嫂了?"

尤璐就笑着招呼,"你是宝凤吧?小飞,快叫阿奶、孃孃!"

依偎在妈妈怀里的小飞却把脸埋进她的胸前。尤璐和铁龙就都呵斥女儿"不懂规矩"、"要打了",唐引娣和宝凤就连忙劝阻说小飞还小,同她们陌生……总是声音响着点了,她们身后那挂在床上的布帘突然"哗"地一声拉开,尤家儿子德鑫扣着衣扣下床,就立在宝凤面前。宝凤惊得倒退两步,差一点将尤延香撞倒在地,幸亏坐在床上穿着袜子的阿嫂手快,一把将他扶住。床上并排的粉色绣花枕头,乱成一堆的大红缎被一览无余……宝凤不好意思地扭过头去,心里奇怪:这家人家怎么像变戏法一样,介小的地方还拉道大布帘藏着两个人?

尤延香仿佛看出了她们的心思,"呵呵,上海人家地方小……他们俩是做长夜班的。"

阿哥阿嫂笑着招呼,"小飞阿奶、孃孃。"

唐引娣应了,却忍不住说:"夜班,一直做,吃不消的。"

"呒啥!年轻嘛,大夜班发夜班费的,别人想做还轮不着!再说路上避过上下班高峰,乘车辰光要少一半呢!"尤延香说着,这个精明的男人算盘会打。

唐引娣原有把铁龙一家领回奚家宅去的打算,见尤家远比她想象的更小更挤,立刻坚定了要铁龙他们回乡下的主张,干脆就说:"亲家,我们乡下地方大,房子也是现成的。铁龙两夫妻带了小飞跟我回乡下去吧?"

尤延香笃悠悠地呼着香烟说:"你问问他们肯不肯?"

尤璐看着铁龙,"你讲呢?"

铁龙坚决地把头一摇,"不去!"

尤延香就说:"对啊!好不容易回来了,哪有上海人不做、做乡下人的道理!"

这话,对于初次见面的乡下亲家,实在太肆无忌惮!宝凤不悦地回嘴说:"介小地方,转个身都屁股碰……"唐引娣拼命捏宝凤的手,不许她作声。看着三阿哥尴尬的面孔,宝凤只好闭了嘴。尤延香却起身,哈哈笑着说:"我这里小啊?上海地方像这样的情况多得是!知青一窝蜂大回城,别的地方不晓得,单说香粉弄,到夜里,饭桌上、床底下……平的地方全横着人。叫声小孃孃,你到底是年纪轻,见识少。"

尤璐怕姑娘不适意,故意冲她爸说:"就你样样晓得!"

尤延香不以为然,"等他们工作派好,我就要房管所派房子。他敢不给,我就背着铺盖带着老婆天天到他那里睡去!哼,看派不派?"

唐引娣听得有些心惊肉跳,不知道该怎么接口。尤延香又说:"放心好了,亲家母。工作、房子……不解决,这帮赤佬不要造反?共产党既然叫他们回来,就不会不管!"

最后那句话,尤延香加重了口气,一个字一个字,说得掷地有声!

铁龙把阿妈和小妹送到电车站,车来的时候,唐引娣对铁龙说:"你丈人像是不好白话……你还是领了她们回来好。"铁龙没有立刻回答,最后还是说:"尤璐欢喜上海……"

路上，宝凤一直想着在铁龙丈人家的事。前些年，小杜阿姐同她讲过老多上海的事，在她心里，上海就是无比美好的天堂，从来没想到上海人会是这样过日子的！身边，满腹心事的唐引娣一路不作声。高庙换车的时候，宝凤问她："阿妈，这个三阿嫂也是做勿得、吃勿落的人，你大概看不中咯？"唐引娣说："小啊，小得来……"

宝凤抢白她娘说："又不是养猪猡，又不是结冬瓜、南瓜，越大越好！"唐引娣不生气，女儿的话是对的，只不过在她心里根深蒂固地认为：无论是人还是东西，大总是好的；养着长着，总要一点点大起来。

到了奚家宅，奚祥生已经到家，问起铁龙一家怎么不回来，唐引娣只说："不肯！三浮尸还记着你的仇呢。"奚祥生鼻头"哼"了一声，"让他去！这一家人回来了，又要造房子？钞票呢？"

是的，房子在中国农村永生永世是头等大事，这家人日子过得好不好，别的不用说，远远看一眼他们的房子，全在那里啦！奚祥生前年在后头起的两间半房半灶的新屋，虽说格局就是一般的平房，但内行人一看就晓得，那个地道和扎足，人家哪能比得了？这是给前头两个大的儿子的。银龙那间虽说空着，现在礼拜天他回来要住，过两年结婚了就要做房。就算银龙毕业后在上海落脚，乡下老家总要回来的。两间老屋，宝凤和小龙都大了，宝凤挤在里间，小龙睡在堂屋。老屋五六十年下来，常常捉漏，烂泥地高低不平，落雨天返潮厉害，虫又多，眼看也要翻新。可翻房子的钱哪里来？金龙成了家，银龙一进大学就没了进账，小龙在读书，宝凤的更动不得，那是要办了嫁妆给她带走的……唐引娣一想这些，夜里就睡不着。

这天，唐引娣在川沙碰着一个熟人，常带学生到奚家宅"下乡劳动"的薛老师薛允海。薛老师几次在唐引娣家"同吃同住同劳动",唐引娣把"没架子"的薛老师一向当自家人。几年不见,两人几句话一说就扯到了儿女。薛老师家在上海,认识的人也多,唐引娣就托他留个心,给年纪不小了的银龙介绍个对象。薛允海想了想,竟有些不好意思起来,"呃……我大女儿从崇明农场上调到公交公司,也蛮喜欢看书、写写弄弄……不晓得银龙看得上哦?"

"啊呀薛老师,只怕伲银龙配不上——你这么好的人,你女儿,还有啥话讲!"唐引娣为此开心得要命!夜里的饭瓜粥连吃两大碗,已经好些天睡不安稳,这天总算头碰着枕头就啥都不晓得了。

等银龙回家一说,银龙不响。银龙曾经以为他与小杜的初恋,像小说里写的那么美好浪漫、独一无二,但在寝室熄灯后的"夜聊课"上他了解到,那些在广阔天地待了八九年的同学,命运远比他跌宕坎坷,爱情更是波诡云谲、惊心动魄。相比之下,他和小杜那些事情就小巫见大巫,没啥大不了。薛老师他熟,从小佩服,真找不出理由反对与薛老师的女儿交往。不反对就是同意,在双方长辈的撮合下,银龙和薛似杨见了面。

薛似杨比银龙小六岁,还像个学生。薛似杨从家门到校门,就算到了农场,也一直在学生堆里,一路顺风顺水地过来,单纯而稚气。她喜欢唱歌,邓丽君的歌支支会唱,又特别爱笑,常常笑得银龙莫名其妙,但见她无拘无束笑得开心,银龙也被感染,不由得也笑起来。恢复高考时,薛似杨让爸爸花了很大力气给自己补课,但仍然差几分而落榜,无人辅导的银龙却考上名校成了大学生。薛似杨看着银龙,那纯纯亮亮的目光里,满是仰慕,银龙无疑是喜欢这种目光的。某个瞬间,杜慈心会

第二章 | 81

突然在他的心间一闪而过……纤弱敏感、抑郁和有些不可捉摸的小杜，同小薛是多么不一样！银龙把他的初恋故事告诉薛似杨，薛似杨说，既然小杜从前学习很好，现在应该也在哪个大学读书。银龙也这么想过，甚至在刚进校报到时，目光会不由自主地在新生中搜寻……也许和他一样，杜慈心现在也有新的男朋友了。银龙曾经的情爱仿佛一个缠绵的梦，渐渐远去，渐渐淡忘。

三

　　大世界到八仙桥一带，车水马龙，摩肩接踵。几个穿着大衣不像大衣、工作服不像工作服的男青年东张西望着走来，铁龙也在其中。眼神一对，他们脱下宽大外衣的一只袖子，从腋下撸出一串花花绿绿的假领子在手臂上排作一队，前前后后地吆喝起来，"节约领、节约领！走过路过，不要错过啦！""哎！是正宗衬衫厂刀口布做的，正宗的高支纱的全棉府绸料作啦！""格子、条子，五颜六色，自己挑自己拣啊！"……

　　热闹市口，又是当时人人用得着却不大买得到的东西，花式还如此之多！很快，人们就围了上来，你挑我拣。

　　二毛等人就吆喝得更起劲了，"哎！35 到 43，大小齐全，尺寸标好的啊！""一只一块五角，两只二块五角啦！""识货买强货！自己做做多少麻烦！有这么好看的格子布啊？讲给你们听：布料全是出口订单噢！""先来先挑，拣光卖光……""这阿哥眼光一级！配蓝色中山装，好当新郎倌了！"……

铁龙的手臂上也套着一排假领头，但他不会吆喝。他是浦东口音，看着二毛他们的"活络"样子，有些不知所措，结果不仅招不来顾客，反被买二毛假领子的行人挤到了圈外。

二毛一面卖，两眼不停地往远处张望——他怕的是"老娘舅"（民警）来捉。好在货套在手上，不怕偷也不怕抢。他当然发现了铁龙的"死腔"，看在尤家老头子面上把这乡下人叫进来时，他就定了个"多劳多得"的规矩，反正不会因为铁龙的加入而让自己"失分"。像是故意要叫铁龙领教领教，二毛嘴唇叼着香烟，傲气十足地向挑货的路人说着："嘿，朋友你真是不懂——箩里挑花、越挑越花！老阿叔，你年纪大了，这只好！牛津纺的料子，多少厚实！五年十年也穿不坏的，深色小格子耐龌龊啊！这只紫红细条的，看看勿哪能，穿上衬得人皮肤雪白，脸孔红殷殷……唉，拣光卖光，我好早点回去打牌！"

铁龙听得目瞪口呆，这些话，就是教他，他也学不会！从小到大，铁龙只习惯做出力气的活，苦和累无所谓，他又有得天独厚的"小聪明"，老头子从小说他是"别人一百斤力气，老三只要七十斤"。到大世界一带鬼头鬼脑卖假领头，他真的不情愿，但尤璐要他做，到底是"进分"多啊，又是老丈人厚了面皮求来的，不做讲不过去。他站在街上，心慌意乱，又牵记着尤璐，尤璐同他们一道出来的，她是他们的"大本营"，这会也不晓得待在哪里。

尤璐这会躲在西藏路延安路口的红光医院内。进门的大厅里，几排木头靠背椅子上坐了不少候诊的病人。尤璐手里拿张病历卡，脚下放着个旧帆布旅行袋，像是从外地来看病的，坐在离门口不远的地方。二毛讲的，每个人先拿一包货，廿五只，卖光了就到尤璐那儿拿。这样，如果被"老娘舅"捉着，顶多手上那几只"冲掉"，不至于"一锅端"。

尤璐从旅行袋里取出东西，趁交给刚进来取货的阿栋时，小声问："铁龙呢？他卖了多少？""你自己看去！"阿栋话音未落，将几个纸包揣入怀里，硕大的工作服一裹，一猫腰就溜了。

尤璐心神不宁。她知道自己男人，做这种事情既不情愿又不灵光，她担心他做不好，会被二毛他们看轻。尤璐身旁的两个女病人一直在注视着她，窃窃私语着什么。尤璐干脆提起旅行袋走了，她要去看看铁龙怎么样了。

不远处，二毛、邵龙、阿栋和铁龙，相互间隔的距离不过两三米，他们几个都吆喝得起劲，只有铁龙，那只套着假领子的手臂不情愿地向外伸着，有从他身边走过的行人，哪怕是眼睛看着他的假领子，他也不晓得招徕。人家就立即被二毛他们的吆喝声吸引过去。二毛看到尤璐，外衣朝心口处一裹，急忙走了过来，"做啥？你跑这里做啥？"

"来看看他……"

"快回医院坐着！"二毛不由分说，"万一老娘舅来了呢？"

"二毛，你们帮帮他、带带他。"

"哪能不带他？一直一张欠了多、还了少的面孔，金口难开……"

"他面皮嫩，老实呀！跟了你们，慢慢就会活络起来的。"正说着，不远处的邵龙突然打了个口哨，外衣往胸前一紧，撒开脚丫奔跑起来。阿栋喊了声"老娘舅！"立刻滑脚不见。二毛对尤璐急速讲了声"快跑！"迅速钻进密集的人堆里没了影。尤璐也挽起旅行袋混入人群，仿佛一个普通路人。只有铁龙，在紧张和匆忙中也逃跑了，但在他宽大的外衣下一串花花绿绿的假领子七零八落露在外头,加上一副做贼心虚的模样,立马被两个民警拦住了……

铁龙再不肯去卖假领头,二毛本来想叫他去相帮理理布料、学学裁剪,但尤璐叫铁龙看好小飞,家里白天怕小飞吵,总要人带她出去。铁龙只好天天带着女儿,天气好去人民公园、人民广场,天气不好去四大公司,东荡西荡。小飞小,见着好吃好玩的想要,铁龙已经把云南带回来的那些可怜巴巴的积蓄,全向丈人交了饭钱,一个大男人身无分文走在花花世界里,心里的那份窝囊,说不出讲不出!

银龙同薛似杨的关系发展得很好。这晚,银龙与薛似杨在肇嘉浜路绿地牵着手漫步。忽然,不远处传来一阵激烈的争吵声,还有数支手电在晃动。两人不由同时加快脚步向那里走去,原来是几位戴红袖章的里弄大妈正在呵责一对谈恋爱的男女,"……谈恋爱,就要谈工作、谈学习、谈进步,搂搂抱抱像什么?不文明啊!对不对?"

男青年立即反击,"你怎么知道我们不是在谈工作、谈学习、谈进步?可我们毕竟是在谈恋爱,是一对恋人在交谈!形式上,和同你老阿姨谈工作、谈学习是不一样的!"他身边的姑娘挡开老阿姨手中的电筒,说:"手电请不要乱晃!请你尊重他人好不好!"

"呦!呦——"四周的人起着哄,以示响应和支持。他们大多也是恋人。

里弄大妈恼怒了,"你们!别当我没看见,你们……动作不规矩!谈恋爱,在家里怎么样我管不着,公共场所,这种阴暗角落,搂搂抱抱、香面孔碰鼻头,就是伤风败俗!"

男青年似被触动了哪根神经,嗓门立即大了起来,"家里?我倒是想在家里！家里只有一间房，老老小小挤在一起，你说，怎么说我们的悄悄话？"

里弄大妈底气不足了，"有啥……不好说……"

围观的情侣们顿时"炸"了，"你谈过恋爱吗？""她是包办婚姻！红布头一盖嫁了她老公的。""哈哈哈！""上海住房这么挤，你这么革命的里弄干部怎么不向上级反映反映？""该管的不管、不该管的瞎管！"

里弄大妈提高了声音，手电随之乱晃，"谁在那里胡说八道？对现实不满对哦？站出来看看！"围观的恋人静默了，一些人悄悄走开。

男青年愤然地说："阿姨，请你不要随便拿好人当流氓。这是我的工作证，共青团员，厂先进。你到我们单位查查！我们已经登记买家具了，快要结婚了。"没走的那些围观者就叫嚷着："实在没地方去啊！""对！对！"……

里弄大妈还是沉着脸，"作啥？都散开，散开！有啥好看的？起啥哄！"男青年拉着他的女友走了，围观的人们开始分散，薛似杨和银龙也掉头走开，明天小薛上早班，五点钟必须出门的。薛似杨感慨地对银龙说："这男的真不错！"银龙点点头，"唉，上海的住房……知青大返城后，人均不到两平米，我大弟的丈人家就是……"他不由想到了自己。当下的上海，有多少领了证却无房在等分房的夫妻？班上有个黄山茶林场考来的同学，人称老周，夫妻俩都是六六届高中生，因为无房，每礼拜六在旅馆做周末夫妻。将来自己毕业后进了单位，只怕也得排队分房，如果分着的就是香粉弄这样的房子呢？子女大了，会不会也过铁龙丈人的那种生活呢？银龙想着，再无兴致。身边的薛似杨问他在想啥,他摇摇头,说:"不想啥。"

四

　　尤家这个"螺蛳壳"里,三对夫妻老老小小地磕磕碰碰,难免有矛盾。特别是小飞在云南野惯了,上蹿下跳,做大夜班的阿哥阿嫂睡不好,话不好听,面孔更不好看了。逢着雨天开不了窗,屋里又潮又闷,弥漫着一股难闻的气味;女人上个马桶、洗个身子、换件衣裳,避都避不开……于是,大小七个人,个个面孔都越来越难看。尤延香有权威,几次发声压着,谁也不敢吱一下。

　　衬衫厂称斤的刀口布买不到了,因为厂里好多工人的子女也是回城知青,人家自己办三产了。假领头卖不成,饭总要吃,铁龙和尤璐在香粉弄弄口摆了个摊头。一只煤炉架一口小铁锅,旁边放张骨排凳,搁些面糊等原料,尤璐双手利索地在马口铁模子里浇面糊,放萝卜丝,再浇面糊,然后放进油锅……一个个由白到黄的油墩子在油锅里泛着好看的油花,香气四溢。萝卜丝油墩子,上海人都喜欢的小吃。边汆边卖,成本低,赚头却足。尤璐选在傍晚时分出摊,放学的、下班的,半饥不饱,五分钱一只吃了,又解馋又填饥。没想到卖油墩子,生意好到无法相信,三天做下来,零碎钞票点到手酸。可里弄干部找上门来,说路口不好随便摆摊的,食品卫生不谈,万一油锅打翻,那可是要闯大祸的!尤延香怕得罪他们,影响女儿女婿的工作分派,只好连连点头称是,并以此为由天天催他们早点给女儿女婿派工作。

老天今年偏偏倒黄梅，又闷又热，还日日落雨，大半个月不见太阳。三代人在一只小小亭子间里挤着，讲话也越来越不客气了。比如上个礼拜天，兄嫂不上班，全家七个人吃饭，一张小方桌坐不下，尤延香叫小飞到小凳上去吃，小飞不肯，吵。尤璐她娘就离了桌让位叫她上来坐，铁龙不答应，骂女儿勿懂事，尤璐却骂铁龙不会做爹。德鑫嘟囔了一句，"烧香的把和尚赶出去了。"尤璐一听，把碗往桌上一搡，尖声说："谁烧香？谁和尚？讲！"尤延香将桌子猛地一拍，兄妹俩才没相骂起来，但好好准备了的有鱼有肉一餐饭，吃得还有啥味道？从来都是乐天派的尤延香也不由暗里叹气，无以为计。

终于，工作派下来了，尤璐两夫妻都分在里弄生产组的弹簧组，尤延香当即带着女儿尤璐去察看。弹簧组在牛庄路后背的一条小弄堂里，大门开在垃圾桶对面、小便池旁边，叮叮当当的敲击声里，只见阴暗、油腻的里厢，两只赤膊灯泡发着暗黄色的光，粗细不等的钢条和钢丝堆了一地，装着加工好弹簧的大小木箱，一只只叠得老高。由于通风不畅，屋里弥漫着一股浓烈的油耗气……尤延香父女正往里探头探脑，有人出来问："寻啥人？"

尤延香支吾着，"不寻啥人……看看。"

"这种破地方有啥好看！要看，大世界看西洋镜去。"

尤延香不想争辩，拉上尤璐转身就走。

第二天是礼拜日，所有人又都在家。中午时分，德鑫对门口相帮丈母娘烧饭的铁龙说："铁龙，走！跟我吃老酒去。"

铁龙吃了一惊，望着德鑫不知怎样才好，丈母娘在旁边说了，"去，去，叫你去你就去嘛！"铁龙就放下手头的东西跟着走了。

小酒馆就在香粉弄西头的浙江路上，四五张旧桌，三五个客人。德鑫要了一瓶黄酒，几碟小菜。一杯热酒下肚，铁龙还在猜度着对方的用意，德鑫将一张医院诊断书放到了铁龙的面前。诊断书上写着尤德鑫的名字，诊断结果是："心理性勃起障碍"。

不知是因为酒还是因为文字的关系，德鑫红着脸说："我三十五岁了……"

铁龙当然明白。正不知所措时，德鑫又摸出三张电影票放到妹夫面前。这意思也不用说了，铁龙懂的。铁龙不响，默默点了点头，一口喝尽了杯中的黄酒，深深地低下头，因为他的眼泪快要流下来了。德鑫老实，也实在尴尬，找个借口溜走了。

铁龙独自喝着酒，一口又一口，回城后虎落平阳的委屈与无奈、丈人家寄人篱下的不堪和痛苦，都随着酒液一口一口地抿了、吞下，终因不胜酒力而很快烂醉，竟号啕大哭起来……

唐引娣和金龙领着铁龙一家回到了奚家宅。

铁龙回到奚家宅，距十六岁离家已整整九年半！刚推开家门，一只鞋子迎面飞来，不偏不倚打在了还在门外的铁龙身上。

奚祥生见手中的鞋子打着了人，一看是三儿子，顿时惊愕而难堪。刚才，宝凤向他要户口簿，铁了心要和丁国弟去登记，奚祥生正向女儿大发雷霆。但铁龙一家的到来，碍着面子，父女俩都只好熄火。奚祥生不得不换个笑脸，对铁龙夫妇说："回来了？……"

铁龙顺势喊了声，"阿爸……"拉过尤璐和小飞同阿爸打招呼。宝凤也装作没事似的叫着："三阿哥，三阿嫂！"

唐引娣引着铁龙一家走进后院。铁龙一眼看见那口老井还在，心里就涌起一阵激动。灶间显然翻修过了，但锅灶和炊具同早先的没啥两样。当初，就因为烧饭时偷吃了一块咸肉，阿爸劈了他一个耳光，一句，"滚就滚！"冲动之下，铁龙远走云南……如今他回来了，拖儿带女，再也不是从前的那个毛孩子了。

唐引娣指着原来柴间位置上盖起的新房，说："你两个阿哥的，一人一间，半房半灶。前年十月里起的，砖头、水泥，一点点地攒，造房时天天下雨……不容易。"尤璐已经迫不及待地到新房窗口探头探脑了。

这是南北相通的两间房，前作起居、后为卧室，钢窗木门，整洁敞亮。唐引娣指着全套还没有上油漆的家具说："这是金龙结婚前请老木匠一批打的。你二阿哥也有女朋友了……你们回来了么，就在这里先住着吧。"

尤璐里里外外地看，目光满是兴奋和欣喜。她见婆婆正从大橱里拿出崭新的床单和五彩亮丽的软缎被子，忙机灵地跑上去相帮铺摊，一面说："啊呀呀，真丝织锦缎啊？我们在云南结婚那会，也没这么漂亮的被子呢！"

唐引娣说："雪妹嫁过来的时候给我的，伲本地人的风俗。"尤璐想起铁龙说过，浦东地方新娘子都要从嫁妆被子当中，挑出两床送婆阿妈的。尤璐早就听说大阿嫂聪明能干，是党员干部，同大阿哥两个人在这里有权有势，他们就"背靠大树好乘凉"。

亮闪闪的被面映得四周白墙都变了颜色，整个房间一片喜气。等唐引娣一出门，尤璐就兴奋得跳起来，大叫一声扑到被子堆里，"我们结婚的时候也没这些东西!"她翻了个身仰望着房顶,"当初是肚里有了,没办法……小飞出世,爸爸姆妈那边不敢讲,全靠银龙寄了只邮包……铁龙,我怎么觉得像是在帮我们补办婚礼噢!"

铁龙说:"我老早就同你说还是回奚家宅,不肯。"

"这套房子如果在上海,没话讲了。四十平米有哦?"她指着房顶,"这么高,我们搭只阁楼,过两年小飞就好住上去了。"

"啥阁楼?我们卖力点,以后翻楼房,只要墙壁加加高,大梁、檩子和瓦片,全现成的。"

"啊哟,这不是成别墅了?我喜欢沙发!我顶顶眼热人家屋里有沙发,坐上去软扑扑的多少适意!再买只电视机,如果能有只煤气灶……哎,烧饭怎么烧?"

"金龙不是在东头搭了个小偏屋当灶间么,我们也……"

尤璐把手摇得要断了似的,压低声音说:"就跟你阿妈吃,不要自己烧!"

"自己烧!分开吃自由。"

"烧灶头,龌龊死了!弄柴火烦得不得了,还别想有像样的衣服穿了……"

"我来我来,在云南也全是我……"

"戆哦!你阿妈一个人反正要烧的,她烧惯弄惯,带带过的事。"

"阿妈吃得马虎,我无所谓,你怎么吃得惯?再说小飞……"

"调教啊!你教你妈!在十四连,奚铁龙会烧菜可是有名气的。"尤璐突然又想起什么,"哎,我们住进来了,你二阿哥也有女朋友了,他要是不答应怎么办?"

"哪像你们上海人啊!"铁龙不以为然,"银龙大学毕业肯定在上海上班,他女朋友也是上海人,会到乡下来住么?再说,都是一奶同胞的儿子,凭啥给他不给我?"

"就是!先下手为强。住进来就不出去了!"尤璐在软缎被子上又翻了个身,托着下巴万分不甘地说:"本来想送小飞去市少年宫学跳舞的呢……哼,做乡下人了。"

五

没几日,铁龙就到大阿哥的螺丝厂上了班。螺丝厂就是从前的大队小工厂,改名没多久。铁龙以前从二阿哥的信里得知,这小工厂的效益好到十里八里都眼热,但那是早两年。现在形势不一样了,大队里像这样的小厂多得是,都是从上海亲眷朋友的厂里,接点低端的粗加工活,凭着劳力成本低,赚点小钱,反正人多地少,总比在大田里磨洋工混工分好。金龙见铁龙有些失望,自语道:"我不会在一棵树上吊死。"

铁龙不明白,"你说啥?"

金龙迟疑了一会,笑说:"我是讲,我在动脑筋,这会还没想好……"

"你老大的脾气要么不做,要做就要做头挑!"铁龙相信金龙。在奚家宅,论本事,也数金龙最大。跟着老大干,是刚回来的铁龙最确定的想法。

金龙蛮开心,笑着在铁龙肩上重重一拍,"兄弟!"

尤璐很快被安排到了奚桥供销社,在卖布柜台当了营业员。奚桥镇就在奚家宅边上。奚桥镇在川沙呒啥名气,老里老早叫奚家木桥还是奚家石桥?老年纪的人讲不清楚了,反正后来大家都叫奚家桥,人民公社成立那年画地图,标了个文一点的名字叫奚桥。有桥就有河,但同江南许多老镇不同,它的河在沿街房子的后背,一座三块条石宽的小石桥,本来没扶手的,读书囡来去不安全,装了个铁管扶手,多少年过去,铁管锈黄,蛮难看的。奚桥镇其实谈不上是个镇,就是短短的一条街。街上有饭店、肉庄、剃头铺、裁缝店、药房、糟坊,最闹猛的,当然是供销社了。乡下的供销社堪比城里的百货公司,除了百雀龄、蛤蜊油、塑料镜子、热水瓶这些五花八门的日用百货,也卖布,卖糖果、糕饼和四时水果,还有种子、农具、化肥、杀虫药、柴油煤油、水泥、石灰……门口墙上挂只绿颜色的老邮箱,是此地与外码头亲人情感维系的唯一渠道。供销社不像别的店,进去者意图明确,不相干的不进。供销社成百上千种东西,家家都要的。不买,看看也蛮灵。像女人,在供销社看到了心仪的东西,好比阿里巴巴进了山洞,流连忘返的欢喜和激动,无法形容:新到的阔条子灯芯绒,花式洋气还厚实扎足;刚进的老虎黄和苹果绿全毛绒线,买得起和买不起的,都要看一看、摸一摸,想象着、讨论着给小囡织哪种衣裳、哪样花式……男人对这些没啥兴趣,但这里有烟有酒,小到两分一盒的"自来火",大到农药农具,他们在这里领市面,交流"情报",发表些赞扬或不屑的议论,也算是"志同道合"地开心交流。

呵呵,供销社,十足的乡村俱乐部!

尤璐现在每天都欢天喜地。女人么,老古时代的男耕女织就决定她们喜欢布头,那柔软、好看、厚厚薄薄的各种布料,在尤璐手里撸过去、摸过来,多少有快感!之前尤璐最喜欢兜南京路上"协大祥""宝大祥""信大祥"这三大祥绸布店,连橱窗都百看不厌的。但真进了店,顶多就是在布角轻轻地用两只手指头摸摸捻捻,现在,可是簇新的布匹由你抖动、随你丈量了!尤璐常常把柜台上的花布,披在自己身上或顾客身上比划,想象做成衣裳后,让镜子里的自己靓丽得叫人惊讶,让四周的女人们送上羡慕甚至嫉妒的目光……尤其是快剪刀一剪,"嗞"的一声撕了。那声音,不就是从前杨贵妃要听的妙音啊!

尤璐的出现,给供销社带来了活力和新的气象。她头发光亮,穿得漂漂亮亮,白白净净的面孔,在这暗幽幽的供销社里特别抢眼。尤璐会真心实意地向顾客介绍:"这个花头洋气哦?火腿花,外国人顶欢喜,准定出口去的。宝大祥里一出来就抢得一塌糊涂!我亲眼碰着的,不骗你。"她熟练地抖着布,拉开了撸平,让人家摸,一边嘴巴不停,"全棉府绸哦,摸摸看,多少光滑,多少密实!"

顾客早已笑容满面,"我不识的。阿妹你介绍得好……像是新来的,没看见过。"

另一个营业员隔着柜台搭话,"她是上海人呀。"

"这里早几年也有过个上海人,走掉了。上海人侪待不长。"

"她是猪场引娣阿姐的三媳妇呀,铁龙从云南带来的娘子。"

"呵呵,趣咯!细皮白肉。"

尤璐的脸笑成一朵花,"阿姐看中啦?做罩衫是五尺,我给你量松一点噢。"

听街上人讲尤璐好,唐引娣心里实在开心。眼面前有了两房媳妇,以后还会多起来，早晚要到五房。唐引娣一心要当个好婆婆，她觉得自己不识字，话也不会讲，只有做，多做，做别人怕做的苦事难事，总会有人见情的。自从铁龙一家回来后，中午收工时间，唐引娣总是心急慌忙地往家赶。菊娣同她一道走着，一面笑她，"引娣啊，你像是有吃奶的囡在家等着喂哩。"

唐引娣就说："本来我一个人，吃啥好对付。现在铁龙一家来了，雪妹又肚子老大，不管，像啥？"

"铁龙娘子，叫小，小……刘？"

"姓尤，小尤，叫她璐璐。都这么叫。"

"铁龙娘子不会做啊？你也一把年纪，做阿奶的人了。"

唐引娣连连摇头，"不行不行，她做不像。"

"唉，上海女人。你要教她！慢慢教。"

又是周日。奚祥生是昨夜回来的，两老夫妻一早起来，家里家外忙碌，眼看都九点钟了，灶上的粥都凉了，铁龙房里还没有动静。奚祥生就皱了眉头对娘子说："……太阳晒屁股了还不起来！算是吃早饭还是中饭呢？"

"铁龙一早到川沙去了。不是礼拜天么？璐璐不上班。"

"平常日子几点起来？"

"总要等我粥烧好，猪喂好……睡得晚，半夜三更的。"

"做啥呢？"

"有时叫铁龙踏了脚踏车陪她到川沙看电影，有时在街上斗牌，有时喊人家上门……我说早点睡，她说，早了睡不着的。"

"这种女人……"奚祥生不由重重吐出一口恶气,"烧饭、洗衣、倒马桶,啥事都你包下来,自己骨头轻!"

唐引娣笑笑说:"我做得动的,不碍啥。"

"做得动也不要做!比比雪妹和小薛,这一个像啥?我看比前头那个住猪场的都不如!"奚祥生这几次回来都板着脸,因为不称心的事情一桩接一桩。铁龙他们住了银龙的房子,造房之事要提前筹划,可钱到哪里去弄呢?老大的螺丝厂比不得从前,他替他们捏了把汗,眼看铁龙又跟了进去,一旦树倒猢狲散,两户人家的日子怎么过?铁龙的老婆哪像过日子的女人?穿着怪里怪气,天天化了妆,站在供销社里像煞在唱戏!特别是女儿宝凤的婚事,他一想就挖心挖肺地心痛!

吃早饭的时候,他同娘子嘀咕,"我只一个女儿,无论相貌还是做事的手脚,在奚家宅是一等一的!还没好好地挑挑拣拣,就认定那个姓丁的,有脑子哦?要我当阿爸的同意?做梦!"

宝凤正好在门外听见,一脚跨进来嚷着,"要你同意做啥?我自己的事我做主。是我嫁又不是你嫁!"

唐引娣急得叫了起来,"宝凤、宝凤!你少讲两句!"

宝凤却将胸一挺,接着嚷,"做啥啦,有理讲理,我又没做见不得人的事!婚姻自主,婚姻法规定的!反对自由恋爱,算犯法!你'金瓦刀'是党员、先进,跑到家里搞老派封建?一道到公社、县妇联去评评理!"奚祥生被激怒了,猛地转过身,怒目圆瞪,脸涨得通红,浑身哆嗦。唐引娣早慌得从灶膛背后冲出来,站到女儿与老头子的中间,生怕二人动起手来好拦一拦。

奚祥生竟再没有动,连连摇着头,哑声道:"做人凭良心!六个子女里,我顶顶宝贝啥人来着?到头来,你就这样报答我?丑话说在前头——今后吃着苦头了,别哭着跑回来。"

"活不下去我跳浜!"宝凤头一仰,无比强硬。

奚祥生不认识似的看着女儿,好一会儿,他终于伤心至极点点头,缩紧脖子嘟囔,"翅膀硬了……"他觉得自己的心脏像被人戳了一刀,疼痛得无以招架。

唐引娣从没看到老头子这样衰败沮丧,心里实在害怕,不由叫出一声,"他爹……"

"把户口簿给她。"奚祥生无力却坚定地对老婆说。

"宝凤!你……要苦了啊……"唐引娣一把抱住女儿,大哭起来。阿妈一哭,宝凤心里就堵得慌,像是为了逃避,她一把挣脱了,装出一脸得胜还朝的神气,跑出门去了。她只想在第一时间去告诉她的国弟,她同他的事,成功了——老头子一旦开口应承了的,打死不悔!

日子一天天临近,宝凤出门就在眼前。自那天大吵过后,父女俩像冤家仇人样的,谁也不理谁。到了那天,老头子会不会到场呢?宝凤已经横是横,无所谓了。唐引娣愁啊!只这么一个宝贝女儿,出嫁时老头子要是不在场,要给别人家笑死的呀!她不敢问奚祥生,怕挨骂。好在家里的财政大权一向掌握在自己手里,金龙两夫妻说这事由他们来经办。雪妹早帮着小姑在买这买那了,宝凤委屈不了。浦东地方"嫁个女儿送个贼",同某些地方女家索要大额财礼全然不同,说起来是"自己做的给她自己带了走",其实娘家岂有不贴的道理?"文革"结束后,生活是好多了,女方的嫁妆除了十几条甚至几十条软缎对被,还有冰箱、彩电、缝纫机、被橱、八仙桌等等。女婿不称心,女儿总是亲肉,宝凤的嫁妆，唐引娣咬紧牙关要办得像样点。她估计老头子也是"嘴硬骨头酥"，肯定不会捣蛋坏事的。她悄悄给了女儿一笔钱，当然是奚祥生默许的。多少？奚祥生不问；雪妹陪宝凤在办的嫁妆，奚祥生不管。晓得宝凤眼热一只双喇叭录音机，奚祥生暗示娘子再添点钱买一只，娘家陪嫁多，在婆家总归底气足。"车嫁妆"，即男家来女家取陪嫁，一般在出嫁之日的前三天里。爷老头子在不在都好交待。"好日"则定在礼拜天，只要老头子人在，就呒啥大问题。婚礼最大的事情是办酒。都说浦东人结婚办酒，要吃三日三夜。三日三夜是夸张了，不可能吃酒的客人坐在酒席上从早吃到夜，一直吃它个三个日夜。但喜酒吃三日，确是实情。头一天，相帮的亲友到场，办酒的食料备齐，杀猪杀羊杀鸡鸭，香菇木耳要拣、要发，鱼要剖，各式蔬菜和豆制品要收拾……单说"八碗头"里的走油肉，选定大猪身上带皮的肋条肉，去骨切成四寸见方大小，镬里煮到半熟，捞出待冷，投入大油锅里走油，炸至肉皮起泡，再丢到清水里，浸至肉皮成"皱纱"状捞出，加入陈酒、酱油、冰糖和八角桂皮一起煮上色，然后改刀成十二块，每块三分厚，码齐装入垫了水笋、茨菇一类"附头"的中碗里，再将原锅内的汁水浇入，一碗碗地放入竹子大笼格，同八宝甜饭、扣三丝、三鲜等传统的"八碗头"为伍。待次日一早，在炉灶上高高叠起，开足旺火来蒸。"八碗头"一起蒸透后，是不直接上桌的，需扣盆之后，有模有样齐崭崭地端上桌面……这般工夫，当天如何来得及？酒席上所用的碗盏碟匙和桌椅板凳，都是宅上人家相互借的。借来的东西，要好好地洗净、晾干，主桌、副桌的点清摆开；远路的亲眷一般头天下午会到，怕第二天来不及；这么多的人要吃饭，而鸡杂、鱼籽一类上不得明天台面的东西也要趁早吃掉，这也是平日吃不着的荤腥呢！能被邀来相帮的，有着"自己人"的地位，吃这些鲜美"落脚货"，更是身份的象征。一样由厨师烧出来，喝着啤酒黄酒，团团融融围坐一桌，说些至爱亲朋面前才说的体己话，比如办婚事借了债的隐痛，亲家哪里做得不称心的无奈……头一天的桌头不会多，三四桌到七八桌，看场面的大小了。浦东地方家家都有八仙桌，实木打成，四四方方，考究的，桌档里雕了花，漆水锃亮。平时放在堂屋里，四边是一式一样的四条长凳，来了客人倒茶、吃烟、说话，围坐桌前，显得亲近热络。第二天是正日，一大早，要将门前宅后人家的八仙桌背过来。自家摆不下，天好，会摆到场上，天不好，就借了前后人家的堂屋，桌头多时，一个村子小半人家都摆到了。主桌当然在自家，墙上贴着大红"囍"字，贺客陆续到来，但没人上桌，都在门前和场上朝阳地方坐了，嗑瓜子、喝茶、聊天，难得见面的亲友相互说长道短。等送亲的人一到，又是一大班人呢，新娘子的姐妹闺蜜啦，送嫁的阿舅啦，一桌当然是坐不下的。如果是男家来接亲，新倌人旁边也有几个兄弟陪着，现在叫伴郎。新倌人的姐妹有来有不来的，但来的都是同辈，亲家的父母长辈，这天不会露面，双方正宗会面是在几天后的"邀老客"。吃酒的第三天，上桌的其实都是正日里剩下的东西了。几十桌甚至上百桌酒席的剩菜，有的几乎没动啥，倒掉岂不罪过？从前大家穷，在吃餐饱饭都不容易的日子，依然有鸡鸭鱼肉招待，怎么也算"喜事"，何况平日里大家都忙得厉害，借着婚事，好好聚聚，实在难得呢！

当地风俗，做"大事体"除了出嫁的酒席，还有三朝的"回门"和"邀老客"。回门容易，以前，从小在屋里养大的姑娘，哪曾在陌生户堂过夜或者生活呢？出嫁以后，与陌生的公婆、小姑、兄弟朝夕相处

第二章 | 99

着，总会不惯，会想爹娘。回门，是新嫁娘回到爷娘身边，了却思念之苦，在婆家开心不开心也好同爹娘说说。就是女儿不说啥，从她的眉宇之间爹娘也能看出些许端倪。而宝凤这样脾气的姑娘，进门就做得了婆家主的人，这种担心是断断不存在的。"邀老客"，则是婚后男家操办的重大活动——男方郑重邀请女家父母和兄嫂、弟妹、侄子侄女、外甥外甥女及娘舅舅妈、孃孃、姨妈、姑父姨父等全体亲眷上门，女家的亲眷们到这时才看到了新房，看到了男家的村宅和田地、河塘……这是新娘子今后生活劳动一辈子的地方。男方女方的大人小辈大家见个面，接触接触，免得街上碰着了都认不出。再则，今后新娘子生了小囡，来"望舍姆"的时候，就认得门堂子，不至于到了宅上还兜来转去地打听。"邀老客"时男家的排场仅次于婚礼，虽说都是至亲，但双方亲友大大小小在内，少则八九桌，多的十廿桌——"邀老客"实在是一个明智又实在的仪式。

宝凤的事，最袖手旁观的是铁龙两夫妻。小妹反抗了老头子，铁龙自然是支持她的，宝凤找了丁国弟明摆着吃亏，作为阿哥心里为她抱屈，但生米煮成熟饭，他只好说："牛吃稻草鸭吃谷，各人自有各人福。"尤璐是事不关己，高高挂起，供销社的人向她问起宝凤的事，她讲："管我啥事体？我只等着喝喜酒！"

六

"好日"那天终于到了。一大早，高桥的石龙带着老顾娘子和阿弟阿妹就赶到了。老顾娘子本来老早就想过来帮忙，但唐引娣说相帮的人够了，再三叫她不要来，所以今天她是头一个到。石龙还是瘦，还是单薄，还是一副老实相，他初中毕业就在队上赚工分了，今天宝凤出嫁，他是要去做阿舅的。一到，雪妹连忙拿出借来的西装叫他穿好，再系上大阿哥的领带，神气得认不出了，看得老顾娘子一个劲地笑，"佛要金装，人要衣装，真正一眼眼不错的！"

早饭后，家门外的水泥地上就放上了一挂长长的大红鞭炮，金龙、银龙、铁龙、石龙和小龙五兄弟换好一式的黑西装，打着漂亮的领带，脚蹬新皮鞋，个个英姿勃发、威武雄壮。他们五人是要跟了去丁家渡"做阿舅"的。"阿舅"，明明是新娘的阿哥或者阿弟，却跟着未来的外甥叫高一辈，实在因为阿舅对于出嫁的女子而言，有着非比寻常的地位。旧社会妇女没地位，大多不识字、不善言语，上不得场面，如果在男家被欺负狠了，阿舅是要代表女家出面论理的。阿舅送嫁，阵势大小，无疑是一种力量的展示和暗示。父亲难道不可以么？父亲要老的，阿舅与姐妹平辈，连代沟都没有。姐妹的男人啥事情做得"豁边"，阿舅可以当面兄弟样地呵斥，父亲碍于长辈的身份就不得造次了。如姐妹不幸守寡，遗产继承方面，阿舅也可出面干预。外甥们日后分家，能"一碗水端平"的阿舅，面对诸多不能均分的田产房屋，也可做主，一锤定局。如是姐妹与儿子媳妇，或者几房外甥间有了不可调和的矛盾，各执一词求阿舅公断，作为局外人的阿舅不会偏袒。有本事的，一番鞭辟入里的分析，孰是孰非顿时明了。"做阿舅"的阿舅可以是亲兄弟，没有亲兄弟的，堂兄弟、表兄弟也能混混。宝凤的五个阿舅都是同胞兄弟，个个又长得神气，还没出门，自己相互看看，都不由豪情万丈。

人来人往，看上去闹哄哄的，一切却井井有条。天井里昨日已经用一块大油布拉起顶棚，万一天不帮忙，能遮风挡雨。油布下两只大炉灶，一排木案板，搭成了个临时的露天灶间。厨师是金龙请的，厂里人的姐夫，和平饭店的大师傅。那年月的川沙农村，若有红白大事，家家都是自家操办，由三亲四眷前来相帮。这会儿，两只炉灶都已发火，一只炉灶上已高高摞起数只大蒸笼，里面是隔日准备好了的"八碗头"，等着男家人一到，开足旺火猛蒸。

客人越到越多，房前宅后都坐满了人。香烟的青烟缠绕，地上的瓜子壳、花生壳也渐渐厚了。小孩们奔跑嬉闹，突然的啼哭声和带笑的呵斥声响成一片……金龙四下里张罗、招呼，雪妹因为身子不方便，只能坐在女人堆里说说客气话了。但她一直关注着公阿爹的动静，正如金龙所料，奚祥生没有闹出什么不太平，只是低着头不停地抽香烟。进进出出的人同他招呼，他也礼尚往来地点头，还算识相。来吃酒的奚家宅本家亲眷，自然都晓得宝凤同爷老头子那点疙瘩。女人嘴碎话多，闲着无事，就嘀嘀咕咕地交流起各自的信息，把个原本无啥稀奇的故事，加油添醋演绎得跌宕起伏，甚至荒腔走板，"听说……男家条件勿哪能！""在黄浦江边边上，远去远来啦！引娣不舍得。""小伙子花功好呀，弄得伲宝凤神智无知。""爹娘死不答应，小姑娘脾气犟透犟透！""是呀！讲不答应就跳浜、就喝药……"

突然，几个孩子边跑边喊，向这边过来，"来啰来啰，新郎倌来啦！"

几个阿舅顿时紧张起来，点鞭炮、放炮仗，巨大而清脆的爆炸声，接二连三地在奚家宅上空炸响，震耳欲聋。爆竹的烟雾和浓烈的硫磺味里，三辆接亲的轿车停到了门前。第一辆扎着红绸的喜车车门打开，西装笔挺的新郎丁国弟走下车来。按风俗，唐引娣和奚祥生站在门口迎接。因为不舍，因为不甘，老两口的脸上虽然也挂着勉强的笑容，但笑得一点也不由衷。金龙一步上前，向前来接亲的男家人热情招呼、布烟，引入客堂里入座。散坐在门外的贺客，开始陆续上桌……

两口大炉灶前，鼓风机轰鸣。大锅下，蓝色的火苗蹿得老高，高高叠起的笼格白汽升腾，传统的老八样开蒸！

按习俗，这一天是两头张罗。女家办女家的，等男家来接亲的人一到，上桌、喝茶，没多久就开席。丈母娘会领着新人一桌一桌地认长辈，长辈们应着新婚夫妻的喊叫，当场拿出红包塞入他们手中，谓之"叫钿"。等新娘、新郎倌在酒水席上走满一圈，新娘由要好的小姐妹陪着离席，到自己房里，换衣裳、穿新鞋、化妆……男家无论远近，总巴不得早点动身，因为那边还有几十桌酒水、几百位客人等着。要是动身迟，到男家就晚，喜酒吃完，天已大暗，送亲的人和贺客走回各自村宅，只怕要半夜了。从前乡下交通不便，人睡得都早，走着田埂摸黑回去，雨天、阴天或者逢着月头月初，绝对要吃苦头的。这习惯，就一直延续至今。但新娘子起身太早，嘴贱的乡人会说是"骨头轻"，来不及要跟男人跑了——父母养大你不容易啊，如此没良心！也有女家因不称心而故意刁难男家，就拖着时辰迟迟不让动身……

新郎新娘入座主桌已经好一会儿了，意为"甜甜蜜蜜"的枣子茶早喝过，男家客人茶杯里的茶水都见淡了。宝凤见酒菜一直不上，明白是阿爸在为难丁家，就对身边的国弟嘀咕，"老头子又来出花头……"

国弟连连向她使眼色，要她忍着别作声。

是的，奚祥生心里不痛快，就是拖着女儿不让动身。掌勺的大师傅嘴里叼着烟，过来对他说："大老倌，上菜了？"奚祥生阴着脸回答："急啥！"

"女儿么，总是人家的人。差不多了。"大师傅笑着，把"差不多"三个字说得拿腔拿调，意味深长。

一位长辈看不过，也对奚祥生开口了，"祥生，你女家架子搭足搭满，够了。那边在等呢，路这么远。"奚祥生缩在小竹椅上，只是皱着眉头抽烟，像是啥也没听见。

酒席一直不开，吃酒的人都晓得是怎么回事，嘀嘀咕咕、叽叽喳喳的说话声弄得屋里乱哄哄起来。银龙忍不住同金龙耳语，"你去同阿爸讲讲，不好再拖了。"金龙为难地说："人都不晓得到哪里去了。"

刚才还在后院的奚祥生，这会真的找不着了。宝凤的脸色更不好看，到这个时候，老头子还在作梗！这让丁家渡的人怎么看她？她越想越气，突然，她"忽"地站起身来，含着泪水扯起新郎欲往外走，"国弟，走了。"

金龙、银龙慌忙上前阻拦。

"开了开了……上菜！"顾不得老头子了，金龙代替阿爸宣布。即刻间，桌上的水果、茶食收走，一只巨大的，浦东特色的，铺着白斩鸡、白肚、牛肉、肉松、皮蛋等等的什锦大拼盘，飞快端到八仙桌中央……

此刻，奚祥生躲在金龙家灶间内。一见丁家渡的那帮接亲的，他就心里触火！今天，宝贝女儿眼看要被他们接走，他觉得喉咙发硬，气都透不过来。宝凤小时候，个个都抢着抱她，问："大了给我家做媳妇！

好不好？"啥也不懂的宝凤就脆生生地说："好！"引得众人哈哈大笑。有次大瘌痢的娘子也这么问他，小宝凤一样回答"好"时，奚祥生就翻了脸，夺过宝凤要打，吓得宝凤大哭。大瘌痢的娘子当然不开心，明摆着的，不过寻个开心的事，你三猢狲小看人！从此与他见面不说话。现在丁家渡的小浮尸就要把女儿领走，从今往后女儿就是他的人了。宝凤心甘情愿，奚祥生却眼泪只往肚皮里咽……

有人终于找到了他，"祥生，老丈人！小夫妻要向你敬酒了，你躲在这里做啥？"不由分说，连拉带推地把他弄了出去。

新娘子宝凤已经换上里外三新的红嫁衣，一个小姐妹正在给她化着妆。因为化妆水平实在拙劣，化了妆的宝凤望着镜子中血红的大嘴和一双黑黑的熊猫眼，极不称心。但周遭的姐妹们却为她从无有过的"美丽"个个兴奋不已。唐引娣进来，一看女儿特别的模样，心头一紧，"宝……"喊声一出口，就哭出声来了。

阿妈一哭，宝凤的眼泪也止不住了，这一哭，把蹩脚眼线笔画的眼线全弄糊了，小姐妹里有人惊叫起来，忙不迭地喊着，"不许哭啦，化的妆全坏掉啦！""快，揩掉重来！"……宝凤被大家说慌张了，赶紧来照镜子，发现脸上红的黑的，已经一塌糊涂，吓得真的大哭起来。唐引娣一把抱住女儿，边哭边歌唱似的数落，"嫁这么远……想去丁家渡要换三部汽车呀，回趟娘家不容易了……大人的话你不肯听呀……我的亲肉！"许是这一刻是真心后悔了，许是真正意识到离开娘家的不舍，临出门的宝凤竟越哭越狠。

新郎丁国弟听着里屋的哭声，想进去看看又不能，手足无措。来接亲的男方亲友也面面相觑起来。

第二章 | 105

母女俩还在痛哭，小姐妹们急了，"好了好了，哭两声够了，收住收住！"

"眼睛哭肿了，到了那边，人家来看新娘子，样子吓人了！""对呀，你自己拣、自己挑的人呀，又不是不称心。""那边没有婆阿妈，一过去就是你当家。"……在七嘴八舌的劝慰声中，母女俩的哭声才平复下来。

又一阵鞭炮炸响、爆竹升空，盛装的新娘子宝凤在烟雾中走出家门。唐引娣泪眼婆娑地跟在女儿身边，念叨着："要回来噢，回来望你爷娘……"此刻的宝凤也是一步三回头，红肿的眼里满是泪水，离开生于斯、长于斯的奚家宅，去开创自己的新生活，她本是豪情万丈的，但真的到了这时刻，却感觉到没来由的不安和害怕。尤其是阿爸……他对自己的亲事不满，但到底还是默许了的，为什么这会她要出门了，倒是不见人了？肯定是躲到哪里去了？为什么要躲，是见不得女儿出门？自己这回惹他伤透了心，他会不会躲在哪儿哭呢？……

国弟开了轿车的车门，宝凤该进车了，可她就是不动。

丁国弟心里清楚，却有些不知如何是好。

"阿爸——"宝凤突然大喊一声，她的喊声很是异样，她的目光慌乱地远远近近搜寻。

众人震惊！议论纷纷。

但是，奚祥生并没有因女儿的呼喊而出现。

宝凤目光暗淡了，一咬牙，她胸一挺，对身边一直捏着她的手的母亲颤声说了句，"阿妈……走了。"直直地向婚车走去。早已泣不成声的唐引娣只能松开了那只拉着女儿的手。同时，宝凤前后左右"保驾护航"的五兄弟，耀武扬威地钻进了后面的另两辆轿车。

爆竹又一阵剧烈炸响,白烟在奚家宅上空久久不散……

丁国弟家大红喜字贴着有半堵墙大,布置得喜气洋洋,但这些都难以掩盖房屋的低矮破旧和家中经济的拮据。国弟娘死得早,两个阿姐都已经出嫁,现在的家中除了国弟,还有一个腿脚残疾的父亲。丁家的酒席不比奚家宅的场面小,女家体面,阿舅威风,丁家也是要面子的人家。金龙银龙对阿妹夫家的窘迫是有思想准备的,但事实比他们能料到的还差,不由暗自心酸,好好的酒席都没有心绪吃了。

酒席散了,阿舅们也回去了,有人发现,新娘宝凤不晓得到哪去了。

此刻,宝凤独自来到江边,站在高处向江对面眺望。隔江的浦西灯火阑珊,但再往北的不远处,天空却异常地明亮,她知道,那就是外滩!新郎丁国弟出现在她的身后,"我就晓得你在这里……进去吧,闹新房的人等着你敬酒点烟呢。"

宝凤指着远处,"那边是外滩吧?"

"嗯。"

"你说的,白天看不清,夜里反而清楚。真的呢!"

"进去吧,以后有得你看了。冷吗?"他脱下西装给宝凤披上。暮春的夜风,吹拂着新嫁娘宝凤美丽的脸庞,她轻声问丈夫:"国弟,我现在好算半个上海人了吗?"

七

夜深了,客尽人散,四处留着喜事痕迹的奚家老屋却空荡荡的,特别寂静。奚祥生一个人在八仙桌前头闷头喝酒,不由老泪纵横。一直在里屋门口悄悄看着他的老妻,泡了杯樟木茶过来,轻轻摇他,"哎,你醉了……"

奚祥生醉眼迷蒙地一把将刚放上桌的茶和酒杯等全给撸翻在地,嚷着:"啥人醉了?你给我滚,滚得远!我这里,"他拍着胸口,"挖心挖肺地痛、痛!"话没说完,他就哭出声来,呜呜地,像个孩子。

唐引娣不敢上前,又不敢制止,提心吊胆地看着他,也流泪了。

终于,奚祥生醉得没了知觉,身子一歪,要不是唐引娣一步上前扶住他,差一点倒到了地上。唐引娣抱住他的腋下,用尽全身力气往里屋拖,但奚祥生个头大,她毕竟力气小,只得喊着,"金龙!金龙!"半天没有回应,唐引娣只得拼出吃奶的力气,把男人弄回屋里,收拾他上床睡觉。

这时候,还有一个人也在声声叫着"金龙",那是金龙的娘子张雪妹。早早上了床的雪妹突然感觉一阵腹痛如绞,她很是慌张。预产期还有廿来天,今天宝凤出嫁,她太累了,是提前发作了?雪妹忍住痛,叫着"金龙、金龙",不见回答。椅子上放着他那身"做阿舅"的西装,从丁家渡回来还不到七点,金龙急匆匆说了句啥,出门去了。雪妹只好挣扎着起了床,向门边摸去。

窗口一下刺目的白亮,是闪电。远远地闷雷声声,像是要下大雨了。张雪妹摸出家门,忍着腹痛,喊道:"铁龙!"一边拍打隔壁铁龙家的房门。

又一道闪电在漆黑的高天闪过,照得铁龙家的房门异样白亮。铁龙家的外屋暗着,里屋的半导体正放着姚慕双、周柏春的相声,看来铁龙和尤璐还没有睡着。但外面的敲门声,里头人听不见。再一次宫缩袭来,雪妹大口大口地喘着气,捡过门边的扫帚,用尽力气重重地打门。门终于打开了,铁龙、尤璐见是雪妹,大吃一惊!铁龙让老婆看好嫂子,自己向前头老屋跑去,一边大喊着:"阿妈!阿妈!"……

此时,金龙正在大队仓库一角,与厂里的几个骨干在开秘密会议。改革开放大潮汹涌,在奚家大队,类似螺丝厂性质的社队工厂如雨后春笋,早已遍地开花。阿猫阿狗都来办厂,低水平竞争,技术和管理水平缺乏,用不二不三的手段瞎搞,如给厂里头头送土产,塞回扣,甚至分利润……螺丝厂早已走了不少人,有自己去办厂当了头头的,有被亲族、朋友挖走的。最令人头大的是,上海红星厂外加工接单有好几家在抢,据说其中有厂领导的朋友和老家亲戚。因为是多年的老关系户,奚家大队这里质量又好,不好意思一下断脱。但不死不活地拖着,没有前途和希望!金龙心里一直酝酿着一个计划,一个破釜沉舟的计划,其风险与机遇都不可低估。金龙只有先同厂里的骨干商量停当,一起拿了主意,才能决定实施与否。

"……我几夜几夜睡不着,思来想去,只有这壮士断臂、背水一战了!"金龙说。

扣元头一个表态,"你讲!到底怎么弄?我们总归跟在你后头冲!"

其他人也纷纷支直了身子,"是啊!你说怎么做,我们相跟着。""你是见过大世面的。尽管讲!我们都是当初一起办厂的老人马。""那时才真的一穷二白,要啥冇啥啊,到后来十里八乡的出名,也就靠我们心齐!"

金龙欣慰地点点头,这在他的预料之中。于是金龙开始了进一步的试探,"好!那我问你们:奚家大队在上海哪个行当上班的人最多?"

"泥作啊!浦东三把刀,头一把就是……"

金龙摇手打断了他的话,"三把刀是浦东;讲奚家大队,挑人家没有的讲。"

骨干们七嘴八舌议论着,没有定论。

扣元忍不住推了金龙一把,"一只屁憋了半天还不放出来。讲嘛!"

"印刷!是不是?"金龙两眼放光,揭晓了他的谜底,"从前上海滩有名的印刷大王,五八年落难,被派在奚家宅劳动。后来他摘帽回去了。几十年里,亲亲眷眷、左邻右舍,前前后后被他带出去、跟出去的人不少,都在印刷这个行当吃饭。"

有人插嘴,"那个人像是早就死了吧?"

"可他带出去的人没死!哪怕在上海落地生根了的,过年过节、红白大事还是要回来!就是奚家宅已经没亲属的那两户,总归还姓奚!总归还是一个祖宗的子孙。这些人,差不多都是上海各个印刷厂有经验的老法师,最起码也是熟练工,想想看,走人无我有的路!别人家哪有这个优势啊!"

像一滴水落入油锅,众人炸了。

窗外大风大雨。人们的说话声时不时被滚滚的雷声打断。此刻,雪妹浑身大汗,在产床上苦苦挣扎,快天亮时,她有惊无险地生下了八斤半的大胖儿子。当浑身淋透的金龙出现在老婆面前时,雪妹的眼泪不由奔涌而出。

唐引娣捶着金龙厚实的背骂着,"你死哪去了?几个人找啊……差一点点,不好了呀!"雪妹有气无力地告诉她男人,"脐带绕头颈……

三次吸不出,动了产钳……"

此时,窗口已经泛起曙光,金龙抱起新生的婴儿来到窗前仔细端详。儿子紧闭着眼睛,粉红的皮肤皱成一团。金龙眼里含着泪光说:"儿子,我给你取名叫——永高。"他把小东西高高举起,像是在发誓似的说:"要永远有志气,永远往高处走!"

襁褓中的永高不知是因为被陌生的声音吓着了,还是被突然的高度惊到了,咧嘴大哭起来。金龙含着泪大笑。从昨夜的会议所达成的决议,到今天儿子的出世,仿佛冥冥中的安排:他生命中一个新的里程从此开始了!纵然刀山火海,他会凭着志气,一往无前地走向高处,迎接瑰丽的东方日出!这一个早晨,金龙感觉浑身上下滋生出一股莫名的力量!

八

卖掉螺丝厂的消息在奚家宅并没有得到意料中的反响,这几年真比不得以前了,奚家宅的人都忙得像只无头苍蝇。主要是乡镇企业一时间旺得叫人不相信,年底分红,一个正经工人分得着两千。你想想,公家大厂的厂长、工程师的月工资还不到一百块!难怪人们都在讲:卖茶叶蛋好过搞原子弹;拿手术刀的不如拿剃头刀的。金龙咬紧牙关在做他的事,风光不再的他,这两年也不像刚从部队回来那会,一开口就牛皮哄哄。人家都说雪妹本事大,这么个脾气的男人,在她手里调教得像换了个人。

银龙这向很少回家来,说是去外地实习了。临走前,他带着女朋友到奚家宅来过,这叫"上门",是关系"敲定"的意思。薛老师大约清楚,但薛似杨不在意:先到男家去看看,了解了解各方面情况,同定不定的啥搭界?奚家人是当桩大事来对待准儿媳上门的,但除了一起吃了两桌,菜丰盛些,也都没啥特别行为。尤璐这天是调休,只盯着看薛似杨对铁龙住了银龙房间的反应,但薛似杨大大咧咧的模样,对她又蛮亲热,她也就放心了。他们走后,唐引娣口口声声说薛似杨好,"面大福大"的厚道相,还把攒了许久的一筐青壳鸭蛋都让她带走了。尤璐吃了醋,说婆阿妈担心老二讨不着娘子,见着个雌的就稀奇。

立夏了。天蒙蒙亮,唐引娣独自一人来到自家油菜地。她是赶在出工前,来收割油菜的。

一人高的油菜,因为前些天的风雨,不少已经倒伏,不割要生芽的。唐引娣摘下一个油菜荚剥开了,手掌心里,紫色的菜籽壮鼓鼓地在滚动,用指甲一碾,油旺旺的。她不由得笑了,她喜欢站在田地里望——田地真的是好!祖祖辈辈不晓得多少年多少代了,啥东西种下去,都会生出来,再一天天地大、一天天地熟,随你称心如意收了,重重地挑回去、扛回去,一家人的吃穿就有了……

身边一声"阿妈。"来的是铁龙。唐引娣明知故问:"你来做啥?这么早。"

"小时候三夏农忙,我问你为啥天不亮就要出门?你说,割油菜,太阳当头不成功的。太阳大,菜荚爆了再捡不起来,只有早上同黄昏,油菜潮叽叽的时候收割最好。"

"你阿爸年年这时候都会回来。"唐引娣望着不远处的公路自语。

三夏是夏种、夏收、夏管的简称，也是一年中第一个大忙时节，油菜在先，小麦追后，抢天好收了割了，颗粒归仓。如果老天不帮忙，连日阴雨，菜籽、麦粒出芽糟掉，一年辛苦所剩无几，岂不心痛煞？水稻也得分秒必争地抢插，天时误不起。水稻一种下，马上要追施返青肥、发棵肥……一开始要长好丰产的架子，地少人多的地方，"单产不高，肚皮不饱"。

年年三夏，奚祥生总要回来相帮。平日里加班的调休，大都积到这时候派用场。今天他急匆匆回到家，里外不见人影。不用说，老婆儿子这时都在地里，他找到农具，也要往地里跑。突然听到后院有响动，心里一惊，喝了一声，"谁？"探身去看，原来是尤璐。尤璐穿了件漂亮的花布连衣裙，正靠在家门口的竹躺椅上，手托个一剖两半的黄瓜，拿一把铝匙一下一下刮着在吃。见公公回来，她叫了声，"阿爸回来了？这里风凉。今朝热得来……"

奚祥生气不打一处来，"你倒会享福！"

"铁龙说的，黄瓜这样刮着吃，清火……我放了点蜂蜜，赛过冷饮水哎。阿爸，给你也弄半根？"

奚祥生头也不回地出了门。

周遭一派农忙景象。自家的油菜地里，金龙在，铁龙也在。唐引娣见丈夫来了，好生欢喜，说了句，"你们割着，我烧饭去，一早忙，马桶这会还没倒呢。"

她解下头巾，匆匆要奔家去。奚祥生骂了，"做胚！屋里头年轻轻的坐等吃饭，没手还是没脚了？被你宠得像王母娘娘！不看三色的东西！"

都知道他骂的是谁,可谁也不发声,包括铁龙。

午饭后,尤璐一进房门抱过饼干桶掏饼干吃,一边抱怨:"你妈烧的啥?黄豆放点油炒炒也算一只菜!火还大了,乌赤墨黑,看着都龌龊相,怎么吃得下去啊?"

"少说两句!三夏农忙,哪有工夫弄?老头子已经……"铁龙把话吞了一半。

"小飞还有只荷包蛋吃。她不会多煎几个?养着几只鸡,这季节天天下蛋的,你妈这人呀,就是甘心情愿要过苦日子……"

"话多得来!全家人都在忙,就你啥事不做,还好意思要吃好的哩。"

"谁啥事不做了?我在供销社上班的好不好!我是城市户口,本来就不是农民,跟你们一样到地里做?想得出的!再说,割油菜收小麦,我又不会的,存心要我受罪啊?上山下乡都结束了好不好?"

"好了好了,我说不过你,没人要你受罪!"

"要是在上海,出门转弯角落就是'陆稿荐',现成的熟菜有得是,熏鱼、酱汁肉,哪怕肉汁百叶结……这里有个屁啊!铁龙,你晓得我的,农忙要好几天,我怎么办啊?"

铁龙不耐烦了,"好啦!现在地更少了,没几天的,克服克服!"

尤璐凑近铁龙,"铁龙,听我同你讲啊,我想好了,还是同你妈分开吃吧。她养猪养惯的,烧的东西人吃猪吃差不多——我这么说真不是怪她,从前苦呀,小孩多,活着就不错了。再说我虽然吃现成的,不用烧,可你们宅上嚼舌头的人烦得不得了,以为我听不见?耳朵都要起老茧了!告诉他们:上海烧饭烧菜全男人来的,他们根本不相信。我一天不变成乡下女人,他们就有得讲了!"

"你不是说,随他们讲去,自己过自己的日子。"

"上午我听人家说,有开后门买压缩煤气的……两千五,贵了。不过,有了煤气,我也好烧饭了呀,方便得来!随便啥时候,一点就着,清清爽爽。"

铁龙皱起了眉头,"两千五百块呢。钱哪来?"

"我嫁给你到现在,又没要手表、自行车、缝纫机,还有'三十六只脚'啥的,就想要一只煤气罐。"尤璐委屈得眼泪都要出来了,"又不是我一个人用的,一家人用!图个省力省心,不过分吧?铁龙,算我求你啦……"铁龙最见不得老婆这样子。女人吃"花功",男人吃"嗲功"。尤璐的嗲功一发,铁龙立即服帖!

几天后,尤璐带着个扛煤气罐的人往家走。她穿了时尚的白色西装短裤,裸露着两条大腿,玫瑰红短袖衬衫束进裤腰里,那身材还是大姑娘似的苗条好看。有年轻人一路相遇,无不对她身边那个煤气罐感到好奇,她也故意说知心话般地与人说:"我婆阿妈一把年纪了,让她烧饭我们吃现成,哪好意思?自己烧么,土灶头我又烧不来的……你没看见过?过来,来看!看我烧,又快又好,方便得不得了!"

煤气罐一出现,老人们集体愤怒了!从尤璐进了奚家宅,他们就看不惯,天天唱戏样地化妆,要做啥呢?衣着打扮,也越来越不像样!明明是有囡的女人了,天又不算热,穿条不足一尺的西装短裤,露着两根雪雪白的大腿,男人面前晃来晃去,面孔要不要?还有人发现她晾在外头的绣花奶罩,是两只馒头般的软壳,里头垫有半寸厚的海绵……原来一半是假的呀!真正好笑死了……但这都不算啥,她唱她的"戏",我吃我的饭。然而煤气罐的出现，他们就忍无可忍了，于是奔走相告："要死啊！三猢狲与引娣，两个老老实实的规矩人，怎么偏偏摊着这么个媳妇！""两千多块呢！花大铜钱为烧饭吃，不得了！"……

唐引娣苦恼得要死，夜里翻过去翻过来地睡不好。铁龙两夫妻从云南回来一年没到，到奚家宅时没一分钱，尤璐虽说月月有工资，也只好对付三个人的嘴巴。两千五，肯定是借的！唐引娣最恨借钞票，再苦再穷，她一定熬住了，哪怕人家把钞票送到她面前。动不动借钞票，乡下人眼里就是"烂料胚"，所以她一直告诫子女："穷不怕，穷要穷得有志气！"

自回到奚家宅，铁龙如鱼得水。几乎天天吃过夜饭，年轻人会来铁龙家，大多是宅上同他光屁股长大的伙伴，也有街上一道从云南回来的知青。大家喜欢听铁龙绘声绘色讲在云南的有趣经历，嘻嘻哈哈说笑。就是白天干活，铁龙身边也常前呼后拥。出过远门，讲义气，要朋友，胆大能做，加上有个引领新潮生活的老婆，铁龙对大家有着无可抵挡的吸引力。

尤璐开始还好，后来就讨厌人家了。怪不得她的，这些人来了要吸烟，弄得一房间烟雾腾腾不说，走了，桌上的香烟缸、地上的香烟屁股，要揩要扫，横七竖八的矮凳竹椅……她同铁龙说得好好的：到外头去，不要到屋里来，可是讲不听的，夜夜热闹得像茶馆店。这天，尤璐故意大声打着哈欠，还呵斥小飞快去跟阿奶睡觉，示意这些"不识相"的该走了。铁龙觉得她得罪人，说："你想睡么先进去睡，才九点钟，就像只瞌睡虫。"

尤璐说："你们在外间这么热闹，我还睡得着啊？一房间的香烟气味，小飞这么小的人跟着吸！"来玩的便知趣地纷纷起身告辞了。关上房门，铁龙不悦地责怪尤璐："你作啥啦？神经病发作！"

"啥人叫他们赖在我屋里？你到外头，十二点一点，就是到天亮，不关我啥事体！"

"人家喜欢来，我又没办法。全是朋友。"

"你们奚家宅的人，多少十三点！背后拿我从头骂到腿，以为我不晓得？我一个都不要看见。"

"你不是说，走自己的路，让人家去说。"

"听着心里开心啊？换了别人，怕是要气出癌症来了……我请好假了，说要去大医院看脚气，明天回上海。"

"三天两头地请假回上海，影响不好吧？再说，来来去去，路上又不方便。"

"宁可的！你以为我在乡下有多开心？老实说，要不是为了你和小飞，我会在乡下过这种戆日子？"

九

隔壁铁龙家的争吵声传来，正给孩子喂奶的雪妹不满地对金龙说："吵啥呀，这么吵，对小飞不好。"

"小飞不是同阿妈在前面睡了。"

雪妹只好摇摇头，"日子蛮好过的，小飞也进了街上的幼儿园，吵啥哦。"

"雪妹,我到隔壁看过了,那只煤气罐确实好。清爽不谈,方便是真方便呢。"

"我看不及土灶来得快……两千五呢!真敢买……没听说他们跟人借钱?"

"雪妹,我们也买一个,小毛头煮个啥、热个啥的,顺手。"

"我妈不是给我一个洋铁皮的煤油炉么?要紧时候一点,一样的。"

"烧柴呢,确实是齷齪。"

"齷齪啥?扫帚跟得快,一样清清爽爽。我们的灶又不大,别说饭是土灶上烧的好吃,炒菜,灶头火大,口味就不一样。"

"你是舍不得钱。"

"对的。我才不会像她一样,有一千用一万,背后被人说得多难听啊!"

金龙只好笑笑。两兄弟不一样,两个兄弟的老婆,更是南辕北辙。

尤璐从乡下回城,一边走一边拿着根油条在吃。弄堂里相熟的女邻居与她招呼,"璐璐回来了?咦,你怎么一点没变黑?不像住在乡下嘛。"

"我在浦东又没在种田,我在街上店里站柜台好哦!讲站柜台其实是上海商店里不好坐,一天立到夜。浦东那边不管的,随你。坐得我腰酸背疼噢!回到屋里么,我们里外两大间,躲在里面又晒不着太阳的,黑啥?"

但尤璐在上海住了没几天就要紧地回来了。不是她不想在上海多待,是今年天热得早,突然就高温了。尤家亭子间朝北,只一个北窗,从早到夜有太阳。窗帘薄了挡不住阳光,厚了房间又闷。亭子间顶上是晒台,火烫的水泥地,热气逼下来,说这屋里像只蒸笼一点不夸张!

雪妹的儿子满百日了。男家没办满月酒,也没说要做"百日",她娘家人就觉得奇怪。到三阿叔那里一打听,才晓得金龙把螺丝厂关了,机器卖了,说要做印刷厂,但根本买不着机器,奚家宅人都说金龙这下"翻船"了。雪妹在国营大厂做干部的大哥,这方面懂的,大吃一惊说:"买机器设备要有轻工业部的批文,要经农业部的机械工业局申请!你一个农民,自说自话要买机器?是捏鼻头做梦、开国际玩笑嘛!"于是,张家几个阿舅和姐妹一起拥到奚家宅来,说是按"做百日"的礼数给小毛头送礼来的,其实是来打探的。

被雪妹的大阿哥说着了,像金龙这样的乡村企业要买印刷机,完全异想天开!眼看自己山穷水尽,哪有面孔见阿舅?但眼下的金龙再不是刚复员回来时的毛头小伙子,上有老下有小的,他将所有的压力放在心里,任张家人七嘴八舌的说去,要么装懑不响,要么"哎哎"地答应,心里却抱定一个"冰山绝顶要开花"的决心,坚信"天无绝人之路"。眼前再苦、再难,只不过功夫没到家而已!

已经是半夜了。永高的哭声把雪妹吵醒。金龙去上海还没有回来。灯下,雪妹抱起儿子喂奶,看着胖嘟嘟的永高拼命吮着乳汁,她的眼泪突然下来了,呢喃着说:"宝贝,你爸爸眼下很难很难……你要好好长大,大了好帮他……妈妈相信他,就算刀山火……"

门响了,金龙推门进来。雪妹忙说:"回来了?你今天到上海,有啥结果么?"

金龙大口大口地喝着水,"无锡有家厂要卖掉两台旧机器,倒不贵,两台七百,不过要拿同等重量的废钢铁换。"

第二章 | 119

"废钢铁？我们农村里的人，上哪里弄废钢铁去？"

"有机器就是好消息！"金龙倒乐观。

"对啦，阿爸不是钢铁厂的么？他明天回来，求他想想办法……"

"老头子的脾气你不晓得？"

"试试看嘛。"

金龙真同他爹开口了。奚祥生一声不吭地抽烟，一口接一口，好半天，才悠悠地说："厂里废钢铁有，炼钢用的。除非去偷，我是没那个胆。"

金龙只得点点头。老头子不帮忙，也在意料之中。只是，他有些后悔不该同老头子说，没被他骂一顿，算好的。谁知老头子朝他笑笑，"没啥！不可能样样都算到了再动手，人又不是神仙，古人说，'智者千虑，必有一失'……你不要懊悔。懊悔没啥用的！"

金龙心头一暖，突然间眼圈发热，只觉得喉头堵得慌，却什么也说不出来。

奚祥生看着儿子，继续说："万事开头难……好做的事，你能做、我能做，做成了也是大路货。难做，也有好处；对手少，成了，不容易倒。"

金龙用力应了声，"嗯！"

唐引娣松下一口气，插嘴说："老头子你不晓得，宅上人把金龙……"

奚祥生"哼"了一声，对唐引娣说："听人家做啥！"

窗外，黑暗中一直听着父子对话的雪妹悄悄走开了。

谁也不晓得金龙天天无头苍蝇样的在外头做啥，就在人们都以为金龙是完蛋了的时候,废钢铁被他弄到手了,但拉要运到无锡那边去换机器,大队农机站只一辆拖拉机,实在是太老太旧,走不得远路,管农机站的老张死不肯借他们。没办法,天蒙蒙亮的时候,金龙同龚勤、扣元他们几个翻墙进了农机站,硬把这台老东西开了出来。等老张天亮时跳着双脚骂娘,金龙他们已经到太湖边上的卖家那里了。后来奚家宅的人说起来,都说那是老天要让金龙成,这台拖拉机,要不是金龙这个除了坦克样样都搞得定的家伙,怎能靠这"老棺材"从无锡打来回?这还不算!无锡厂里的两台旧轮转圆盘印刷机要拆开,一样不缺地装上拖拉机,拉到奚家宅来,除了金龙,哪个人有这个本事、这个胆?

后头的事体就比较好办。把宅上在上海印刷厂做机修的老师傅请过来,安装调试小菜一碟。不出半天,装得像像样样,插上电,开关一拧,"当啷哐"一声,轮转机上的圆盘旋转,一张纸上便印上了图案……

有了机器,就是厂。是厂,就要有个公章。金龙到上海去刻公章,店里的老师傅拿着小纸条,一字一字地念:"川沙县红旗人民公社奚家大队印刷组……这算什么厂名?稀奇古怪的,太长,没办法刻!"

"没办法呀,我们是队办小厂,"金龙赔着笑脸,一肚皮的委屈,"这名称是领导批的,花了九牛二虎之力才算定下来。师傅呵,伲农民兄弟做点事难去难来……领导说,这些字一个也少不得。"

公章刻好了,金龙望着有点怪样的红印,那么多小字密密麻麻挤在一起,小得看不清。他小心吹着上面未干的油墨,还是兴高采烈。

一步一步地挺进!他想起在工程兵部队时,四周是荒无人烟的大山,一开始也是千难万难,团长说,只要坚持,一步一步向前,胜利就在前头。话是平淡无奇，道理却很深。他望着公章试敲出来的红印，心想：往后，它会几十次、几百次地出现在各种介绍信、合同、文件上，印刷厂肯定会慢慢兴旺发达的！

十

谁料想，勇往直前的金龙面临着一个更大的、毁灭性的打击！派出去的扣元和几个"外勤"纷纷回来叫苦，"根本接不着活！"

"不可能接着活！"

"做印刷是死路一条！"

原来，上海的印刷行业，凡有抬头和厂名的信纸、信封、介绍信、账册、发票……统统归包装印刷公司下属的人民印刷一厂、二厂、三厂……直到十几厂负责印刷；报纸和书刊、杂志，则归新闻出版局属下的各个印刷厂印——白纸黑字，哪能谁想印啥就印啥？印个反动标语出来怎么办！

印刷做不成的消息，很快在奚家宅不胫而走，传得无人不晓得。几乎所有人都认定，金龙这下无路可走，会死得老难看了。

在供销社的尤璐，当然比谁得知得都早，中午吃饭回来，就加油添醋地同铁龙说了。铁龙听了，呵斥她说："有你这种十三点？跟着人家嚼舌头，自家的大哥，他倒霉你高兴？"

"我怎么了？人家好讲我不好讲？奚家宅都传成啥样子了！"

你一句我一句地，两夫妻竟吵了起来，吵得中饭都没吃成。

气头上的尤璐推说老娘生病,又请假回上海去了。

正好又逢礼拜天。奚祥生回来,唐引娣已烧好夜饭等着他了。小龙不在,进了高三,说学习紧张,住到学校里去了。这礼拜天,老师派他到市里参加什么竞赛,川沙中学只他一个人。

奚祥生非常高兴,说小龙碰着好时候。唐引娣就把老大的事告诉了男人,说金龙眼下日子难过了,老厂一拆,赔了老本,为做印刷又背了债,没想到走的是条断头路……还说雪妹心里一急,奶水都要没有了。奚祥生听了,半天不响。直到睡下,唐引娣问他这事还有没有救?奚祥生才叹了口气,说:"受点磨难不是坏事体!但凡成大事的人,一定要吃过大苦头。金龙这小子人是聪明,就是不识天高地厚,摔打摔打对他有好处。"唐引娣听了不太明白:老头子要金龙吃苦头,她可不想儿女吃苦头;她也不想他们做大事,现在日子蛮好了呀,有吃有穿,做人要知足的。

高桥顾家突然托人带信:石龙体检合格,要参军当兵去了。自老顾去世后,顾家家境一落千丈,唐引娣一想起就牵肠挂肚。石龙参军后,部队有饱饭吃,有现成的军装穿,日后复员,运气好还会分配工作,她倒蛮欢喜的,可才开心了两天,听人说云南那边正在打自卫反击战,她又怕儿子上阵打仗,万一……唐引娣日日心神不定。金龙的事情,宅上已经传得沸沸扬扬,都说金龙是"河里不死死在沟里",背的债怕是永远还不清了。当初瞒了娘子,从家里拿出五千块钞票借给金龙的扣元,两夫妻大吵,打相打都打到了门口打谷场上。扣元娘子哭着骂着地要跳浜,说扣元不把钞票从金龙那里讨回来,离婚!为买印刷机给厂里凑钱的何止扣元,这一来,那些人的娘子全学了样,吵着自家男人去把钱讨回来。一些人前前后后地来找唐引娣,要她去同她大儿子说,快把印刷机退掉,还钱来。

唐引娣只好哭着求金龙关厂卖机器。哭笑不得的金龙同他娘一时讲不清爽,加上心情本来也不好,就发了火,是雪妹硬把他拉开的。唐引娣活到这年纪还没做过"害人的事",整个人萎掉,一下老了十岁。

金龙每天天不亮跑上海,深更半夜回来,人又黑又瘦。都说他在逃避。雪妹知道,金龙那"冰山绝顶要开花"的决心没变。雪妹就欢喜金龙这种气概,这就是男人!于是她做出一副泰山笃定的样子,目光暗中盯着厂里人和他们的娘子,不至于在从众的慌张中乱了阵脚。

这天,金龙没有出去,一早进厂就叫开会。能来的都来了,门外、窗外,偷听的闲人不少。

金龙说:"这些天,对印刷厂的说法老多,主要是觉得做印刷这条路走错了,是断头路,走不通!一些人走了,其中有几年来一直在一道的好兄弟。老实坦白吧,连我老婆张雪妹都吓得没了奶水,我老娘也流着眼泪劝我悬崖勒马……这看法对不对呢?依我看,也对,也不对!做印刷难,有各种限制、各种规定,不像之前做五金,只要关系好、厂里信任,活就给我们。接印刷活不容易,但不容易不等于绝对接不着!我们机器刚装起来,俗话说,万事开头难,现在难不等于永远难,更不等于就是走不通的断头路!天底下要印刷的东西数不其数,我们厂小,大厂不接的小单小活,我们接!大厂不做的难活苦活,我们做,权当学本事长知识。我们不图有多大的利润,有赚就好——谁让老天爷让我们浦东人地少人多,劳动力过剩,肚皮都对付不好呢?我今天向大家交交心,摊一下我的底牌:奚金龙,一个曾经的工程兵,逢山打洞、逢河架桥，没啥挡得住！我相信坚持就是胜利！你们大家如果觉得我讲得不对、一意孤行，就批评反驳，不用讲情面！"

龚勤第一个叫起来，"金龙，不看好做印刷的，老早不在这里了，不是已经退了近一半的人么？我是有信心的，跟着你，错不了！"

"对，对！跟着你，错不了！"……

"金龙，你别卖关子了，说天道地地绕圈子。"又是扣元，忍不住站起来笑着嚷，"还是快点把接着六六六粉袋子的事说出来吧！"

"啊？已经接着活了？"众人愕然。

"确实接着活了，"金龙说，"做不做听大家的！这是南浜头跃根家上海三阿叔寻来的，印农药六六六粉包装纸袋。利薄，每印一个只赚一厘钱，十只一分，一百只一角，一千只才一元。量也不算大，正规厂家不屑做。"

众人议论纷纷，虽说利润太薄，但大家都认为：反正机器闲着，不做白不做，练练手也是值的。

"我细细算过一笔账：印这六六六粉农药袋，两台转盘机日夜轮转，一天能赚二十元，二十是不多，可相当四百斤麦子啊！四百斤麦子要多少地来种，不用我讲吧？从播种到收割，四百斤麦子，要经历一百八十个日日夜夜，还得看老天的面孔！如今一天就能有这样赚头，不比螺丝厂差！你们说呢？"

众人议论纷纷，但支持已是定局。

两台轮转机"咣啷当、咣啷当"地响了起来，上海印刷厂的老法师被特地请来作现场指导。牛皮纸袋上的死人骷髅头也实在有些刺眼，不晓得哪个人从道士那里讨来一张"符"贴在大门横档上。金龙明明看到了,却装作没看到,他当过兵,是党员,不信这;有人信,他不反对。

唐引娣见金龙天天从鸡叫忙到鬼叫。雪妹已经上班了,永高还在吃奶,唐引娣从猪场收工,宁可自家啥事不做,也会把金龙家的事情抢着做了。尤璐去了上海,小飞全靠她早早夜夜照管,实在是忙得连解手都没时间。但能帮上子女们的忙,她不觉得苦,她高兴!

银龙同寝室的小李患急性盲肠炎在医院急诊手术。银龙在病床边守了大半夜,天快亮时困得不行,想去吹吹冷风让自己清醒。

寂静无人的病房走道,银龙向走廊尽头的窗口轻轻走去,突然,中间一个病房里突然闪出个女子,差一点被银龙撞倒。银龙刚开口说:"对不……"却一下怔住了!那人也望着银龙不由目瞪口呆。原来,这女子不是别人,竟是数年不见的杜慈心!

十一

唐引娣得知银龙断了薛老师女儿这头却同小杜死灰复燃,她气得浑身颤抖,"你这是坏良心、坏良心啊!银龙,你给我把话收回去!这种缺德的事情,做不得咯!我问你:小薛做了啥对不起你的事?她哪里不好了?"

"没啥不好,但我同小杜更合得来。一生一世在一起的人,一定要自己真心喜欢,要有离不开的感觉,同小薛,没有……"

"你读大学,就读出这种花肚肠来?爹娘的面孔都给你丢尽了!"唐引娣觉得小薛姑娘都上门了,银龙也常去薛家走动,薛老师这样看重银龙,银龙的良心给狗吃了!银龙却说薛老师待他好,同他要不要给他做女婿,是两回事……

银龙同阿妈说不清楚,干脆一副"横是横"的腔调。唐引娣气得扬起拳头去揉他,银龙躲闪不过,居然背起他的黄书包,奔出家门,回学校去了。

奚祥生回家得知这事,当然也暴跳如雷。他万万想不到,自己一向高看的老二会做出这种垃圾事体。第二日天不亮,奚祥生就骑上他的"老坦克",到同济大学找儿子去问个究竟。

银龙因早有思想准备,倒是十分平静地向阿爸"老实交代"了。奚祥生当即把儿子骂了个狗血淋头,等老头子骂完了,银龙说:"阿爸,我不是小孩了,要寻哪样的女人,我心中有数的。"

奚祥生一个"毛栗子"敲到银龙的脑袋上,"怪不得你娘说你读书读进屁眼去了!男人,讨哪样的老婆过哪样的日子,出哪样的子孙。这种嗲妹妹样的女人,背进门来做啥?聪明点的,逃都来不及。"

银龙明白同他爹一时说不清,只好不响,由着他痛彻心扉地"教育"。奚祥生只当他听进去了,拉着他要去薛家赔礼道歉。

银龙心一横,明确表态说:"婚姻自主,是国家婚姻法规定的。我同小杜不可能再分开了!"

奚祥生突然明白:人高马大的银龙面前,他的苦口婆心统统白废!如果铁龙当年与他顶撞,还属年少气盛;宝凤硬要嫁丁国弟,是脾气太犟;眼前的大学生银龙,是全不把他放在眼里,或者说,自己完全拿他没办法了!为父的权威和自尊瞬间化为乌有,奚祥生浑身发紧,血脉凝固,半天才从牙缝里挤出一句,"好……好!从此,我没有你奚银龙这个儿子!"

　　唐引娣为银龙的事,整天苦着脸。金龙联系宝凤,叫她接阿妈去丁家渡散散心,好好劝劝。唐引娣先是不肯去。好说歹说,宝凤才把阿妈说动了。从黄浦江边的丁家渡到川沙奚家宅确实路远,出嫁了的宝凤同她爸憋着气,难得回一次娘家,也避开礼拜天,诚心不同老头子会面。大半年来,唐引娣一直牵记着女儿在婆家的日子过得好坏,到女儿家住几天,也好看个究竟。宝凤是理解二哥的,自己的恋爱老头子也是从头到脚反对,弄得父女关系僵掉。阿妈过去不喜欢小杜,嫌人家吃勿落、做勿动,可人家现在不在乡下劳动了,人家过的是上海日子,力气大小不碍事!薛老师女儿是好,可阿哥喜欢小杜,他们两个反反复复下来不容易。阿爸仗着他是爷,硬撞,思想老派脾气又臭,有事不会好好说,反而把二哥逼得没了退路。唐引娣听宝凤说话,觉得出嫁大半年,女儿变得有头有脑,讲得都对,心里松了好多。再看宝凤小夫妻俩蛮要好,整天嘻嘻哈哈开心得来。想想自己,男人那张面孔,几十年来"欠他多、还他少"的样子,像国弟对娘子那种好言好语好声气,一天都没有过……夫妻一道做一世人,你看我欢喜、我看你欢喜,要紧的!

　　国弟从小没娘,待丈母特别亲热。唐引娣现在才知道,丁家穷,不是懒,不是呆,说起来作孽——国弟的大大、阿奶一直生肝炎,做不得啥还要吃营养,看病续药都要用钞票,还有一个半痴呆的单身叔公一直靠他们养……国弟娘走得早,二十多年下来,全靠国弟阿爸一个人养了一家门啊!眼下,老人们前前后后地走了,欠的债还得差不多了,国弟会做,丁家渡排得上号的,拿的也是最高的工分。老话讲:只要两人一条心,泥土也能变黄金。这一对好男好女搭上了手,往后日子错不了!

每到夜里,宝凤总要点灯熬油地做外包手工到半夜。国弟无事的时候,会陪在边上同娘子说说笑笑,或者唱戏给她听。宝凤做的手工活,是从三林塘丁家孃孃那里转来的。三林塘女人大多会"做花"(有说外国人进上海后,三林塘的"做花"才真正发达起来),在白颜色的棉质、麻质的大餐台台布、茶几布、沙发靠、椅垫、杯垫啥的上面,用"抽""拉""雕""包梗"的方法,做外国花头,还有女人睡衣、小囡东西上的"司马克"……好看得来,都是出口去的。宝凤聪明灵秀,丁家孃孃做,她旁边看看就会,孃孃就分给她拿回去。宝凤不去市区送菜了,白天菜地出工,夜夜在家做"花"赚外快。唐引娣见女儿结婚大半年,肚皮一直呒动静,不晓得两个人里头是哪一个不对,忍不住要宝凤到医院去查查。宝凤说,因为屋里呒啥底子,把生小囡的事"计划"了,过两年积点钞票再说。唐引娣心痛得要哭,宝凤反倒笑,笑阿妈瞎操心,样样管。

宝凤"做花",丁家渡女人得知,前前后后都来看、都眼热,尤其是那些手不笨的。一时间宅前宅后议论纷纷:"六十年风水轮流转",国弟屋里要发了。

金龙的印刷组,六六六粉袋子还没印完,上海厂里的同乡给介绍了新活:印饭菜票。上海有几千几万家单位食堂,用的饭菜票都是小小一方硬板纸,印刷厂家印这种东西,利薄,还花人手,都不愿意做。弄得福州路文具店常常断货。如到大厂去称他们几乎视作垃圾的边角料,成本极低。金龙觉得这个很值得一试。

铁龙自告奋勇地来做设计。他兴致勃勃地趴在桌边,画呀描呀,然后跑到金龙办公桌面前,"看看、看看!我奚铁龙有设计天才吧!"他把手里的草图给金龙看,十分得意,"一角的呢,是一块肉;五分,是棵青菜;二分萝卜一分小葱;饭票呢,五两是大碗米饭,二两是小碗面条,一两是一只馒头……怎么样?灵哦?灵得一塌糊涂!我这种不花钱的设计师,你到哪里去请?"

有人围过来看铁龙的设计,无不称赞。金龙拍拍铁龙,"确实不错,你小子从小喜欢画图……"正说着,扣元背着一大袋东西满头大汗地进来了,他双眼放光地把那个大袋子直接扔在金龙的桌子上,把铁龙的画稿都压住了。铁龙叫起来,"做啥做啥?你压了我的宝贝!"

"我这才是宝贝!好宝贝。"扣元解开袋子,里边是些整整齐齐、五颜六色的废纸边,"这些都是印刷厂弄来的,质量好得不得了!称分量,半卖半送的,几分钱一公斤啊!"扣元喜形于色。

大家拥上来看,这些纸边宽宽窄窄,大小不一、长短不一。金龙很开心,"扣元,以后还有供应吗?"

"当然!人家厂里切下来的废品我们定期收,还给钱,何乐不为?老实说,本来都是当垃圾运到造纸厂化纸浆的。不过,这大大小小的,收拾起来烦,七零八落的形状,要印要排版,还要靠老法师。"

"这不要紧!信元的三阿叔不是答应过我们,有啥难处找他?他是排版的头号老法师,徒弟在技术大比武中连得第一名!"

铁龙细细地看着那些纸片,说:"先理一理,一样阔窄的扎一起,长短反正好裁剪……找几位女工来整理,小心别弄脏。"

扣元不无心酸地说:"我们乡下的人工低,赚的只能是辛苦钱。"

"万事开头难。我们厂小,没名气,不这样还能怎样?"金龙说,"我们就是专做人家不做的、难做的、量少的。本是种田人,吃苦、下力,从小惯了的!原料成本这么低,福州路文具店送多少收多少,印饭菜票在我眼里,简直就是印钞票啊!"

一个礼拜后,金龙亲自带着扣元来到福州路文具店,把一沓整齐的饭菜票样张放在人家的办公桌上。店方业务员挑剔地检查着,终于满意地点头说好。

"别看我们名头还是印刷组,可技术不差的!上海正宗大厂里的老法师,有我们宅上的人,排版啥都靠老法师相帮的。我们还请了两位星期六工程师,技术上有他们把关的!"金龙说得非常诚恳。扣元也接着说:"你们可以来我们奚家宅考察。要长期合作的话,你们应该对我们厂了解多一些。"店方业务员笑了起来,"看看东西就说明一切了。我们店里经常断货,你想,那些大厂,像三班倒的纺织厂、钢铁厂,几千上万名职工,一年消耗多少饭菜票啊?你们用纸边,成本比人家低,价格又比人家低,只要做得好,我们是有多少要多少。对了,定制可以吗?就是要印上某某工厂食堂的字样。"

"没问题!"金龙一口答应。

出了文具店,金龙和扣元开心得一蹦三尺高!夹缝里谋生,他们披荆斩棘,终于开出了路!金龙得到的,并不只是印刷厂有了生意,能赚钱了,他那"冰山绝顶要开花"的人生信条,由此在心里深深扎了根。他当然更无法知晓,日后辉煌宏大的事业,就这样起步了!

小龙今年参加了高考,录取通知书下来,小龙进了北大数学系,他还是上海市的数学高考状元。虽然奚家宅年年出大学生,但从没哪个有小龙考得好,连老人们都晓得:三猢狲家小儿子中了状元了。学校里的同学老师也为之奔走相告,校门口还贴上红榜,青年报、川沙电视台都来采访。唐引娣家门口围满人,极是热闹。奚祥生说小龙是遇着了好时候,论读书,银龙当年比他要灵光。高考恢复,初中没读满一年的银龙,靠借了两本书看看,还进了同济。但唐引娣对小龙进北大,其实一点不开心。考大学么,做啥不考他阿哥的那个大学?两兄弟读一个学堂,做啥都有伴,好照应。小龙从小是个嫩权呀,不大声响的,除了肯读书,一点做不得啥。这么个囡,一个人跑到又远又陌生的北京,哪能弄呵?眼看都要离家了,还天天出去,屋里不要蹲,不晓得去找同学做啥。问他,也不多说。要是川沙有大学,她就叫他在川沙读!唐引娣总觉得,她的子女,最好一个个都在自己身边,看得见也摸得着。

当唐引娣泪汪汪地看着小龙头也不回地出门时,她忽然有一种预感:自己最最宝贝的小儿子,那个她从猪场一回来,一双小脚就"啪哒啪哒"跟进来,一头扎进她怀里撩她衣裳要奶吃的囡,怕是这一走再不会回转来,一个儿子白养了!

十二

福州路那家最大的文具店讲话算数,果然是送多少收多少。还有好些定做的,"上港二区食堂""第一毛纺厂食堂"……都是不得了的大厂呀!人家说他们的饭菜票质量不错,定做的越来越多。印刷组就早夜两班倒,隔着老远,就听得两台圆盘轮转机,"哐啷当,哐啷当",从早响到夜。看金龙每天神采飞扬的样子,估计是赚头十足了。迷信的人说:老天照应,好运来了,就是挡也挡不住。金龙说哪是什么好运?走投无路时,四处托的那些上海师傅,因为生了心,因为想帮老家的忙,一努力有了结果了。像宅上五十年代出去的阿大师傅,居然帮金龙又弄来两台轮转机,比前头买的两台还新、还好,价钱也公道,更不用拿废铜烂铁去换;特别是龙生的二阿叔耀民,特地从漕河泾赶到奚家宅找金龙,说他有一笔印手帕包装袋的生意,出口到美国去的,利润高,做好了前景不要太好,问金龙愿不愿接?原来这是美国超市的订单,人家要五块手帕一袋的卡纸包装,上海的手帕厂一直是他们的老客户,但他们只管织和印,不管包装,发货只有百打、千打的纸箱,做包装,哪是我手帕厂的事?印刷厂呢,纸袋当然归我印,但纸袋交给你,装手帕同我没关系,这种吃人工还费场地的事,谁高兴倒贴?耀民说他在的那家厂效益一直不好,但还是拨一拨动一动,不肯打破条条框框,他痛心疾首地说:"这是体制问题!"说奚家宅印刷组虽小,但船小好调头。毕竟改革开放了,专做人家不做的活,没有办不好的道理。金龙觉得这有啥难?抬张乒乓桌来,厂里找十个清清爽爽的小姑娘,好好地洗了手,把手帕厂的手帕一块块折起,五块一叠,装进包装的硬纸袋里,不就是了吗!耀民说,那硬纸袋的包装设计,要去包装公司出钞票请人专门来弄。谁知又是铁龙自告奋勇说他来,看不中再说。忙了一夜,好了。男手帕,铁龙画的是黑白格子的底,简简单单,也大大方方,中间一个方形圆角的玻璃纸窗口,随便什么花样、颜色的男手帕,放进去都不难看。女手帕呢,白底,右侧一支盛开的兰花,是照一本黑板报资料书上描的,中间的玻璃纸窗口是圆的。耀民看了说可以,不出三天,手帕包装的样品就做起来了。当然,印刷上的技术问题,全是耀民相帮搞定的。金龙一定要耀民做他们的技术顾问,耀民说都是一个宅上的自家人，不要客气。但金龙非要这样做，还一定要给他发工资。因为，利用的自己的业余时间加班，现在叫"星期六工程师"。金龙说，只有耀民师傅答应了，他才定心，奚家大队印刷组才真的有指望；耀民师傅若不答应，就是思想不解放。耀民缠不过金龙，应承了下来。

机器多了，业务也多了，老厂房太挤，就在信用社贷了款，在旁边的空地上新建了一个大车间，把老厂房里的机器全搬进去，老厂房也拆掉建了仓库。大家都说，这下，印刷组算鸟枪换了炮，在奚家宅所有的队办工厂里，算是很有腔调的了。一些曾经离开的老人马又纷纷要求回来，金龙不好意思不要，再说，厂子扩大，业务增加，本来也要添人手的。在耀民的策划下，厂里作了大调整，有规有矩了。

一向是捏锄头挑大粪的农民，要变成开机器的工人，没那么容易！车间大门进进出出的不晓得关，那帮捣蛋鬼小囡奔着跳着就跑进车间来了，甚至在机器旁追打；捧了饭碗吃着的老人，高兴了也会进来看稀奇凑热闹；车间门口一块空场，本来是停车装卸用的，但几家人家的母鸡小鸡时不时溜进来觅食，有时甚至跑进车间，在地上留下几摊鸡屎。秋日雨多，一声"变天啰！"车间里正做着事的人眼睛一望窗口，理所当然地各自飞奔回家，运转的机器就前后纷纷关车。

金龙大叫："做啥？都给我回来！"

但向外奔跑着的人或嬉皮笑脸，或理直气壮。理由是："伲场上晒着黄豆呀，落雨了不去收啊？""我一早楼顶上摊着点萝卜干，老娘不晓得。""昨夜小浮尸尿床了，晒了被子，我说要防下雨，戆女人不听！"……

金龙跺着脚骂："有没有劳动纪律了？！"

大部分人没理他，照跑。金龙是小工厂的头，但也是他们从小光屁股看大的、三猢狲家的老大，大家脚碰脚。落雨了不让收东西？想得出的！奚家宅的农民兄弟，还不懂在车间干活和田里干活有啥不同。

金龙只好一次又一次开会强调劳动纪律，写了标语在车间里到处张贴，没用。大家在背后讲："伲乡下人呀，凭啥要弄得像上海厂里一样？"金龙只好来硬的。违反劳动纪律，第一次警告；第二次视性质轻重，扣奖金工资。他还让在兵团经过锻炼的铁龙专门负责此事。

这天，整理组隆兴的老丈人来了，他娘跑来叫隆兴立刻回去。金龙正好在，说回去可以，但按规矩算事假扣奖金。隆兴嘴上说吃中饭回去算了，暗里要铁龙"高抬贵手"，偷偷溜了。金龙发现隆兴不见，就问铁龙。江湖义气十足的铁龙怕隆兴受罚，就把事情揽到自己身上，说是他叫隆兴跑掉的。金龙斥责铁龙"捣糨糊"，要处罚他。铁龙不买账，说一个豆腐干大的小厂，一本正经，弄得像真的一样，会不得人心。金龙怨铁龙不同心协力与自己一块创事业，让自己为难，还三天两头地跟了老婆往上海跑……你一句我一言的，兄弟俩吵了起来。铁龙冲动中扔了"乌纱帽"，再不当这劳动纪律管理员，还把小飞扔给阿奶，回上海去了。金龙气得要命，却奈何不得。

铁龙跑上海的次数确实越来越多。铁龙是有苦说不出。每次从上海回来，他心里都很沮丧。上海那些和他一同卖假领头的同伴，现在都混得比他好！像二毛，在广州弄电子手表、太阳眼镜、台湾洋伞啥的到上海卖，现在神抖抖得不得了，打扮像煞是个香港人；金保在华侨商店门口做侨汇券，听说也发大了；连最没用的玉华，顶替她姆妈进了杨树浦的印染厂，在厂里评上先进，调到工会坐办公室了。铁龙感觉到丈人对他的态度越来越冷淡。德鑫因为厂里分到"鸳鸯房"搬走了，尤璐跑娘家的频率就更勤。金保介绍她认得了一位宁波路上专做时髦衣裳的小裁缝，一家人的布票都用在她身上了，打扮也愈加时髦，是香粉弄里头一个穿包屁股牛仔裤的女人，也成了香粉弄人茶余饭后的谈资。铁龙不喜欢尤璐这样，说她"奇装异服"，尤璐说："对的，我就是奇装异服，哪能了？"那个一身鱼腥气的大奎，居然当着他的面请尤璐看外国电影去！铁龙差一点同大奎相打。不过尤璐还是和他一条心的，毕竟，在西双版纳兵团里他们患难与共，况且还有小飞……

一次，尤延香在同邻居说笑，当着铁龙的面，称他是"没花头的阿乡"，铁龙被伤了自尊，决定借钱和两位知青朋友到江西做小煤矿生意。尤璐支持，希望老公"翻身"，但金龙银龙两位阿哥竭力相劝，觉得这种不着边际的事不沾为妙。铁龙不听，义无反顾地走了。

唐引娣突然得知宝凤当厂长了，吓了一跳！原来雪妹到严桥公社开会，顺便去丁家渡看望小姑，结果带来一个好消息：因为宝凤手巧，她做花的本事传得丁家渡无人不晓。大队长有脑子，决定成立大队工艺厂。这种手工外包活，他早就见识过，一不要场地，二不花大本钱，都是女人们领了原材料，根据样品要求在自己屋里做，做好了交货。重点是要有懂的、领头的女人，慢慢带出一帮骨干。宝凤就是这种领头女人，技术上她能教，检验关靠她把牢，其他真没啥难度的。大队长暂时当了厂长，带了两个跑外勤的男人，可能也是有点关系的，反正把进出口公司那头搞定了。于是，腾出间大点的空房间，搬来几张大桌子，从厂头领了原料，说开张就开张了。大队长要宝凤当副厂长，还说，这是暂时的，他是"师傅带徒弟"，日后这个厂就归你奚宝凤管了。宝凤不答应，笑死了，说自己是个"做胚"，只晓得死做，从来没当过头头。大队长说，你生出来路都不会走，话都不会说，怎么后来都会了呢？这么聪明的人，学了不就会了？宝凤想想，自己不当，真还找不出比她合适的人，她也是巴望着丁家渡"发"的，心一横，应承了。一礼拜不晒太阳，日日做细巧手工，又穿一身好衣裳走进走出，宝凤变得雪白粉嫩，倒比做新娘子时还要趣了。尤璐得知，喜出望外地跑来丁家渡，看到那些外贸东西，眼睛都发直了。不过她又非常失望，因为她是想拣衣裳来的，没想到样品堆里主要是些大餐桌桌布、沙发巾啥的。只有一条睡袍，她一看见就放不下了，这睡袍领口和胸前做着漂亮的"司马克"，她在友谊商店楼上的橱窗里看见过差不多样子的，价钱大得吓煞人了。

十三

眼看又进了腊月，过年就是眼前的事了。小龙、铁龙、宝凤，还有银龙，一个一个都应回来，几家亲家如果过来，不请吃饭讲不过去。唐引娣老早就从肉庄上买好几方肉，又杀了两只鸡，一道用盐擦了，压上大石头，单等着天好挂出去晒，再到北风头里吹几日，等皮硬结，就成功了。小龙是老早放寒假了，打电话给老大，说要用勤工俭学的钱，跟伊春的同学去东北看大雪、溜冰，人大心大，爹娘不在心上了；银龙同老头子弄得介僵，会不会回来，吃不准；铁龙在江西说是蛮好，过年一定会到家,不晓得尤璐说的是不是真话。可今年天老是冷不下来,雨又偏偏落不完地落,滴滴答答到处滑腻腻,叫人实在心烦。

这天,唐引娣正和小飞在灶间吃饭,突然听见后头有响动,出来一看,是铁龙大包小包地回来了,尤璐已经开了房门,特地出来叫了声"阿妈"。看铁龙面孔红堂堂,人也长肉了,唐引娣笑得嘴都合不拢。铁龙告诉阿妈,江西的小煤窑成功出煤,钞票一把一把地进来!还说他先到了香粉弄丈人家,老丈人对他的态度现在是一百八十度大转弯,马上去陆稿荐买了熟菜,和他一同喝啤酒,还叮嘱女儿当天就跟着老公回奚家宅来。

天终于冷下来了,日头旺得来,唐引娣里里外外地扫,把被子啥的也换了洗了,腌好的咸肉、咸鱼挂在北风口吹,一心准备过年。今年蛮好的,金龙有了儿子,小龙读了大学,宝凤出嫁后过得不错,铁龙发不发财她倒不看重,但总算做成事体,她提着的一颗心放了下来。过年人都到齐,一桌坐不下,要弄两桌的,以后,孙子外孙不断多出来,总有一天,三桌都要不够的,那就要打圆台面了……银龙呢,按她的心思,他和小杜是要一起来吃年夜饭的,应该叫金龙去他大学里寻他,她再同老头子说说,两边拉拉,年夜饭一吃,事情就好办。

谁知第二天她正在灶间烧粥,铁龙进来同她说,他要去江西煤矿上了。唐引娣急了,说都腊月廿四了,年不过了?铁龙说,我又没说回来一定要过年的,不信你去问尤璐!现在江西那边答应在老矿旁边再让我打口井,趁过年,人都在家,上门商量定当,一过好年就好动起来了。顾不得阿妈脑子还没转过来,铁龙要紧地跑了。

银龙回来的事一直没解决。奚祥生这次发话:老二不和杜慈心了断，就不许进门。银龙说寒假要看好多书，不回来，年夜饭要陪杜慈心一起吃。猪场的大猪年前出了圈，唐引娣活轻了许多，可她每天都觉得累，觉得没劲。这一年里，从春到冬不得太平，五个儿子一个女儿，两个走了，一个嫁了，一个被老头子赶了，只剩下一个金龙就在身边，却忙得连吃饭的工夫都没有。廿八日夜里，雪妹抱着儿子回了其昌栈娘家，说外地的二阿哥今年回上海过年，全家大团圆，金龙的年夜饭就跟去丈人家吃了……

年三十夜，天突然飘起了雪籽，屋顶的瓦片打得"劈里啪啦"地响，又阴冷得厉害，家里家外是从无有过的空空荡荡。唐引娣老两口坐在老屋那张曾挤得人满满的旧八仙桌前，相对无言。买了这么多的东西，没人来吃，唐引娣就没烧啥，简简单单了。奚祥生独自喝着闷酒，宅上人家小囡放烟花爆竹的声音不时传来……说起来，家里六个子女一个个都好，都比别人家的强，比人家有本事。都说她现在是熬出头了，要啥有啥，公社年前来慰问劳模，说这是托改革开放的福。可唐引娣还是觉得哪里不对，特别在这样的大年夜，啥人家像他们这样呢？改……改成这样？她习惯老样子，心里像是……像是……反正不好过。面前的饭菜一点点地冷了，一颗热辣辣的眼泪不争气地流出了唐引娣的眼眶。

此时，奚家的子女们各忙各的，都开开心心地在吃年夜饭，不知有没有人想着他的阿爸和阿妈？更没有人想到，老二银龙的这个年夜，是他有生以来，过的最寒冷、最孤独的年。里委会给小杜分配了工作，是去一家玻璃瓶厂洗回收的药水瓶。小杜刚刚上班没几天，八十五岁的外婆头天睡下去再没有醒来。杜慈心伤心欲绝，请了事假来料理后事。好在银龙已经放寒假，天天过来陪她，安抚她。

杜慈心那位已经嫁了美国华侨、侨居旧金山的小阿姨闻讯赶回，参加母亲的丧事。小阿姨劝说杜慈心："做啥要在奚银龙一棵树上吊死？你还那么年轻，到了美国，一切都可以重来。"

杜慈心不认识似的看看小阿姨，再不作声。小阿姨一向看不起奚银龙，但她不！银龙就是她的亲人，比小阿姨更亲。

小阿姨不得不将自己的状况向杜慈心和盘托出：原来他们夫妇到美国后，在有钱的伯伯家住了十天，伯伯就发话让他们自己去打拼。伯伯说，他四九年年底到美国的时候，也是要啥呒啥的。小阿姨现在在旧金山只是最普通的打工者，她认得一家唐人街的南货店老板，也是上海人，外侄麻省理工毕业，在一家保险公司上班。南货店老板托小阿姨了，"你帮我生个心，有懂事的上海小姑娘……这家伙到美国五年，只晓得读书，不会花女人，书蠹头啦！"小姨心里一动，啥也没讲，但特地去看了小伙子，没想到一表人才，很腼腆的样子……

小阿姨见杜慈心不为所动，就干脆到同济大学找奚银龙去了。她以"美国归侨"的身份，在寒假的校园找到银龙并不费事。小阿姨告诉银龙，杜慈心想走，但怕他受不了，不敢开口，希望银龙为女友的未来计，理解并放手。

银龙心如刀割，沉思良久后，说："只要她好，我……支持。"小阿姨就叫他当场给杜慈心写张纸条，也算是个凭据。银龙的手几乎拿不住笔，却竭力掩饰着自己内心的挣扎和痛苦，他故作平静地飞速写下了一句，"小杜，祝你幸福。"

小阿姨一出门，银龙再也控制不住自己，扑在被子上号啕不已！他一直以为自己与杜慈心爱得这般辛苦，相互不弃不离，定会天长地久，没想到如此不堪一击！

　　天阴冷阴冷，西北风很大，校园没有人影。银龙缩紧脑袋，游魂样地慢慢走着。昏黄的路灯照见天在落雪籽，冬青树的叶子被打得沙沙作响。他不由想到奚家宅的家，往年此刻，全家到齐，团团围在桌前，这天，必定是老头子上灶炒菜，阿妈坐在灶肚里烧火。他最喜欢吃汤色浓白的三鲜，里头的肉皮鲜美无比……可现在，他孤苦一人，又冷又饿，还发着烧。银龙只好对自己说：没什么，我要坚强！新的一年来了，让一切重新开始吧。

　　此时的杜慈心和小阿姨一起吃着年夜饭，这是外婆离世后的"三七"，二十一天了，日子真是过得快啊！前两天，小阿姨拿来了银龙的纸条，她看了，很是生气——奚银龙，就算小阿姨同你说了什么，相处至今，你难道还相信我会离开你？杜慈心想来想去，始终想不通：用一张简单的小纸条，就了断他们间刻骨铭心的爱？她心里气恼，一冲动就答应了小阿姨：我走！小阿姨连忙定了机票，五天后飞美国。

　　这天晚上，杜慈心来到同济大学银龙的宿舍，同寝室有两个没回去的外地同学把银龙从图书馆叫来。杜慈心望着他，一言不发。银龙非常惊讶，拉起她就往外走。

　　杜慈心天亮才回的家，这一夜，她同银龙打着伞、冒着雪籽，从同济走到外滩，从外滩走到淮海路，从淮海路走到茂名路，整整走了个通宵。到家后，疲惫不堪的杜慈心对小阿姨说了一句，"把机票退掉，我不走了。"

　　小阿姨气疯了！瞪着眼珠大骂："你……你，神经病发作啦！"

"我不怪你。你所做的一切,都是为我好。"杜慈心很平静,"你说的,身为女人,幸福的婚姻比什么都重要。我记住了。奚银龙是我的恩人,我同他共过患难、几经波折走到今天,多么难得。这样的经历,这辈子不会再有了,无论怎样的男人,都不能取代他。错失银龙,就永远错失了真爱。"她见小阿姨张口结舌,说不上话来,又很"恶劣"地补上一句,"小阿姨,你不要再同我吵,你没有经历过这样的爱情,你体会不到。"

小阿姨无语,却一把抱住了杜慈心,哭了。

三天之后,小阿姨独自飞回纽约。

铁龙垂头丧气地回到了奚家宅。

原来,春节一过就迫不及待开工的第二口小煤窑,因挖到了暗河,不但血本无归,连前面那口正在出煤的井也因此透水,全毁。

唐引娣没觉得是大事,她一辈子就在奚家宅待着,从不巴望儿女升官发财,破产没钱又哪能呢?只要肯做,一口饭总有得吃的。

十四

眨眼又是两年。

大学毕业的银龙,分在城市规划设计院上班。当年在玻璃瓶厂洗药瓶的杜慈心,考出了夜大中文系的文凭,调进厂办坐了写字间。这年元旦,他们结了婚,没办酒,到杭州旅行结婚,免去了父母亲友不到的尴尬。婚房就是茂名路上杜慈心家的老房子。

这天,银龙一早去外地出差,杜慈心下班回家,门口蹲着的一个陌生男人突然站起身,叫了她一声,"心心。"杜慈心吃了一惊,"我是慈雄……"什么?这个几乎已从她生命中消失的亲人,怎么会突然出现在她的眼前?

"你……你来做啥?"钥匙拿在手中,杜慈心却没开门。是的,她印象里的哥哥杜慈雄,斯文,白皙,清瘦,怎么现在成了一个胡子拉碴的黑大汉,一看就是那种西北外地人。

"心心,进门去说好吗?"哥哥的声音很轻,楼上已经有人在伸头打探了。

杜慈心没响,却开了门。

杜慈雄比妹妹大了七岁,小时候,兄妹俩很要好,哥哥聪明,读书特别好,连着跳级,十六岁高中毕业,爹爹还在"里面"。杜慈心记得哥哥看了电影《年轻的一代》《军队的女儿》后热血沸腾,同自己说了好多好多她不大懂的话,反正是一定要离开上海、离开这个家,要与家庭划清界线。他报考了西北的医学院,决心到艰苦的大西北脱胎换骨,替父亲赎罪,将来,到牧区或者藏区救死扶伤。记得姆妈求哥哥别走,可哥哥义正词严地责备姆妈拖他的后腿,姆妈悄悄哭了一夜!又过了好些年,听哥哥从前的同学说,他们从报上看到的,哥哥毕业分配主动要求去了西藏牧区,当了那里的"门巴"(医生)。姆妈说,他成天骑着马在牧区奔跑,居无定所,寄信写信不方便。杜慈心临去插队时,与姆妈说起哥哥,姆妈说:"你不要恨他……他会不会遇着危险?有一天我做梦,他……"

可这么一个哥哥,却突然找上门来了!杜慈心冷冷地看着他,看他站在房间中央,目光四处扫射,他发现了五斗橱上父母的照片,一步上前,仔细地看。杜慈心看到他的背影开始抽搐,看到他捂住脸无声痛哭,后来,他就跪倒在地板上,许久许久……杜慈心坐在一边,心里冷冷地说:"没用。晚了!"

这一夜,杜慈心让哥哥在家打了地铺。黑暗中,兄妹俩都没睡着,说着话。叫杜慈心意外的是,哥哥这次回来,是他考上了上医大的研究生,来上海读书了。如今的哥哥不再是当年离家时的哥哥了,他对自己当年对父母的背叛痛心疾首。只是,"子欲孝而亲不在",内心的痛苦无可名状!风云变幻,骨肉亲情间这样的故事,杜慈心早已不生疏。她原谅了哥哥。

自奚祥生那次追到同济不认这个儿子以后,银龙就没有回过奚家宅。

金龙和宝凤一直在爹妈身边劝和,同时也劝银龙放低姿态,主动上门。可父子俩都是犟死牛的脾气,谁都不肯先低头服软。唐引娣当初反对银龙和小杜要好,是因为小杜不是个田里地里、家里家外能一肩挑的女人。现在反正两样了呀,都在上海了,小杜拿工资,两个人过得蛮开心,同他们僵着做啥?她在老头面前嘀嘀咕咕,奚祥生没好气地说:"要我去请啊?脚长在他自己身上!"在宝凤家里,唐引娣同银龙见过几回面,她劝银龙领了杜慈心回奚家宅,银龙也说:"不是没有我这儿子吗?谁高兴热脸去贴他的冷屁股!"

这一拖又拖了大半年。都是自家人,又没啥深仇大恨,以和为贵的道理都懂。但先前的尴尬摆在那里,谁都不肯先低个头。眼下杜慈心已大腹便便，还有两个月就要生了，却还是个得不到公婆认可的儿媳妇。杜慈心身边没了娘家人，唐引娣想着坐月子的事，心里急得要命。金龙和妹夫终于想了个好办法：借国弟阿爸五十大寿和宝凤的女儿巧巧过周岁，丁家要请酒为由，请大家都过来聚聚——人在丁家，又是娇客，正逢喜日，老头子和银龙应该都不会来硬的。

银龙夫妇到丁家宅时，奚祥生老两口已经被金龙用车送到了。见银龙和杜慈心进来，坐在八仙桌前的老两口不由都站起身来。几年不见，唐引娣看上去老太多了，头发也白了不少，杜慈心心里一酸，对她头一次叫了声"阿妈"。唐引娣捏住杜慈心的手，看着她鼓得高高的肚子，嗫嚅着："小杜，你坐月子么，我会来的呵，会来照看你和小的……"

杜慈心眼圈立即红了。婆婆虽然苍老了，但她的目光，那透露着心灵密码的目光，还是同从前一样的慈爱、善良。曾经在生死边缘，就是这目光，给了她融融的暖意和安全，给了她活下去的勇气！雪妹端茶过来，立即接口说，自从得知杜慈心怀孕，阿妈特地去捉了十只小鸡，现在养得都快生蛋了。前两天还特地去副业队挑了只粗脚梗的老雄鸡——伲浦东的产妇娘，是相信吃雄鸡咯！宝凤更是热络地过来，问二阿嫂预产期还有多久？说她给宝宝织好三身开司米小衣裳和一件粗绒线大衣，特地买的是青草绿同小鸡黄的颜色，不管生了男囡女囡，都好穿。

另一边，银龙拿出一件新买的米色羊毛衫给他爸。奚祥生立即打开看，嘴上说着"这么个色……是你买给自己穿的吧？没赚两个钱就大手大脚，还全羊毛精纺的呢！"一边却喜滋滋地往自己身上比划。宝凤就笑,"老头子要好看哩,从年轻起就要好看,嘴巴上叫勤俭节约,心里就是喜欢好东西……"

丁国弟抱着女儿望着奚家人咧了嘴笑,他知道银龙和老丈人的疙瘩,就此算是解开了。

第三章

一九八九年的国庆就在眼前。

改革开放，祖国的南边潮起浪涌，翻天覆地的巨变令世界瞩目。但上海这座位于当今亚洲之"黄金通道"、号称"东方巴黎"的中国最大的工商业城市，曾以它的摩登、时尚和繁华，开放程度一度远胜于香港，甚至旧金山、伦敦，虽然工业总产值、出口总产值多年雄居全国首位，但其拥挤、窘迫、陈旧的市容市貌，人均居住面积等等，不但在全国位居倒数第一，而且已到了史无前例的地步！以聪明活络著称的上海人，在百废待兴中寻找着出路和方向。上海的领导者，更是在考察、调研、谋划、论证……殚精竭虑，运筹帷幄。

地火涌动，天雷滚滚，浦东开发的万钧雷霆，已一触即发！

古老的奚家宅自然今非昔比。原先的老房子所剩无几，五六十年代出生的年轻人，纷纷结婚成家，造房的宅基地，大多是宅前宅后的菜园和农田。政府规定新造的房子只能是两层楼，一般都加个半层的顶，散热、储物。不管盖的是机瓦房还是老式小瓦房，外墙都做了装饰：或在向阳的一面贴上马赛克，或用带色的碎玻璃做了长条、菱形的框子，总之是要好看多了，特别那些水泥粗浇的花瓶型阳台栏杆，百花齐放，又土又洋。

一

年过花甲的奚祥生已从钢铁厂退休回家，比他大了三岁的唐引娣却还在猪场做事，不肯停歇。儿女们除了还在美国读书的小龙没有成家，小日子都过得不错，小囡也不要她这个阿奶带。不到猪场去，待在屋里，同老头子大眼瞪小眼？吃了三顿饭坐在壁脚根晒太阳？唐引娣觉得自己没老，一百多斤的泔脚照样挑得起、走得了。要说有啥放心不下的，是老二银龙的女儿永真，三日两头生病——奚家人从小都会吃会困，她这是像的啥人哟？

当然像了她娘杜慈心。唐引娣觉得小杜人蛮好的，就是过日子的本事蹩脚。只不过一个囡呀，怎么弄不好，还弄得苦煞？

银龙一家现在住在漕河泾，茂名路的房子六七年前就给了杜慈心哥哥一家。当时哥哥住校读研究生，嫂嫂一个人带着一对双胞胎在西北，两地分居着。上海正缺小学教师，身为省市级优秀教师的嫂嫂，不费啥事就被招考进上海，在卢湾区一所不错的小学任教，他们的双胞胎儿子带了过来，就不得不将孩子的外公外婆请到上海帮一手。茂名路的房子实在太挤，正好银龙单位造了两幢宿舍楼，银龙争取到一间调剂出来的旧工房，虽然地段和房子结构没法同茂名路的比，但有煤卫，实属不错。单位同事私下都有闲话了：这小青年分配进来没几年，倒同排队排了长久的困难户一样,把住房一下解决了。

这天是周日,太阳晴好。银龙一大早忙着拆被子、换床单。女儿是敏感体质,家里的卫生要求几近严苛。自她出生,两夫妻一直处于极端的辛苦和忙乱之中。好在杜慈心在原单位宣传科成了三天两头请假的"老油条",大锅饭时代,同事们同情她,都不计较。一年半前,她考上了一家杂志社当编辑,不用坐班,时间灵活些。眼下小姑娘大些了,身体虽说好了不少,但仍比一般孩子要烦心得多。

今天宝凤一家要来,中午在这里吃饭。杜慈心一早去了菜场,买来很多的菜,坐在门口小凳上手忙脚乱地收拾。奚家所有女眷中,杜慈心同小姑的关系最好。大嫂张雪妹,当年做知青时同她曾有过节,至今双方心里留着阴影,况且两人性格脾气也不对路;杜慈心同尤璐也不大搭界,尤璐娘家虽在市区,但听说同铁龙三日吵两日好的,杜慈心自己天天从鸡叫忙到鬼叫,哪有空闲管他们的事?但她对宝凤就不一样,杜慈心从进了奚家宅,奚家子女中唯一的女孩同她自然亲近些。活泼热情的宝凤,对这个又漂亮、又会打扮、又有知识的上海阿姐,一直从心底里服帖。后来二人成了姑嫂,关系一直蛮好。宝凤的巧巧大永真一岁多点,宝凤手巧,做衣裳、织绒线衫一等。大队工艺厂、服装厂,常把裁剪多下来的刀口布当福利论斤卖给社员,宝凤会挑会买,给巧巧做的衣裳不花啥钞票还穿不完。永真捡了巧巧的衣裳,件件同新的差不多。宝凤每次来,还没进门就"阿哥呀!阿姐呀!"地叫得亲热,并总要带好多好多东西,除了街上买的水果点心,还有乡下自己种的时鲜菜蔬和土产——农村人实在,喜欢用看得见的东西表达他们的诚意。

宝凤一进门,就搂住了永真。她从心底里爱怜这个瘦小体弱的侄女，立即掏出一大包猪肉脯塞进永真怀里。杜慈心抱怨孃孃不该又买零食给她，宝凤反笑她"规矩太大"，说小囡哪有不让吃零食的？永真饭吃不多，吃点肉脯，就当补营养了。每次一进二哥家，宝凤总是反客为主，熟门熟路地帮着阿嫂洗菜烧饭，手不停嘴也不停。杜慈心看着两个小姑娘一起玩得开心，想起巧巧读书一直不上心，便问起巧巧的学习状况。宝凤说："龙生龙、凤生凤，老鼠的儿子打地洞。我们这种'做胚'的囡，哪好同你们知识分子人家比？过些年叫她到我厂里做，有啥不好？你和二阿哥读书多，可住这么个地方，小是小得来，破是破得来⋯⋯两个人的工资，加起来还不如我一个，苦哦？阿姐呀，奚家门没读书的几个，都比你们大学生过得好！"银龙夫妇响不出，社会上传："搞原子弹不如卖茶叶蛋，拿手术刀不如拿剃头刀"，实情。

宝凤今天来，是有大事要同二阿哥商量。黄浦江上要造大桥了，浦东端的桥址就定在宝凤他们的严桥乡，丁家渡首当其冲。黄浦江造大桥，浦西浦东的老百姓想了多少年、多少代！况且动迁后宝凤夫妻成了南市区的居民，是正宗的上海城里人了。但想着房子，宝凤就戳心戳肺地痛！原来，自八四、八五年来队里分配高了，国弟这个种菜老手一年分红有六千多；宝凤在编织厂又是第一位大好佬，工钱一年也有六七千。夫妻俩一当上万元户，第一桩事情就是翻造房子。女儿造房子，"金瓦刀"奚祥生亲自挂帅，从算料起一路把关，那幢小屋造得那个地道：下至地脚，上至屋脊，哪怕角角落落，处处做得工整，质量好到实在没得挑！村里人前前后后的来看，都说国弟的新屋称得上是丁家渡的"样板房"。就拿客堂的地坪来说，做了彩色磨石子不稀奇，但地坪中央，做了白象驮万年青图案，那白象腰里的装饰布上，红玻璃和铜珠充作宝石,还用粗的黄铜线镶上金边,日头照进来,多少好看!门前的场地本来宽敞,新做高低两只花坛、一口荷花缸,偏偏国弟一向喜欢弄花,就一年到头有花看。小院的西面是菜园,东头是灶间,灶间后门三五级台阶下去,就是那条小清河。国弟说从前去河埠头淘米,小鱼小虾会自己跑进淘箩里的呢,现在用自来水,汏菜淘米不出去了,不过洗洗刷刷大物件,终究方便。高兴时养鸭,不怕邋遢,蛋是吃不完的。立在河边上望望看看,春夏箬叶碧青,秋冬芦花雪白,真正心情舒畅、眼目清亮!可现在硬要用重磅大榔头把它统统敲掉、拆光,宝凤想想就要跳脚,好几个夜里翻来覆去睡不着!

二阿哥是大学生,见多识广有水平,所以宝凤带上国弟和女儿找兄嫂商量来了。

宝凤、国弟与银龙夫妇正说着丁家渡动迁的事,突然听到房门外的两个小姑娘吵了起来。原来,巧巧身上那件她认为自己最好看的衣服,被永真嗤之以鼻为"乡气"。巧巧不服,说女同学们都说好看,宅上人也说好看,永真却掩口而笑,说这就是"乡下人眼光"。巧巧恼了,骂永真"十三点",互不服气之下,两个小姐妹相骂起来。杜慈心即斥永真不懂事,信口雌黄。永真委屈地嚷着说:"我不是也有件一模一样的?你自己说的,叫我不要穿!孃孃是乡下人眼光。"

"瞎讲!"杜慈心急了,扬手要打永真,永真大哭着嚷:"是你说的呀,不好赖的呀!"宝凤早气得脸色发白,一面吼着骂女儿"不识好歹",一面拖着她要出门回家去。两个男人怎么拦也拦不住,国弟只得追着她们的后屁股走了。一桌好饭菜已经摆上一半,可好好的一场聚会,已经尴尬地不了了之。

回家路上，国弟怪老婆"炮仗脾气"发作，太意气用事。宝凤则对二嫂的"当面一套、背后一套"非常愤怒，说城里女人就是坏，虚头虚脑的看不透。自己多少年来真心实意对待她，却还是一个被看不起的"乡下人"，"她忘了自己也是从奚家宅猪场里爬出来的，落难时要不是乡下人救她、帮她，命都没了！"

宝凤全家一走，银龙也因为妹子生气，埋怨老婆不该在永真面前胡说八道。可杜慈心认为：这么大的女儿，该培养她良好的审美能力了。看到亲友的缺点、弱点，不等于排斥对方的人格和人品。银龙却坚持认为审美无标准，中国人眼中最土最难看的，外国人还认为美得高级得不得了哩……两人争不出个所以然。但得罪了热心热肺的宝凤，尤其是丁家宅将因造大桥而动迁，宝凤夫妇从浦东跑来漕河泾定有啥事的，结果没说上几句就跑了回去，两人都很懊丧。

几天一过，就是国庆节。五更天，一片漆黑的奚家宅亮起了第一盏灯。对唐引娣和奚祥兴来说，今天是个大日子——住了大半辈子的老屋要拆掉翻建了。十来年前，在老屋后边的菜地里造的两间半房半灶的平房，金龙、铁龙两兄弟几年前一同翻成了楼房，前阳台后晒台的，在奚家宅也算出落。但银龙夫妇回来始终没有自己的一间。国外的小龙，眼看也到结婚的年纪。同中国所有农村的老夫妻一样，给一个儿子一间房子，是他们毕生的心愿与事业！铁龙不谈，银龙结婚成家时，奚祥生因为反对，都没花啥钞票，但第三代先后出世，奚祥生有心补偿，不要也得要，不收也得收。但他那点月工资，早就捉襟见肘了。眼看这解放初翻的老屋，落雨天东漏西漏，在宅上都是少有的破旧了。老夫妻俩几年前就有了造房的动念，砖头瓦片、水泥黄沙、檩子木料……燕子筑窝似的一点点攒。特别是近两三年来物价上涨，存下来的那些钞票眼看越来越买不到啥了。上月头上，奚祥生不知从哪里弄来一批旧砖瓦，再添上小半新的，材料总算备齐。只是请人工的烟酒、肉菜……眼看着一样样都贵得买不下手了。金龙悄悄塞钱给阿妈，但唐引娣一定不要。

奚祥兴自退休后一直情绪不好，一张脸成天"欠他多还他少"似的，有啥同他商量，不出三句就呛人。定下了日子以来，唐引娣默默起五更落半夜，只见老头子跑进跑出，要么材料堆里走来走去的，却不敢同他多说啥。雪妹真是懂事，白天厂里上班忙，下了班天天过来同婆婆有商有量。两天前，雪妹就把要用的菜都买齐了。今天来做活的，都是奚祥生手下的徒子徒孙，年轻力壮的十来个大男人，坐拢两桌。加上自家人，四张八仙桌是少不了的。雪妹特地叫了会烧菜的娘家姐夫来帮忙，鸡鸭鱼肉、瓜果蔬菜一早要杀要洗，慢了只怕来不及。宝凤昨天已经到过了，但今天要到中午才能赶来，因为丁家渡今天正好开动迁动员大会；银龙一家和石龙一家肯定也要来的，只有铁龙一家来不来吃不准。铁龙同尤璐的关系，好一阵、吵一阵。有阵子尤璐推说身体不好，一直住在上海，供销社也拿她没有办法。还听说她想办留职停薪……就在大家都觉得他们的婚姻凶多吉少时，尤璐所在的食品公司搞承包试点，本地人胆子小，只想拿份太平工资，没谁肯担风险，闯过江湖的铁龙却动了心，和尤璐这样那样说了一通，结果由尤璐出面，签约承包了那家位于汽车站斜对面的食品商店。从前除了逢年过节，平日里蛮冷清的汽车站，这两年人越来越兴，早早夜夜都热闹。车站也扩大了，多开出好几条线路。南来北往、走亲访友的乘车人，都会在这里买上水果点心，特别是烟酒和广告里做的营养品。结果不到半年，尤璐和铁龙发得自己都看不懂了，遂将小店向后装修扩大，又调整了货源，食品商店生意好得远近闻名。尤家见铁龙咸鱼翻身，不但再不小看这个女婿，还因上海屋里太小，让尤璐在川沙街上借了个上下两层的老房子，把尤延香夫妇接来川沙。老两口一早去自由市场买点时鲜货，吃过早饭到新建不久的川沙公园兜兜，鹤鸣楼里坐坐，觉得自己像是做了神仙。铁龙把小飞弄进城厢镇小学读书，店里一忙，干脆住在丈人的租屋里。尤璐更加不肯回去，她说睡在乡下，夜里听见狗叫要做噩梦的。

　　银龙夫妻一大早就出了门。从漕河泾到奚家宅，一西一东，不算轮渡，前后要换乘四辆公交车，路上少说得三四个钟头。永真还在襁褓里的时候，路上要找地方冲奶、喂水、换尿布。这一路，银龙倒无怨无悔、神清气爽，因为这一头是他的小家，那一头是他的老家，他生于斯长于斯的奚家宅！尤其是过了江，从陆家嘴到高庙，再从高庙到川沙，窗外的景色同热闹繁华的市区越来越不一样，越来越让银龙感到熟识而亲切。近来每次回家，都有一种抑制不住的激动。在市规划设计院上班，他比别人更关注浦东的开发。如果中央一旦正式批准浦东成为深圳那样的特区，那么，这块生他养他的土地就将发生惊天动地的巨变！三年前的夏天，市政府向中央、国务院上报了《上海市城市总体规划方案》，规划局编制完成了《浦东新区规划纲要》后，他知道浦东开发势在必行，对浦东的风吹草动也就高度关注起来。前年春天，在西郊宾馆开浦东开发的国际研讨会，银龙是作为会务人员参加的，听了林同炎大师精辟而激动人心的发言，他兴奋得一夜没合眼。去年初秋，市领导进京向中央汇报了浦东开发的准备，回来就成立了开发浦东的领导小组，两位副市长任正副组长……眼下，南浦大桥已经开建，杨浦大桥紧跟着也要动工。用院里的那些老设计师们的话说,遇到了多少年、多少代都等不来的好机会了!这些心事,银龙不怎么同老婆说,他知道杜慈心对浦东、对奚家宅的感受,与自己毕竟不同。

每次跟银龙回奚家宅,杜慈心的心境确实不大好。那个留下了许多苦难的伤痛之地,她不愿去触景生情。况且,公婆和家里人,都曾与她有过疙瘩。虽然眼下尚好,但那些辛酸的往事,难免会不由自主地想起……但她又不能不去,带着老婆孩子、拎着大包小包回来,是乡下男人很得意的事,她得给丈夫面子。杜慈心对奚家宅的感情,随着她自身境况的改变,起起伏伏:从最早恨不能融入其中,到对奚家人美好的想象和仰慕,再到接触多后看透了似的平视,而现在,则是充满了优越感的俯视了。

二

今天父母的老宅要翻造,银龙不能不到。铁龙占有了原本留给银龙的房间,银龙夫妻回去就没了住的地方。这次翻造后的新屋,是一排三间,照规矩,东面是老两口的,西面是小弟的,中间是银龙的。杜慈心得知公婆要给他们造房子时满心欢喜,如果有个属于自己的小屋,她一定要把它装饰得既乡土气十足,又浪漫漂亮,节假日就可以带着女儿来乡下度假啦!于是翻画报、找资料、画草图,连用牛仔布和蓝色系的乡下老布做软装,她都画好了图样,想了个仔细。银龙打击她,说依乡俗,他们一间应在中间,弄不出啥花头的,但杜慈心不信。同样的面积,朝南的门外多个防腐木回廊,里面的分隔有点变化,软装修她自己来,麻烦啥啦?她兴匆匆地将自己的设计图纸交给银龙,要他去和老头子交涉,但一直没有回音。杜慈心问过银龙两次,只说交了阿爸,她就不好再催问——造屋的钱全是公婆出的,怎好盯着他们三不罢四不休地要这样那样?再说,她对强势的公公还是心有余悸的,只是那乡间小屋的模样老在她脑子里浮现,一次比一次具体而清晰……

奚祥生的一班徒子徒孙很早都到了,金龙正递烟倒茶,四下招呼。这些烟酒,全是金龙弄来的。金龙看着今天显得精神十足的老头子,心里突然有些可怜他。一生要强、事事争先的老头子,今天又呈现出"金瓦刀"昔日的威风,但老实说,叫老头子现在去买条好烟,他有办法么?老头子的那个时代,像电视机里的一个频道,调过去就没有了,现在牛的,是他!是像他奚金龙那样在改革开放中肯摸着石头、趟着急流、一马当先的弄潮儿!至于老头子、老二,把不把他放在眼里,金龙才无所谓呢!

很快,铁龙的摩托带着小飞也赶到了,说过节店里生意忙,尤璐要留在那里帮着招呼。

人多势众,大家各自找到位置,拉开阵势,一声吆喝,开干!奚祥生却只好站在一旁,几乎插不上手。眼前的徒子徒孙,是他经年里一个个挑得来、看得中的人,个个都是精兵强将。看他们做事的功架、手势,真是顺眼!他想起自己在他们那个年纪,到愚园路一条新式里弄的弄堂口做一套复杂透顶的墙花,也是这样不冷不热的清风天。一转眼,却已经过去四十多年了!

当银龙带着妻女到家时,老屋早已拆完,地基都砌好了一半。银龙立刻换上一身劳动衣裤四处找事做。看着地基越来越高，杜慈心突然觉得不对，忙拉住丈夫小声问："阿爸手里有没有新房子的图纸？我想看看。因为，这地方，我图纸上是一排落地窗……"

"造这种房子，根本用不着图纸。"银龙随口说着，急着要走开。

杜慈心拉住他不放，"不会没图纸吧？你问问阿爸，他有没有按我画的……"

"嗨！乡下人起房子，所有尺寸的参数、施工流程，泥水木匠个个烂熟于胸！因为这些参数，早就经过千锤百炼，是最经济、最实用的。"话音未落，银龙匆匆地走了。

"烂熟于胸的尺寸和流程"，换言之，不就是大家都在用的、千篇一律的东西吗？"最经济、最实用"，就是杜慈心最讨厌、最担心的没有特点！她不知道这些话是公公说的还是银龙说的？很可能，银龙根本就没有把她花了许多心思的设计图给老头子看！在这个家，一切都是老头子说了算。杜慈心无比美好的"乡下小屋"梦，轰然间坍塌，她甚至听到了一连串冰裂的脆响！

小飞、永高、永真，几个堂兄妹难得一聚，在金龙、铁龙房子那边嘻嘻哈哈，争吃着老阿奶特地为他们做的饭瓜糯米塌饼。一直惦记着永真是不是又在生病的唐引娣，捏住永真细长的胳膊，心疼地对杜慈心说："从五一节来过到现在，怎么一点没长肉？这小姑娘瘦是瘦得来……"

杜慈心只得笑笑，"还好呢，这半年，只跑过两三趟医院。"

"你给她吃得太少啊！要多吃。人是铁，饭是钢。"

"她胃口小，吃不多啊。"杜慈心不由想起自己从小一直听外婆叮

第三章 | 159

嘱：小姑娘吃相要斯文、细巧；胃口大，五斤扛六斤的吃相，像啥腔调？

"她不吃你就不给她吃了？"唐引娣毫不掩饰她的不满，"种畦菜么，不上肥料就黄巴巴的没起色。你们这两个做爹娘的，只会读书，带勿来小囡。"

正当杜慈心不知该同婆婆说什么好的时候，永高奔过来逗阿奶，"阿奶、阿奶！你说青菜有没有营养？"边上，小飞和永真嘻嘻哈哈地等着阿奶回答。

"青菜有啥营养！要营养么，吃肉！猪肉、鸡肉、鸭肉……"唐引娣一本正经回答永高。

"不对，不对！阿奶不晓得！青菜也是有营养的。"小飞和永真叫着。

永高坏坏地笑着，"阿奶，那你说说，青菜为啥没营养？"

"小戆大！你吃一大碗青菜看看？不到天黑就肚皮饿。"

"哈哈哈！"小孩子笑得前俯后仰，"阿奶，维生素C晓得哦？青菜有青菜的营养，肉有肉的营养。"

"青菜有啥营养？你多吃几块老油肉试试！保你到睡觉都不饿的。"

"营养同饥饱不搭界的。"永真嚷着。

"老阿奶不识字，可不好骗！从前没饭吃的时候，阿奶吃过多少菜啊！这事我还会不晓得？"她捏捏孙女的手臂，"像你，一顿吃一大碗饭、两块走油肉，保你一个月后面孔红堂堂，变只小猪猡。"

孩子们哄堂大笑！永真尖声怪叫着，笑得蹲在地上捂住肚皮起不来，连杜慈心也忍不住笑喷了口。

一身名牌西装的金龙不断给阿爸的徒子徒孙们敬烟，他与一身劳动衣裤、在工地上四处打杂的银龙，形成了强烈的反差。金龙今天是故意要在老二面前显出他的财大气粗。去年底，金龙曾托银龙找在县商业局上班的中学同学，为自己印刷厂的一笔业务帮个忙，弄好了，以后就是个稳定的大客户。但清高的银龙居然说，这个同学吆五喝六的样子，他看不惯，早没了来往。金龙退而求其次，说自己设法把人家约出来吃饭，到时叫银龙作陪、相帮敲敲边鼓。但银龙也不答应，反说金龙现在学来社会上吃吃喝喝的一套，庸俗。金龙气得同他吵了起来。今天，金龙迫不及待地告诉银龙：上两个月，他刚买了大型海德堡印刷机，做印刷就是拼机器，上海国营厂家有海德堡机器的也不多，他们一个乡镇企业置了这家伙，立刻名声在外！业务一多，工厂扩大，印刷厂夜夜灯火通明，收入好就不用说了。金龙是真忙，在厂里当了财务主任的雪妹也忙，他俩的小日子远远胜过了知识分子银龙。眼前两上两下铝合金钢窗的小楼，压缩煤气、有抽水马桶的卫生间，一应俱全。银龙单位分的房子虽"有煤有卫"，但厨房、卫生间多户合用，十二平米的房间又在朝北的顶楼，三伏天热得没法睡觉。说是在漕河泾，其实漕河泾往西还有好长一段路，上班要倒两部公交车。银龙当然知道老大对自己有气，说实话，他也不把老大放在眼里：再牛，你不过一个有了点钱的农民企业家。

雪妹在灶间外头叫，"吃饭了！"但工地上的人都不肯收手。

奚祥生的这些徒子徒孙，因师父、师爷家的事，个个争先恐后、特别卖力。到这会，一排三间平房竟然差不了多少了。还是奚祥生发话，说饭菜都摆好了，大家起身洗手，坐到了八仙桌前头。但活儿没收拢，饭桌上谁也不肯喝酒，只是肆无忌惮地大声说笑、打趣，热闹而快活。女人们端菜盛饭，听着他们讲话，也满面是笑。只有杜慈心笑不起来。从已经成型的房子看，也许质量坚固，也许工艺地道，但无疑是一间最普通、最平庸的乡下平房！

杜慈心的神态被张雪妹看在眼里，但她只当什么也没看见。雪妹同两个妯娌的关系一直挺微妙。说起来也巧，奚家当头的三个儿子，娶的都是上海老婆。只不过小杜和尤璐是"正宗"上海人，雪妹，在她俩眼里也是浦东乡下人。雪妹倒无所谓，她和她们不是一路的，客客气气不多啰嗦就是了。

饭桌上的奚祥生，忍不住要问钢厂的新消息。徒弟们七嘴八舌地发起了牢骚：上海面临着产业大转移，停产待岗愈演愈烈，高能耗、高污染的钢厂，看来在上海是不可能再生存下去了。厂工会号召大家"与钢厂同命运"，但管生产的副厂长都给外地人高薪挖走了，普通工人的命运怎么个"同"法？最烦心的是物价涨得这么凶，一直是两角一分一斤的中带鱼，现在卖到多少都讲不准了。眼看投机倒把、贩外烟的纷纷发财，而有的工友两夫妻双双停工在家，长的都有两三年了……奚祥生听着，一言不发，脸色却很难看。有乖巧的觉察了，忙住了口，借口上工了，于是，他们一个个都先后放下饭碗离开了桌子，只留下奚祥生独自默默地坐在那里，一口接一口地吸烟。

灶间，唐引娣对帮着洗碗的杜慈心说，她想了蛮多时候了——不如把永真留在乡下，她猪场的事不做了，一心一意照顾孙女，不出半年，定叫小姑娘雪白滚壮的好起来！杜慈心没想到婆婆会动这个念头，又惊又急，忙说到乡下来读书不好办，永真上的可是市重点小学，功课方面很紧的。唐引娣觉得乡下也有学堂，金龙家的永高不是读得蛮好？杜慈心又说永真课外在读"3L"英语，每天要练，周六还要去少年宫美术组画画……唐引娣却觉得还有啥比身体要紧？三日两头生毛病看医生，小囡苦哦？好比造屋，地基没打牢靠，日后有得吃苦头了。

彼此无法理解的婆媳俩各执一词，雪妹在一旁劝也不是，不劝也不是。她当然理解小杜，但真帮她说话，小杜会不会认为是在讨好她？而阿妈不懂，也不听劝……于是她找了借口，滑脚溜了。

就在此时，宝凤夫妻风风火火地也赶到了，坐上了还不及收摊的饭桌。银龙示意杜慈心为他们盛饭添菜，杜慈心殷勤地做了，但心烦意乱的宝凤毫不在意。奚家人围住宝凤夫妇，七嘴八舌地打听丁家渡动迁的事。杜慈心趁机把银龙拉到一边，将婆婆想把女儿留在乡下的话悄悄告诉了丈夫，要丈夫表态不同意。但银龙却支吾了一句"阿妈早就说过……"杜慈心急了，连珠炮似的讲着不能同意的理由，末了加上一句，"她当养小孩是养猪啊？"这下把银龙惹毛了，"啥养人养猪？那叫手势！阿妈手势好，养大我们六个，哪个永真样的难弄？"他心挂着阿妹家的事，话音没落，转身就走。

八仙桌前的宝凤正在大发牢骚，"……我一个平头百姓，不想当官不想发财，我怕啥？黄浦江造大桥，对国家是好事，对伲拆迁农民，好啥？你们想啊，搬出丁家渡，菜地没得了，样样要买了吃，施化肥的菜哪能同用农家肥的好比？大灶也没得烧了，煤气倒是方便，可一开就是钞票呀！用水呢，本来有井水，冬暖夏凉。以后自来水一开，流的又是铜钿！住进工房，地方介小，你们娘家人上门，吃饭连两张八仙桌也放勿落呢。"

娘家的哥哥们听了都只是笑,说宝凤讲得没错,但做城里人了嘛,当然动不动要用钞票。你们赚这么多钱,就为藏着不用?又要城里户口,又要乡下的自给自足,两头好处全占,怎么可能?

说着说着,大家的话题集中到了黄浦江大桥上。大桥开建一年了,两边的桥塔已经高高矗起,桥身正从两头向中央慢慢地合拢。南浦大桥造了一半,浦东到底会不会开发呢?大家七嘴八舌地向"消息灵通"的银龙打听。银龙的口才不算好,但这些年来他心心念念关顾着的事情,信马由缰地说起来就头头是道——

"文革"结束后,上海的城市还是当年模样,交通、住房、苏州河黑臭等问题,已经积累到民怨沸腾的地步。上海的发展方向何在?能人志士,都在用心探究。"西扩""北上""南下""东进"……好几个方案中,最不看好的竟是"东进",虽然孙中山的"建国方略"早就提出过开发浦东,但一百多年来,浦东这片沉寂的土地,一次次进入人们的视野,又一次次被否定甩弃,多少努力付诸东流……就因为宽阔的黄浦江是万吨巨轮的航道,而两岸密密麻麻的全是港务局几大装卸区。造大桥,既无财力,也无技术能力。可改革开放中的中国同以前不一样了,黄浦江上终于要造一座大桥了!世界赫赫有名的华裔建筑大师林同炎主动写信给汪道涵请战,从地方到中央全力支持,眼看上海人世世代代的梦想就要实现了!

杜慈心远远地望着讲着一口浦东土话、眉飞色舞的丈夫,她还是头一回发现他原来十分会讲。一说起他心心念念的故土,奚银龙就起劲得不得了,兴奋得像是变了一个人!

三

  除了杜慈心，还有一个人没在听，里里外外地转来转去，这就是唐引娣。儿女们说得起劲的那些事，她半懂半不懂。只要他们能回到自己身边，身上穿得山青水绿，手里提着大包小包，日子过得都好，灶间里堆满成碗成碗的鸡鸭鱼肉，大灶上焖着香喷喷的白米饭，做人还有啥不知足哩？

  三四点钟光景，一排三间的新房已全部完工，屋前的地坪新刮了水泥，灰亮亮的映着日光，被好几只放倒的长凳围起，以防小孩或猫狗不小心踩上脚印。材料有多，徒弟们一合计，在屋子东侧再起了一个带柴间的披屋做厨房。奚祥生有心留大家一起喝酒吃饭，说小菜太多，留着也怕浪费，但一个个都推说有事，什么女朋友约会、丈母娘过生日……前脚后脚，溜得一个不剩。

  都是奚家自己人了。唐引娣要银龙用金龙的"大哥大"给在美国留学的小儿子打国际长途。小龙赴美十年，早前是要紧读书没时间，读了又读的，博士都读出了，到大公司上班了，说是能赚大钞票了，女朋友的事情一直弄不停当。小龙和银龙常写信，从银龙嘴里，她得知小龙这会谈的是个香港姑娘，人不算好看，也不算高大，不过老聪明的。唐引娣一接通小龙的电话，就要他把女朋友带回来她看看。电话那头的小龙含糊其词，哼哼哈哈的，说正忙着，不便多讲。唐引娣心痛高额电话费，不得不挂了，心里还在七上八下。这时，石龙老婆美芳过来，悄悄将她拉进里屋。美芳问婆婆：石龙小时候有没有生过"大嘴巴"病？原来因为一直怀不上孩子，夫妻俩去大医院检查，医生问石龙小时候有没有生过"大嘴巴"病，石龙答不上来。医生说如果因为腮腺炎发过高烧，"那方面的东西"有可能烧坏，再也不会有孩子。石龙夫妻吓住了，所以美芳忍不住来问阿妈。唐引娣慌了，石龙两三岁时确实得过"大嘴巴"的病，她讨了片仙人掌，连夜碾烂了给他敷，发没发烧可真记不得。不过金龙银龙也都得过"大嘴巴"病的，他们不都有儿有女吗？

天完全暗了，后院，一百支光的大灯泡挂起，照得四周雪亮雪亮。晚饭桌上的男人们喝着酒，听银龙讲正在建造的上海地铁，这个"豆腐里打洞的生活"是多么不容易，多么了不起。金龙问地铁将来会不会造到浦东来，如果能从奚家宅坐地铁到上海，就无所谓乡下城里了。铁龙关心的是地铁啥时候到川沙，地铁站造在北门还是南门……正七嘴八舌说得热闹，突然大家都闭了口，因为石龙示意老头子一声不响地只是喝酒，一张面孔青里发白、白里发青，难看得吓人。大家都知道今天徒弟们带来了钢厂的消息，让奚祥生心里不适意。金龙刚劝了他几句，老头子的眼圈就红了，"你们晓得啥？我们这钢厂，赫赫有名的万人大厂，毛主席来过的啊！落到今天这个地步……"他再说不下去。心爱的钢厂，那红红火火、一年到头三班倒的钢厂，老远就望得着高炉、转炉、平炉，升腾着半天的白烟，与高空的云朵连接在一起的钢厂，有小火车，有漂亮的托儿所，有三个大食堂、医护室像小医院的钢厂，就这么说没有就没有了？难道，从此以后，他们就是一个没厂、没单位的社会人了？奚祥生觉得他的心被刀绞着，在汩汩地滴血，可他不想说，这个家里没人能理解他对钢厂的感情。奚祥生越想越难受，胸口一闷，竟

"哇"的一声吐了起来，唬得唐引娣忙给他泡醒酒茶、哄孩子似的来哄他喝，却被他一把推开。金龙银龙忙将老头子扶进后面房内，在沙发上躺下，宝凤坚持陪在老头子身边，防他呕吐呛了气管。

再回到桌前，大家都没了说笑的兴致，各自匆匆吃饭。这时，铁龙的BP机急剧地叫了起来，他借金龙的"大哥大"回电，没听上两句就忙着走开了。谁也没有注意到铁龙面色的异样。唐引娣放下饭碗，去厨房装些熟菜和糯米圆子，要铁龙给尤璐带去，但她取了东西出来，已不见了铁龙的人影。

四

夜深人静，秋风秋雨中的奚家宅一片漆黑。唐引娣不知为啥怎么也睡不着。作为泥水匠的老婆，她明明知道下雨对新屋特别是门前那片新浇的场地是好事，但她还是撑着把伞出来东看看、西望望，莫名其妙地心神不定。

次日，警方突然来到铁龙的租屋，睡眼迷蒙中的尤璐吃了一惊，她以为铁龙昨晚和女儿都睡在了阿奶家呢。警方找铁龙，是为铁龙在承包的食品店里代开假发票、倒卖外烟。

原来，昨天用BP机拷铁龙的不是别人，正是他的兵团战友，也是他的"生意搭子"阿四。铁龙将计划烟和紧俏烟以黑市价倒卖赚钱，这香烟的采购、销售的业务，正是阿四帮他弄到手的。帮大老倌开假发票，也是阿四介绍的。阿四准备连夜逃出上海，要铁龙与他一起作伴。

没想到重义气的铁龙一口答应，两人就坐上了开往昆明的火车。

昆明的天亮，要比上海晚两个钟头。九点多的时候，铁龙和阿四敲开了云南知青小周的家门。他俩慌张的神色很快引起了当户籍警的小周妻子的怀疑。以出去买早点支使开小周和阿四后，小周女人就开始盘问铁龙：这次到云南干吗来了？住多长时间……铁龙心虚，回答时漏洞百出，自知对付不了，竟然以找小周、阿四为由，独自跑了。阿四回来后，见事情露馅，这老辣的家伙立即编出一套谎话，装着一脸无辜，将事情全推到铁龙身上，然后在跑运输的小周帮助下，搭车去往瑞丽的缅甸边境。

得知铁龙出事，银龙也是又急又气，和金龙一样，他也无从知晓铁龙会躲到哪里去？他要金龙去警署问问清楚：铁龙犯下的事，到了何等地步？他觉得，出了这样的情况，怎么也得去安抚一下两个老的，和家人商量商量怎么去找铁龙。杜慈心倒也理解和支持，叫他只管去，这里母女俩的事，不用操心。

当银龙一早乘上81路车到达高庙时，阿妈和雪妹正坐在反向的81路车上，赶往上海。原来，奚祥生对老三闯下大祸又逃之夭夭恨得咬牙切齿，口口声声说找到他后要将他活活打死。急得走投无路的唐引娣央求金龙陪她去上海丈人家打听，说不定他们那边有啥消息。金龙不主张老娘去尤家碰壁，认为这肯定是没结果的。见唐引娣执意前往，雪妹体贴地答应陪她同去。

尤延香得知铁龙出事并不意外。铁龙在做的事，他早从女儿口中知晓，甚至如此这番地叮嘱过女儿"防一脚"。他明白，这事一出，女儿逃得了，而奚铁龙此人基本没"花头"了！乡镇企业前两年兴旺，收入甚至比"全民"的要好,但现在乡下人,瞎来,乱搞……人民政府会不管?就算不管,现在大厂都在批租卖地、关门停产,依附它们的乡镇企业,还会弄得好?铁龙出事的当夜,尤延香就决定:川沙再不去了,租房立即退掉。因为食品店还在清查账目,尤璐眼前走不得,他就一天两三个传呼电话,越来越露骨地暗示女儿"跳槽"。

唐引娣婆媳傍中午才到的尤家。唐引娣不会讲话,赔着笑脸怯怯地同亲家打招呼,问可晓得铁龙会去哪里?尤璐她娘刚开口说:"我们哪里知道……"尤延香就一把拉开她,毫不客气地说:"倒是来得正好!亲家母,我正要问问你,铁龙这赤佬躲到啥地方去了?你们来问我,是怀疑我把他藏起来了?我不是党员、劳模,但这点起码的觉悟是有的,犯'窝藏罪',本人胆子小,没这个气魄!想想也奇了怪了:你们这种党员、劳模,红色人家,哪能会出这种不要面孔的臭'瘪三'?摆着好好的人不做……现在逃来逃去,替老婆女儿想过哦?我们璐璐命苦!"

雪妹听不下去,打断他的话说:"尤家伯伯,阿爸阿妈实在急得不得了,烦劳你们帮着想想,他可能会到哪里去?大家是不是一道找找,劝劝他早点主动……"

"哼,我是一万个勿晓得!哎,丑话说在前头,这桩事情同我不搭界的啊!赤佬拎勿清——他算什么东西,白相得过人民警察?被捉牢是一定的!听了多啦,审过去、审过来,五百支光灯泡通宵照在头顶,不给你睡觉,招还是不招?不是你的也统统吃进!关进提篮桥还算福气,弄不好发配到青海、新疆,永生永世回不来……"

尤延香的过分实在令雪妹反感,但毕竟人家是长辈,她还是忍了,说:"好了,尤家伯伯,不要讲得介吓人……"

尤延香理都不理她,"我也真弄不懂了!你们这种党员劳模爷娘,怎么教出来这么不争气的枪毙鬼!"

被亲家这样的抢白、挖苦,唐引娣脸上红一阵白一阵,又气又羞,眼泪就在眼眶里打转。雪妹忍无可忍了,说:"我公公讲的,'妻贤夫祸少',老三夫妻两个是一道承包的食品店。璐璐蛮聪明的人,难道一点也没有发觉到啥?如果铁龙日后被抓住了,尤伯伯你讲的,五百支光灯泡一照,讲尤璐是同党,怎么办?自己做下的事自己兜着走。没做的,国家也不会让你吃冤枉,只可怜了小飞这么小的人!你们尤家人都聪明,脑子快,是不是让璐璐早作准备?"

"大阿嫂你放心!我们璐璐当然会作准备,用不着你……"尤延香自然听出了雪妹的话中之意,立即沉着脸,刮拉松脆地回答。但不等他的话说完,雪妹已经拉起婆婆出门去了。

五

铁龙在昆明的长途车站等了四天,始终不见阿四的身影。本来说好一道去缅甸那边做玉,但阿四不见人,自己身上又没啥钱,怎么去?在小周家附近守了两天,也没见阿四和小周出来进去。他不敢再在昆明停留,万一小周老婆举报,阿四进去,供出他来?三十六计走为上!可能走哪里去呢?恍恍惚惚间,铁龙上了去往景洪的长途车……

两天没好好吃饭又拼命干活的唐引娣,终因虚脱倒地。眼看她脸色蜡黄、虚汗淋漓,品芳吓得尖叫起来,菊娣一面哭,一面拼命掐她的人中。

　　唐引娣醒过来，已经在自己家里，银龙、雪妹都守在她的身旁。雪妹喂阿妈喝了蜜糖水，安慰她说，几个朋友正四处寻找铁龙，劝他在"两院"期限来到之前去警局自首。唐引娣却说，他生的儿子她最晓得，铁龙要是不肯走回头路，这次就活不成了。她非要金龙往铁龙的BP机上留言，金龙说铁龙的BP机已拷过多次，早就关了机。但唐引娣坚持要金龙依她的心思做，雪妹示意丈夫顺着阿妈就是。

　　此刻，铁龙正独自坐在南腊河边。在河边坐了大半天，眼看夕阳西下，黑夜来临。热带雨林的夜晚是可怕的。可自己身无分文、没有去处，也没有希望、没有未来……铁龙不由万念俱灰！他掏出身上所有的东西，撕的撕，扔的扔，为的是不留下任何痕迹。当他拿起BP机要扔下河的一刻，却止了手，他突然想看看，自他离开后，有谁给他留过什么样的信息？这时，他看到的是母亲一连串的留言——"天下没有回不了头的路啊，铁龙！""娘晓得你的心思，你死就是害爹害娘！小飞要做无爷囝，一世苦煞！""铁龙啊，无论如何，娘宝贝你，你是娘的亲肉！"

　　世界静止了，母亲的声音似五雷轰顶，铁龙浑身发软，瘫坐在地。

　　上海火车站，银龙和金龙接到了灰头土脸的铁龙，在路边面店饱餐一顿后，一个陪他进浴室洗澡，一个给他去买衣裳。

　　铁龙回到家，唐引娣见了儿子，大哭着挥拳朝他厚实的胸膛使劲擂打！铁龙不避不让，由他娘打个了痛快。

　　唐引娣领着铁龙进派出所自首。临分手时，唐引娣没有哭，只对铁龙说:"你好好的,小飞,阿妈管着。"

铁龙的问题其实并不严重,属于主动投案,坦白从宽,且在兄妹帮助下退赔钱财,依"两院"通告精神,取保候审、从轻处理。

尤延香闻讯,很快来到奚家宅,替女儿送上离婚协议书,无赖耍泼地要铁龙答应离婚。铁龙坚决不同意,虽然他知道自己与尤璐的婚姻已经走到了尽头,家里人都劝他当断则断,但铁龙的牛脾气发作,就是不答应,理由是:偏不让你尤家人称心!

铁龙又进了金龙的印刷厂干活。厂里人大多是宅上人,那些从小和他一起长大的,相互知根知底,加上家里人的口碑,真没人因铁龙犯了事而另眼相看,反倒为他那"没良心"的娘子,对他十分同情。

这个周末,杜慈心打算把女儿送到哥哥家,和银龙过个浪漫的二人世界,她打算中午去红房子吃西餐,出来后到南京西路开开百货店的羊毛衫展销会逛逛,晚上到国泰看场外国电影,因为,这是他们的一个纪念日:多年前的这一天,银龙第一次吻了她,他们的关系有了质的变化。可是,当她兴匆匆地同银龙说完,却发现他完全心不在焉,杜慈心极为扫兴。银龙对妻子说,他没有心情,是因为在单位请调工作,被领导批评了。

银龙工作单位是上海城市规划设计院,所在部门主要负责宝钢和宝山区的规划设计。身为江东子弟,他一直眼热那些参加南浦大桥设计建造的同事,于是他向院领导提出,请调进负责浦东的科室,不意遭拒,还挨了批评。杜慈心不理解:在这个科里待得好好的,上上下下也相处得不错,调什么?就因为自己是浦东人?早两年宝钢也属重大工程啊。银龙沉默着,过了好一会,才以一种坦诚而严肃的口吻向妻子检讨自己：有段时间没好好与她沟通了。于是，他从美国纽约与伊斯特河、德国波恩与莱茵河、法国巴黎与塞纳河、英国伦敦与泰晤士河为例，说这些世界著名的大都市都是被衣带之水一分为二，两岸同时发达。唯有上海，因历史原因，百十年来莫名其妙地被黄浦江隔成了两个世界。当今世界正在进行的大规模城市建设中，浦东不但是规模最大而且是绝无仅有的一块河湾宝地！中国崛起，浦东开发势在必行。作为生于斯长于斯的年轻人，他确有一种使命感——投身于浦东开发这开天辟地的大事！银龙越说越激动，甚至把父亲在他上大学前夜，向他交待的家族史也说了起来，奚家祖上都是"一把泥刀闯天下"的血性汉子，上世纪初，外滩和上海多幢著名建筑，都洒下过他们的血汗。自己是学市政的，如此可遇不可求的良机，岂能袖手旁观！杜慈心忍不住笑了。奚家上辈人的故事，她自然清楚，但她喜欢银龙这种男儿气概，不由抬头吻了他。银龙也笑了，搂住妻子说道："浦东不开发，再过一百年，浦东男人娶了浦西女人做老婆，还是要被人嫌土、嫌没情调……"

大清老早，奚祥生老夫妇俩突然来到丁家渡的宝凤家里。原来，金龙今日来市区有事，老两口就搭乘金龙厂里的车，顺便看望女儿来了。宝凤在动迁中犟头倔脑，扬言要做钉子户，奚祥生老两口一直着急，只怕宝凤的火爆脾气一上来，横是横了，闹出啥出格的事情。车子一停宝凤家门前，国弟迎出来，开门时金龙悄悄问："签了吗？"国弟摇摇头，"唉，宝凤还……"奚祥生听在耳朵里，进了门，一屁股坐在八仙桌前，女婿给他的香烟还没点着，他就嚷开了，"宝凤你还在脑子发昏？黄浦江造桥，这么大的事，你想当反动派？也不称称自己几斤几两！"

"我又没反对造大桥！谁不晓得这是好事体？"宝凤根本不服气，

"可我们家就是吃亏了。不公平,我就是要吵!"

"宝凤,我是来同你算账的。算大账!没听你二阿哥那天讲,国家贷款借了大钱来造桥,拖一天是一天的利息,早一天造好是一天的进账!浦东再不开发,上海都没出路了,多少上海人家,像铁龙丈人屋里,螺蛳壳一点大的地方住了几代人,给外国人看笑话!你想拖造大桥的后腿,不怕你沉死在黄浦江里的婆阿妈半夜到梦里来骂你山门啊!"

国弟打着圆场,"动迁后,一家人全有了上海户口,算南市区居民了。退休吃劳保,月月有钱领;我们巧巧也不愁分不到工作上不了班;有个病痛进医院,也不用自己花钞票……"

宝凤不哼声,心里想:随你们说去!父母难得来一趟,争争吵吵,难听。

金龙望着阿妹,笑着说:"看来还是想不通。"

"想不通也要通!"奚祥生说,"你硬顶,有结果吗?钉子户好做啊?到时候大桥造起,车水马龙的,你们给成千上万过桥的当景点啊?再说四周人家全搬走了,你独门独户老有劲是哦?门前就是大桥引桥,到路对面的小菜场买包盐、打瓶老酒,望着没几步路,绕着引桥过去,大半个钟头都走不到。"

宝凤被她爹说得有些下不了台,嘀咕着说:"没说我要当钉子户。阿爸,你吃茶,这叫锡兰红茶,是进出口公司的人……"

奚祥生挥挥手,"我不是来吃茶的!你听我讲。宝凤啊,有句话,'识时务者为俊杰',不许你同国家作对!"

如今的宝凤,可不是做姑娘时"一点就着"的"炮仗"脾气了。虽然心里不买账,在年纪一把的娘家爹娘面前翻毛腔,一是不忍,二是让丁家渡人见笑。她是识分寸的，于是只回了一句，"啥人要同国家作对？你们两个老的就不要瞎操心了！"

金龙眼看父母无功而返，小妹像是真的准备硬到底了，暗自着急，打了个手机给银龙，宝凤一直服帖会宽声细语说道理的二哥，不晓得他能不能"撸顺毛"把她给撸舒服了？

银龙自上回去过宝凤家后，一直在心里盘算着她的这件事，到眼前算是有些想出头绪来了。金龙的电话一来，第二天正好周日，他下午就到丁家渡去了。

巧巧看见二阿舅来最高兴。二阿舅会带上海淮海路上的奶油点心给她吃，会给她讲白雪公主的故事。兄弟姐妹当中，宝凤从小服帖二阿哥，除了银龙心细会照顾人，还因为银龙懂得多——奚家宅人从小认定银龙将来要做大事体，宝凤一直以他为荣。银龙一落坐，就一脸笑容地对宝凤说："上次来，我一句不讲啥。我实在讲不出啥！大道理么，呒啥好讲的，换了我，也不要听。做钉子户，也是讲讲的，同人民政府顶，伲这种老实人，吓咯。"

"啊呀，二阿哥！你真是晓得我心思啊！这一向，我是吃不落、困不着，烦煞了哎！"

因为二阿哥完全站在自己的立场上，宝凤心里开心，电话里，二阿哥就说，今朝是给她拿主意来的。于是，她脚头轻得一阵风似的给银龙泡茶、端吃食。银龙随她，开始按自己想好的来，"小妹，你不晓得，哲学上有个讲法，叫做一分为二。就是不要片面的、绝对地看问题。坏事变好事，好事变坏事，相辅相成。"

宝凤只有小学毕业，自己不肯读上去，要紧地到队上去赚工分。她娘觉得读不进呢，算了。等她阿爸晓得，已经开学半个月，想进也进不得了。宝贝女儿不肯读书，就这一点不像自己！这是奚祥生的遗憾。宝凤文化低，对银龙说的那些"哲学"弄不懂。但"好事、坏事"的，越听不懂说明越是属于"知识"，就笑着问："我要听好事，你挑好的说。"

"比如国弟的事。你说的，第一档为青年，进全民大厂，技术培训；国弟的年纪，正好卡进第二档，中年，只好进大集体工厂或企业。"

"不过差了一岁……其实一岁不满，只有几个月！他们不管，几几年，几几年，划好了的。国弟是小月生，你看倒霉吗？"

"我不这样看。就算把国弟弄进第一档，他也是这里头年纪最大、文化又低的一个，不见得能派上好工作、跟上好师傅学新技术。但现在在第二档呢，他恰恰是其中最年轻、最聪明肯学的一个。再说国弟原来是队干部，人还没到，材料先到，厂方肯定会重视他。所以。一档二档一比，哪个好哪个不好？老古话叫'宁做鸡头、不做凤尾'。你说呢？"

宝凤自谦地笑了起来，"我是不识……"一面伸出脑袋对在灶间忙乎的国弟说，"哎，国弟，快来，一起听二阿哥说！"

国弟端着一碗糖滚蛋进来，坐在娘子的旁边，说："我就晓得，二阿哥是你的一帖药。"

银龙继续说："小妹，我替你想了又想：你在工艺编织厂这些年，有技术、有经验，进出口公司的接单交货早已轻车熟路。本来在大队企业，虽说是个头，总是集体性质，动迁后，编织厂还不晓得哪能呢？我劝你，趁机会自己做！编织活反正是外包，计件制付酬，只要能借到地方，厂部就是发货、验收、整理、包装……肯定做得好。"

宝凤眼睛一亮，却笑着说："我自己做老板呀？想过……不行不行，没有文化呀,不敢!"

国弟说:"啥不敢?本来就是一样的事,一个为集体,一个为自己。顶多怎样?顶多统统做坏,亏掉,这可能哦?"

"亏是不会的。根据公司的订单发单,买原料的钱到底有限……这帮加工的女人,都是跟了我几年的老手,不会豁边的。"

"那不好了,还犹豫个啥?老天爷趁动迁给你奚宝凤机会呢!错过了,将来不要后悔。"银龙趁热打铁。

宝凤还在笑,"我,我从来没做过老板,想想么,吓得来……"

"老板又不是出娘胎就会当的。早十年廿年,奚家宅一个老板都没有,现在有多少?你从小比人家聪明,手艺方面更是样样拿得起……其实你老早就在做老板的事了。"

国弟也说:"阿哥啊,宝凤就是个'洞里老虎',在屋里厉害得不得了,一出去胆子邪小,没用的!"

银龙一本正经地说:"要成长,小妹。国家在变,上海在变,人也要跟了变。听二阿哥一句:你年轻聪明,只要肯学肯做,你会成为一个自己想象不到的能人。一定的!"

宝凤格格地笑,她确实心动了。但这事没那么简单,她还得同国弟再好好地商量商量。

六

丁家渡动迁那天,宅前宅后过节般热闹!晒谷场及四周大路上,停着各种披红挂花的大小车辆，车上车下锣鼓喧天，一派喜气。这是接受动迁人口进厂的工厂企业特地开车来接人的。丁家渡的男男女女在车子与车子之中鱼一样地穿梭着，相互呼唤、奔走，找寻着各自要上的车辆。今天算是头一次进厂，农民兄弟包括农民姐妹，个个打扮得山青水绿……欢声笑语的，实在开心。丁国弟的那家厂，来的是辆崭新的解放牌大卡车，车身两边拉着红布横幅："热烈欢迎严桥乡新工人应征进厂"。国弟换了新衣，宝凤替他戴上大红花，喜笑颜开的国弟面孔被映得红殷殷，倒比做新郎倌还好看。

广播响了，说盛大仪式要开始了。乡政府的老书记一早就赶到了，现在站在临时搭起的台上说："今朝是个大喜的日子，伲丁家渡的社员，正式到工厂企业当工人阶级去了！为了上海的发展、为了浦东开发，伲承担了牺牲：祖祖辈辈生活的老土地，辛辛苦苦、一砖一瓦像燕子做窝一样衔拢来的新房子，不要了，动迁进厂当工人，做伲不曾做过的事体。难吗？难！可黄浦江没有一座大桥，更难！伲严桥人作这点牺牲，情愿的、舍得的！"

老书记也是严桥人，这进厂仪式是他提议一定要做的——离开土地进工厂，不是伲自己要去，是国家的需要，造大桥的需要，是光荣！所以，严桥乡要隆重地欢送，接受单位要敲锣打鼓地迎接。有了这个仪式，意义绝对不一般！让丁家渡和严桥的每一个动迁农民，都好比享受到"明媒正娶"的荣誉，要不，无声无息地去上班，像啥？

老书记讲话后，是工厂企业代表和动迁农民的代表讲话，因为宝凤家动迁拖延了时日，这天，正好也是宝凤家搬场的日子。所以，宝凤和国弟就先回家忙搬家的事了。要搬的东西，金龙老早拿来几十只厂里用过的大纸箱，打好了整整齐齐堆在堂屋，怕国弟今天出不上力，宝凤的娘家阿舅大清老早都前前后后地到了。金龙铁龙还叫来要好的朋友一道相帮。奚祥生今天穿上厂里前两年发的西装，银龙给他买的那件羊毛衫也是头一遭上身，又特地刮了胡须，看起来年轻多了。银龙和小杜带来好多大白兔奶糖，四下散发，寓意"甜甜蜜蜜"。幸亏铁龙头天来过，晓得家具大多已经运进了新房，特地在金龙的车上放了数条长凳，这时就拿下来大家坐了一院子。

搬场的车到了，爆竹、鞭炮声响成一片。那边也有人来催国弟上厂车去。堂屋里的纸箱一眨眼就全搬上了货车，宝凤在空荡荡的堂屋里蹲下身来，摸着磨光水泥地坪上的白象万年青图案，还是忍不住哭了。她的泪水"吧答、吧答"掉落在金光闪闪的图案上，银龙过来拉她，宝凤不得不哽咽着走向门外。突然，她止住脚步，一个回转，对着空荡荡的房屋喊："阿爸、阿妈，伲走了！你们二老好好相跟着，相跟着去新房子……黄浦江造大桥了，阿妈你总晓得了？你是不是老开心、老开心咯……"

第四章

宝凤动迁后，新房就在塘桥地面，离老丁家渡不远。从小区出来站在马路上，没有楼房遮挡的地方，就能一眼望见大桥竖琴般伸向蓝天的巨大桥塔。宝凤刚搬来的头几个月，银龙过来很勤，说是放心不下刚做了城里人的小妹夫妻，还有一条没说，是想借机来看看大桥，看看这个声势浩大的工地。

宝凤带着她手下那帮"巧手孃孃"，由老书记相帮，顺顺当当注册了一家"凤凰工艺绣品厂"，厂房找到后，价钱谈不下来，是金龙帮着谈、签了约的。除了原来外贸公司的绣品接单加工，凤凰厂新增了开司米的棒针、勾针编织业务。外贸公司说，这两年出口的编织单多得做不过来，建议凤凰厂做了试试。

一

大桥工地不让进，银龙也不想进去。丁家渡就是看大桥最好的位置，他喜欢一个人到这里来沉思默想。望着汹涌浑黄的江水，他的心里会有一种激动：黄浦江，上海的母亲河，千百年来在此奔流向海，江上百舸争流，岸上沧海桑田，多少翻天覆地的变迁在此间发生！眼下，大桥雄伟的双塔高擎，桥面正从巨大的桥塔上慢慢地向江心延伸，江风江雨中气势如虹。而竖立在地上那些长长短短的引桥桥墩，像极了谱在大地上的琴键，大桥工地好似一架巨大的钢琴，正演奏着浦东开放的序曲……银龙不会写诗，但心里有一种读诗一样的感觉，这不是浪漫是啥？

银龙这一向心里乱糟糟，到这里看看、坐坐，也是为了要好好静一静、理一理。他觉得自己处在一个人生的十字路口。毕业时，老师们劝他考研究生。银龙知道自己能考上，但小杜身体没有恢复，又没工作，他俩的事，家里又不支持，银龙毫不犹豫地选择了上班挣钱。当时很器重他的一位教授叹了口气说："也好，到实际工作中学习吧。"他那几位读了研究生的同学，后来确实使他感觉到了差距，而且是越来越明显的差距。出国潮涌动，同寝室的老周年纪都四十了，考上美国的罗切斯特理工，博士读完留校当教授，真牛！班上一位弱弱的女生，去加拿大读硕士换了专业，现在听说是名气不小的律师。连宅上同他一起办螺丝厂的好兄弟龚勤，老父亲过世后，同阿妹龚俭一起投靠大姑妈，移民澳洲，而且进了大学校门。从邮件上传来的照片看，日子同他比简直天上地下。银龙暗暗动了继续深造的念头。杜慈心说她支持，反正永真大些了，身体也还好，哥哥嫂嫂如今在上海，有啥叫得着。银龙觉得一样考研，不如考国外的，开阔了眼界，学成再回来。于是他买了"新概念"的书和磁带，一本正经地用起功来。但浦东新区的国际调研会一开，院里的同事无不欢欣鼓舞、摩拳擦掌；对搞城建的人来说，千载难逢的好时机来了！那天，银龙在会场上遇到器重他的那位教授，老教授已调到市政府负责开发浦东的调研部门工作，语重心长地对他说："浦东开发开放，势在必行，一定要抓住这个机会。"银龙准备出去的心动摇了。

银龙明白，大桥一通，浦东的变化怎么想象也不会过分，怎么预料都不会出格！阿爸说的，奚家祖上几辈吃泥作饭。一百多年前，上海开埠，浦东人的营造所（即如今的建筑公司）有名气的就有三十来家。外滩的高楼和上海如今最最有名的建筑，虽是外国人设计，但照着外国人图纸，一砖一瓦造出来的，全是伲浦东人啊！据说，当时的浦东地面，至少有近半男人在浦西做营造，为了急事回来方便，还造了条从高庙（庆宁寺）到川沙的小火车。当时负有盛名的有"顾兰记营造厂""周瑞记营造厂"，他奚家太祖辈里都有人在那里当过有头有脸的上手师傅。阿爸说："上海人看不起浦东阿乡，没有浦东阿乡，哪来他们的上海？"阿爸还说："做人要有眼界，只顾吃喝养囝，同猪猡啥两样？"太祖辈离开老宅，到刚刚开埠的大上海打拼，使他们有了比小农意识更博大的视野，使年轻的奚祥生有了不甘平庸、敢为龙凤的志气。这就是浦东人，不同于全国大多数农民兄弟的浦东人！

坐在江边废墟上的银龙，就这样东想西想。浦东的先人参与创建了繁华的浦西市区，那开发浦东新区这一辉煌的历史壮举，身为江东子弟，岂能袖手旁观？他终于下定决心：到浦东来，时不我待。

一九九三年一月，爆竹声中，新区管委会成立。新区城建局、新区道路建设总指挥部挂牌。

这一天，杜慈心下班后匆匆骑车回家，发现银龙已经回来，正卖力地拖着地板，厨房的煤气灶上炖着她爱吃的香菇排骨汤。杜慈心觉得奇怪，正要询问，银龙告诉她，设计院批准了他的请调报告，下周起，他将要到浦东新区城建局、新区道路建设总指挥部报到。杜慈心对于丈夫放弃设计院而去基层一直想不通，但她知道这是银龙心心念念的事情，没理由反对。

第二天正好是星期天，银龙把自家的米都买好了，还带永真去复兴公园骑了转盘马，吃了肯德基，陪妻子逛了淮海路……杜慈心鼓励银龙好好干，在新单位做出成绩。至于丈夫这一步跨出去，对她和女儿、对这个家将带来怎样的牺牲和困难，杜慈心这会儿还真想象不到。

二

银龙深深感觉到自己来得太晚了！时间刚进五月中，七路建设已经全线开工。自中央宣布浦东开发开放以来，陆家嘴金融贸易、外高桥、张江高科这三大开发区内一个个热火朝天的工地，雨后春笋般崛起工厂楼房，修建水、电、煤、通讯等基础设施齐全的"源深路""汾河路"等七条大路成了当务之急！这七条马路是新区的七条大动脉、连接各开发区之间的生命线。七条路的七个指挥部，每一个都由业内战功显赫、来头不凡的"牛人"挂帅，确保当年动迁、当年开工、当年建造、当年通车，而且质量远比建造同等级道路的标准更为严苛！

这是一场"开弓没有回头箭"的硬仗。

银龙的身份，是新区城建局"七路"工地联络员。这么宏大的工作量、这么复杂的施工状态、这么紧迫的时间,随时随地都有各种各样、不可预料的情况发生。总指挥部要及时掌握工程情况,联络员的作用极其关键。银龙上班第一天就去了"龙东路"工地。十一支道路队伍、三支桥梁队伍、一支通风井改造队伍、三支挡土墙施工队都是工地指挥部精心挑选的。先集中优势打歼灭战,在七月底之前打赢第一仗;然后实行分阶段目标责任制,八月下旬到九月中旬,实施四"抢":一抢南侧土路基施工,二抢南侧快车道三碴施工,三抢下水道全面完成,四抢北侧联管、快车道并幅三碴和联管。银龙明白,只有这样步步紧扣,在不到半年的时间里完成全部的施工任务,才不是一句空话。

就在银龙在工地上急切了解情况的时候,杜慈心放学接了女儿就赶忙去了茂名路。哥哥杜慈雄被医学院公派去美国进修,明天一早要登机出发,远去异国他乡。将一年多见不到哥哥,杜慈心的心里很是怅然,想到美领馆门前长长的队伍,她问哥哥:"你,肯定回来吗?"

"当然!哪怕别人都不回来,我也要回来。你不知道,我们的医院实在很落后……"哥哥抬头望着被灯光映得通明的夜空,自语道,"那些年在草原、在藏区,我已经变成一个不一样的汉子……有这碗酒垫底,什么样的酒都能对付。"杜慈心望着哥哥线条刚硬的侧脸,突然觉得他像极了爹爹!是的,不但容貌,连神态和性格都像。

公交车上,永真问妈妈:"舅舅说他喝过藏区的酒,什么酒都能喝……他会是个酒鬼吗?你说,你最讨厌爱喝酒的人!"

"哦,他不过拿酒打个比方。你舅舅,可是个了不起的人。"

"舅舅比爸爸了不起吗?"

"舅舅和爸爸,都是好人,他们都是'以天下为己任'。"

"这是什么意思啊?"

"这意思,就是要以普天下的事情当作自己的责任。永真,做到这个,很不容易。你要记住这句话。"

五月十四号,浦东"七路"开工典礼隆重举行。谁都知道这是一场硬仗,指挥部隆重地向七支青年突击队授旗。七支队伍相互下战书,挑战、应战,好一番战场的阵势!银龙生于共和国成立之初,出生于红色家庭,接受的是革命传统教育,从小阿爸就对他说:"只晓得吃喝养囡,同猪猡啥两样?"七路的开工典礼,使银龙那个久久寻找着崇高目标的灵魂,猛然有了归宿。他很久都没如此激动过了,一件宏伟的大事,一群志同道合的同志,夫复何求!

三

这个春天多雨,整个世界像泡在水里似的,雨虽不大,但禁不住滴滴答答下个没完,惹得连成天不出门的老太太们都在抱怨:老天怎么就下个没完了呢?太阳死不肯露头,晾在屋里的衣裳要长毛啦!

银龙成天雨衣雨裤、长筒雨靴在工地上奔波,脱下雨靴时,十个脚趾头都闷成灰白色了。这天他正在吃午饭,工地副总指挥紧急来电:推土机、挖掘机再次陷入淤泥无法动弹,进度将无法保证。银龙放下饭碗就赶往施工现场。

雨突然下大了,陷入淤泥之中的巨大的推土机、挖掘机已悄无声息,与四周嘈杂的施工景象十分不合。挥锹铲土,仔细研究察看四下淤泥后，银龙和副总指挥等一干人的身上脸上满是泥浆，大家判断这儿曾经是河道，由于整个川沙是冲积土层结构，沧海桑田的变迁和屡次农田改造，地层构造已无资料可寻。这种状况接连出现，会给施工带来不可预料的危机。出身农家的银龙果断决定：立即派人访问附近的老农。三位老农很快就找来了，分秒必争之中，银龙冒着大雨替大家翻译当地土话，领着施工队领导在田野里实地指点：几十年前，哪儿是河、哪儿是湾、哪儿是滩、哪儿是涂……

第二天早上，杜慈心被楼下邻居的叫喊声惊醒了，"哪能桩事体啊！怎么都是烂污泥脚印啦？"她一睁眼，也不由大叫起来：家里床前的地板上，有好几个大大的烂泥脚印！昨晚银龙半夜才回家，那双沾着工地上厚厚污泥的皮鞋，虽然已经在大门外和楼梯口的地上擦过了，但黑暗中匆忙没弄干净。银龙从窗外取过拖把来拖，可拖把还在淌水，地上越拖越湿。杜慈心责他怎么不先绞一下？本来就没睡够的银龙，一大早被这些没名堂的琐事弄得心烦，两人你一句我一句争执起来，一时就忘了厨房煤气灶上的东西。隔壁邻居大叫，煤气味冲天，原来是银龙煮的牛奶潽出灭了灶上的火。顾此失彼，一地鸡毛。杜慈心终于失去理智地大叫起来。

拥挤不堪的轮渡上，银龙努力平复着糟糕的心情。想想因为加班回家晚，出门也提早了，妻子一个人应对全部家务，确实不容易，早上真不该给她看脸色。银龙给自己定下一个规矩：无论多累多烦，以黄浦江为界，一上轮渡，脑子就只想浦东的事。

主编一早就把杜慈心叫到他的办公室，把新辟的"老上海风情"栏目交给她负责，说这栏目将是他们杂志的特色和重点，也是同行竞争中的优势所在。杜慈心没想到自己突然担起这么重要的一个责任，掩饰不住地高兴。眼下，杂志越来越多，竞争十分激烈。前些天杂志社讨论，大家都说，"老上海风情"栏目肯定会是新老上海人的兴趣所在。编辑部能写能改、交往能力又强的年轻人不少，主编信任自己，除了她的写稿改稿能力，肯定因为她是地地道道的上海人。编辑部的外地同事说她一身"上海味道"，她问是从哪里感觉出来的？都说讲不清，反正就是一种感觉。这个感觉，上海人叫"腔调"。主编是老上海，晓得只有住在"上只角"的上海人，才懂得啥叫"老上海风情"。人到中年，杜慈心突然有了一展身手的机会，想想就兴奋。下班后，她沿着淮海路向车站走去，顺便从光明邨买点熟菜回家。路过食品店，里面飘出浓浓的奶香，昔日法租界的黄昏，依旧风情万千。虽然淅淅沥沥的春雨不断，但法国梧桐新绽的嫩叶上挂满晶亮的雨珠，真是好看。

当晚，银龙又是过了十一点才到的家。杜慈心等着他，把自己的新任务兴致勃勃地说给他听。银龙一副又累又乏的样子，声音嘶哑地应付了两句。银龙的脑子全被气壮山河的浦东开发占满了，加上本是个不会哄老婆的人，上床一躺倒，就睡得像死人一样。杜慈心很失望：同这乡下男人讲什么"老上海风情"？简直是哪壶不开提哪壶！

梦中的银龙又回到了工地。白天，开膛剖肚后的道路现场，施工队负责人七嘴八舌向他汇报：图纸上明明只有三根电缆，一开挖，却露出三十六根深浅不一、大大小小的管线：3.5万伏电缆和22万电缆、光纤、电话电缆、自来水管、煤气管、公交红绿灯线路、国家安全局的保密电缆、地下水道管、路灯管理所线路……在破败的老路上造新路，地况复杂不明，各种管线纵横交错得如同蜘蛛网一样。年代久远，图纸上的情况形同虚设，怪谁呢？怪谁也没用！这里原来就是一片农田，农村的道路，你能对它有多高的要求？银龙和大家一起商量，最后决定：为保证这些管道的万无一失，不许用挖掘机，靠工人两只手一镐一镐地挖。不许打桩，不许外来人员接近，派监护员日夜看护巡视……睡梦中的银龙突然喊叫起来，"小心！小心！"把还没来得及睡着的杜慈心吓了一大跳。看到这个吃了城建饭的江东男儿为了浦东建设废寝忘食，杜慈突然萌生一个念头：她和他，十多年来虽然分分合合，总还是一路携手并肩。但从此往后，会不会分了岔、成为两股道上跑的车，再不能交汇到一起呢？

四

随着市区各类工厂关停并转，依附于此的大批乡镇企业面临生死考验。周遭大量的乡镇企业纷纷萎缩、下马，只有飞龙厂却喜剧般地发达起来。原来，脑子活络的金龙早就料到了这一天，上海印刷界的技术权威，金龙早就把底摸了个一清二楚，然后他千方百计上门拜访，以真诚的尊重和丰厚的报酬，邀请他们来飞龙厂做"星期天工程师"。这些工程师一个月到厂里来四五次，却能得到三四倍于本厂的工资，何乐不为？

飞龙厂扩大了。新厂房造起来，新机器买进来，还特地添了面包车和货运车——面包车每天接上海师傅们上下班，货运车忙着进货送货，同时又增加了几百名新工人，别说在奚桥，就是在上海印刷界，飞龙印制厂的名气也响得很了。

奚家宅人都说金龙"发了",金龙说:"我发?发的是飞龙厂,不是我奚金龙。"这是真话。除了高薪聘来的老法师,金龙同大家一样计工分,到年底分红,他和雪妹的收入确实比别人高些,但也没有高到哪里去。望着阳光下气派的奶油色新厂房,大家都说,灵的,有腔调!

唯有唐引娣忧心忡忡:听说金龙借下重债了,光利息就吓煞老百姓!问到底借了多少?金龙不肯说,只讲不要她瞎操心。"要是厂里做不出铜钿、还不了债,这可哪能弄?"唐引娣想想慌,又吃不落睡不着了。奚祥生骂娘子"十三点":哪有捧着钞票才开工厂的?不贷款么,开介多银行做啥?又不是阿狗阿猫都贷得着的!唐引娣不懂,只好不响。再是,宅上说金龙坏话的多了起来。说他"虚荣",唐引娣晓得这是乡下话里"穷望富"的意思,样样要学上海,这个不可以、那个不来事……规矩大得要死!不过是一家农村里的工厂呀,宅前宅后住着,脚碰脚的,一本正经作啥哩?

结果没过两天,飞龙厂厕所出了桩大事:有人上厕所不带手纸,随手撕扯厂里的纸张。偏是优质的铜版纸,遇水化不了,马桶堵塞了。这之前有过几次,一批评,没捉牢是我凶,就是捉牢了赖不掉了,反说金龙"小家败气"——印刷厂到处是纸,急了呀,管它啥纸哩,没办法的!是呀,男人家袋里放香烟、放钞票,哪有放草纸的?雪妹就特地买平板卫生纸分放在厕所内,但不到一天就没了,被人顺手牵羊拿家去了。金龙叫雪妹再放,再放……他说一个好习惯的养成,总要花些代价。这次马桶堵得特别严重,保洁工通了半天通不了,只好请来专业的疏通队。

下班后，金龙召开"全厂草纸大会"，借机强调厂纪厂风，说关系到工人的素质和工厂的荣誉，绝非小事。几个厕所由各车间一一承包，并推举文明监督员具体督查。总负责是复员军人出身的刘铁蛋，号称"文明司令"。

人高马大的刘铁蛋是来自山东的外地人，做事极顶真，也不怕得罪人。大约是头一回当"官"，刘铁蛋对各车间的督查员盯得贼紧，一些被他管了的本地人对金龙重用"外帮人"议论纷纷。按他们的逻辑，本地人开的厂，让"外帮人"进来吃口饭已经蛮好了，哪能让他们吆五喝六地来管本地人呢？奚家宅乃至奚桥乡，往上数，都是不出五服的兄弟，大小职务当然先要让自家人来，哪好"吃里扒外"！金龙觉得这种说法好笑又好气，根本不用理睬，背后叽叽咕咕，只当没听见。

就在这时，食堂又出事了，炊事员曹小妹从托儿所接了两岁的女儿，又返回食堂来拿东西，随手把女儿放在了食堂卖饭窗口的台子上。而食堂卫生条例规定，外人一律不准进食堂内部，尤其是熟食部门，炊事员都必须制服、帽子加口罩，双手消毒才能进入。而曹小妹穿着自家衣裳进入不算，还让穿开裆裤的女儿坐在已经消过毒的卖饭桌上，必须按厂规处罚。刘铁蛋宣布扣她当月奖金以示警告。曹小妹本是泼辣女人，一听要扣钱，当即破口大骂。刘铁蛋说这个处罚算是轻的，责她态度不好。谁知曹小妹竟揪住刘铁蛋要相打……食堂的人都过来了，有劝的，有拉的，曹小妹也是人来疯，说刘铁蛋欺负她，哭天抢地，越闹越凶。附近车间听到动静，不少人过来轧闹猛，卖饭窗口成了玻璃舞台。金龙闻讯赶来，问明事由，批评曹小妹目无法纪，调离食堂到车间做清洁工。曹小妹不服，一屁股坐在地上，拍手拍脚、打滚耍泼，金龙理都不理，拔脚就走。

回家后的曹小妹又哭又闹，还说要上吊。左邻右舍劝不住，有人就来叫唐引娣。论辈分，曹小妹算是唐引娣的婶婶，也就是说，金龙该叫曹小妹"阿奶"的。曹家阿妈在世时也在猪场养猪，同唐引娣蛮熟。唐引娣晓得金龙不会冤枉曹小妹，但不上门是不成功了，于是逼着金龙去向这位"阿奶"耐心解释。谁知性格蛮横的曹小妹，一把竹扫帚横在手里，说金龙敢进门她就打。三天后，外号"小泼皮"的曹小妹男人从外头回来，听信娘子，一屁股坐在自家门口，菜刀斫板、边剁边咒地骂了一个晚上，扬言，"你不给我好过，就走着看！"

一个月黑风高夜，金龙家的数块玻璃窗被外面砸来的石头打碎，吓得雪妹拉了金龙躲在卫生间里不敢出来。金龙当即报警，公安人员很快破案。按治安处罚条例，"小泼皮"被拘，曹小妹也受到训诫，责令其赔偿金龙家全部损失。曹小妹大哭，说经济困难拿不出钱，抱着儿子要跳河。劝的、骂的、幸灾乐祸的……一时间热闹非凡，有惟恐天下不乱者便在暗地里散布"自家人被外地人欺负了"的言论，弄得刘铁蛋等一些外地骨干压力很大。金龙在厂里的"喇叭头"里公开批评这种言论，说外地人、本地人，统统都是中国人。排斥外地人，就是心胸狭隘、鼠目寸光，表示坚决支持刘铁蛋，不为曹小妹是"阿奶"而放弃原则。但金龙没有将曹小妹开除出厂，也不要他们赔偿窗玻璃。得知她娘家老人重病卧床要补营养，特地送了五百块钱；又让唐引娣和宅上的几个老亲出面，好好劝说她一番，让曹小妹明白夫妻俩的不当，有所悔悟。

金龙这夜躺在床上，望着天花板对雪妹说："蚕结茧、蛇蜕壳……就像你当年从城里来到乡下，改造，就有痛苦。"

"嗯？啥人痛苦？"雪妹有些莫名其妙。

"我呀，我痛苦。上海厂里的厂长，用不用操心厕所用啥擦屁股，用不用半夜逃进卫生间不敢开灯，人家招工人好挑好拣，哪是阿奶、爷叔的由大队派进来？"

五

也是在这个时候，银龙才刚刚跨进家门。

床头灯亮着，房顶的吊扇开了最小档，在旋转中发出柔和的风。杜慈心靠在床上看书，身边的女儿早睡着了。杜慈心见银龙回来，立即直起身子紧张地说："鞋！鞋子上……"

"老早脱门外了。"银龙对老婆一进门就盯着鞋子计较很不高兴。他一屁股坐到桌边，一边取杯喝水，一边拿起扇子，用力地扇着，"热！还闷……"

杜慈心合上书，说："今天三十四度，不算热。明年，无论如何买只空调，窗式的。分体式要五六千呢。"

银龙伸头看看女儿，"她今天还好吧？"

"你同她两头不见面。你回来，她睡着了；你出门，她还没起来。周末又加班。像这样，你还不如睡到工地上，别回家。"

"我一进门，只听你抱怨、发牢骚。"

"这个家你都死人不管了，还不许人家讲两句？你晓得我一个人上蹿下跳的有多累！"

"我不累？今天在源深路，源深路的地下管线复杂透顶，沿线一百多户大大小小的单位、居民要动迁。工期这么短，时间紧得不得了……"

"啊呀，家里又不是工地，路、路、路……不能讲点别的！"

银龙只好不响。他实在太累，想睡，于是拿了脸盆、毛巾、热水瓶，到卫生间去了。再进来时，呵欠连天。

杜慈心放下手里的书，对丈夫说："我小阿姨要从美国回来了。"

"哦。"

"她拿到绿卡后头一次回来。她那位'小老头'也同她一起来。"小老头就是把小阿姨带去美国的后姨夫，不算老，但小阿姨一直叫他"小老头"，"哎、哎！你身上香烟味道介重！你吸烟了？"

"下班后开会呢，都吸烟。"

"都吸，不给你一根？"

这种事瞒不过杜慈心，还是不赖为好。工程队的人干粗活，大多吸烟，"推不掉的时候，只好吸一支了。"

"洗也没好好洗干净！你晓得我有多讨厌香烟味道。"

"晚了。我只想睡……"

"闻着你的烟味我睡不着。你要不去洗，我不睡了！"

"不睡拉倒！"银龙火了，干脆上床倒下，不与她言语。杜慈心满心委屈：这人怎么变得这么无赖了？从前可不是这样的！她很想发作，但看着银龙疲惫透顶的样子，又心痛，到底不忍心再怪他了——本来不过发发嗲，换几句哄她的好话听听，谁晓得他就不开心了呢？凭良心说，自己不是会"作"的女人，但上海女人那种"小作作"总是有的。银龙一直宝贝她，依她，听她，甚至说："我有两个女儿，一个大、一个小。"但自从调到浦东，怎么像变了个人呢？天天回来累得话都不想说，作啥一定要累成这副样子呢？你是浦东人，就必须参加浦东开发？你要开发就开发去，天天从鸡叫忙到鬼叫，家里一点顾不着。杜慈心本来准备有好些话等他回来说的。小阿姨这次回上海来探亲，想叫杜慈心去美国。现在出国潮兴起，美领馆门外多少人排队啊！再不把她劝出去实在没道理了。小阿姨已经想好了策略——奚银龙不是会读书么，何不让他申请赴美读研？他出去了，一家子就等于都出去了，她身边就等于多了女儿、女婿了呀！可是，杜慈心明白，小阿姨的算盘又要落空了，为浦东开发正热血沸腾的银龙怎么可能突然来个"急刹车"，重拾英文，考GRE，全力以赴申请美国大学？就算这事不谈，小阿姨难得回来一次，也得商量商量，怎么好好接待人家啊！

睡梦中的银龙，又回到尘土蔽天、机器声震耳欲聋的工地上：被当作临时指挥部一户农舍内，香烟的烟雾在灯光中缠绕升腾，站着的银龙，正在向或坐或站、挤挤挨挨的各路领队说话，这些话，他是经过再三考虑的，十分重要。

可自己的嗓音怎么轻得像蚊子叫？于是他拼命用力气，想喊叫，却怎么也喊不出声来，他急得跳脚……杜慈心见他手脚抽动，嘴巴还紧张地张合，忙拍拍他，"哎，哎！怎么了？"

银龙哼唧了一声，半醒半不醒地睁眼看了妻子一眼，翻了个身子又睡着了。可杜慈心心乱如麻，睡意全无。

第二天的下午，杜慈心采访和平饭店老年爵士乐队。这支平均年龄超过七十五岁、有六七名老乐手的老年爵士乐队，其热情洋溢的风格、精到娴熟的技艺，使它海内外名声大震。杜慈心想到这些老乐手从年轻起到老年一定经历过许多，有心从他们的命运中发掘故事，写一篇有分量的文章。老乐手们谈及跌宕起伏的命运，曾经或华丽、或忧伤、或奇妙、或凄美的故事，深深震撼了杜慈心。外面下大雨了，她都浑然不觉。回家已晚，才知道永真放学因为没带伞淋了雨，感冒着凉了。

杜慈心很着急，盼着银龙快些回来，她拼命地找药。永真有这个病，哮喘用的药一向是备好甚至让她带在身边的。可杜慈心把橱里柜里翻江倒海找了个遍都也没找到。眼看着桌上的小钟过了九点、十点，永真的情况像是不妙，杜慈心就开始手足无措起来，她在心里抱怨，银龙怎么这时候了还不回来？

银龙所在的工地，今天下午突然出现了塌方。庞大的沉井无法下沉，四旁的泥土大量翻涌进来，相邻的河堤如一旦坍陷，河水倒灌，怎么得了！更恐怖的是：地基松动，附近的高压铁塔随时都有倒塌的危险！银龙和工程指挥部的人员惊出一身冷汗，都全力以赴加入了紧急抢险，没有人下班，也没有人离开……

此刻，塌方已经控制，银龙和副总指挥正在调兵遣将，不惜一切代价，组织力量抢修沉井。

半夜时分，永真高烧不退，终于诱发了哮喘，杜慈心不得不独自背起女儿冒雨去医院急诊。门外的马路，因修地铁正在开膛破肚，她泥一脚、水一脚地艰难前行，一不小心脚下一滑，"啪"的一声摔倒在地。她拼命地去护女儿，自己却成了半个泥人，终于忍不住失声痛哭起来。

好在医院不算远，被送进急诊室的永真用上药后，气道阻塞渐渐缓解了。医生诊断是受寒引起病毒性感冒所至的哮喘，但孩子体质较弱，最怕诱发肺气肿和肺心病。杜慈心守着永真，又几次打银龙的拷机，仍石沉大海似的不见回电。杜慈心在心里将银龙千刀万剐，心想：要是永真有个好歹，她绝对饶不了他！

六

说来也巧。今早唐引娣天不亮就起来了，硬要雪妹陪她往上海银龙家跑，说夜里做了个噩梦，梦见永真不好，吓出一身的冷汗。雪妹正逢厂里财务大检查，实在抽不出身。奚祥生也说她为一个梦要去上海，莫名其妙。但唐引娣硬要独自前往，老头和金龙都发了火，仍然怎么也劝不住她，只好让她一个人走了。

黄昏，杜慈心独自从医院回家。楼道的灯坏了，黑暗中猛然站起个人，吓得她大叫，定下神来，方知是乡下赶来的婆婆。唐引娣一听永真还在医院里躺着，急得连声责备小杜为啥把永真独个留在那里，自己倒跑回家来？小杜说她一夜没睡，实在吃不消了，况且气喘这病，缓解了就太平，医生说的，天亮后就可以去接永真出院回家。唐引娣却还是要小杜陪着去医院守护孙女。杜慈心说婆婆去了起不了任何作用，左说右说才把她劝住了。

天亮后，杜慈心再打银龙的拷机，依旧没有回应，她一肚子的火不好当着婆婆的面发作，只好领着婆婆赶去医院接女儿了。

临下班时分，银龙给杂志社打电话。杜慈心一听他的声音，就没好气地说："你还晓得打电话？我打了多少次拷机……"

"拷机进水了……听我说，工地出大事了。"

"家里也出大事了！"杜慈心没好气地回答。话音未落，她因为急着要去开会，就把电话挂了。她想银龙应该再打电话来的，可整整一天，银龙就再没有打电话给她。

整整三天三夜，沉井工地上各路施工队都在连轴干，银龙和指挥部的几位领导坚守现场，人都滚成了泥猴，困得眼睛都睁不开。当险情终于排除，沉井顺利下降，推力磨重又发出欢快的轰鸣时，银龙和大家一起高兴得手舞足蹈！

这天，银龙回家算早的，却仍是一副精疲力竭的模样。见他妈来了，应付了两句，就想睡觉。唐引娣告诉他前天夜里永真送医院的事，银龙心里难过，也内疚，说拷机进水，早上八点前给家里打过电话，没人接，只当母女俩已经出门上学上班了。因为婆婆在，杜慈心不便发作，就沉了脸一声不响。银龙见女儿挺好地在做作业，上床倒头就睡。

婆阿妈的到来，杜慈心并不感到轻松。虽说老人家肯做家务，但唐引娣不会用煤气、不会用微波炉、不会用洗衣机，多个人反而多了好些事，但婆婆毕竟难得来，犹可忍受，讨厌的是婆婆同邻居相处，一点不晓得分寸。今天隔壁比永真大两岁的英英放学不见回家，学校老师说是看见她出校门的。到晚上七八点钟，英英爸妈都要急疯了，还好派出所吴同志在一家食品店门口把英英找着了，说是因为数学考试没考好，怕被爹娘骂，不敢回家来。英英爸妈抱住女儿，又哭又笑，说可不能再这么吓爸妈了。唐引娣今晚刚包了荠菜大馄饨，连忙盛了一大碗，端去英英面前，顺势就坐在她家床沿上，掏心掏肺地对英英爸妈说："小囡读书读得进呢，就给她读。读不进呢，由她去！大起来，只要肯劳动，饭总有得吃咯。你们做爹娘的不要硬来。硬来，小囡苦恼来，弄不好要出大……"杜慈心听见，立刻进去，一把拉起婆婆就往外跑，一边连声对英英妈妈说："对不起！对不起。"

杜慈心实在为婆婆哭笑不得！英英爸爸在大学里教高数，妈妈是科学院资料室的，还轮得着你一个文盲老太太来管？英英的成绩在班上一直数一数二，虽说他们对女儿逼得太紧，但这是人家的事情。

唐引娣不明白小杜为啥把她从英英家硬拉出来，回到自家屋里，她还在说："这小姑娘，作孽得来……"

"阿妈，英英爹娘全是名牌大学毕业的，女儿读书的事还要你教？"

"啊呀！爹娘会读书么，不一定小囡就读得进呀！"唐引娣真的替他们着急，"年轻人到底勿懂——我六个子女，相信读书的，只不过老二和老小两个。"

杜慈心只好耐着心说："阿妈！上海不是乡下，自家屋里的事，不要人家来管的。你讲话的时候，英英娘面孔老不好看了。"

"这叫不识好人心！我还给她端馄饨……两家贴隔壁住着，早早夜夜望着，赛过亲兄弟！两个小姑娘么，又姐妹大小。"

"啊呀阿妈，这是上海！你听我的没错。别人家屋里，不好随便进去，特别是床上，坐不得的！从搬过来到现在，我从来没到他们房间里去过，他们也从不进我们家来。"

看小杜一本正经地着急，唐引娣再响不出。这天银龙回来倒不晚，唐引娣就同他说起英英家的事，银龙竟然也说，上海同乡下两样的，再好的邻舍，馄饨、汤团可以端来端去；门口头、灶间里可以无话不谈，但随便不进房门的。唐引娣这才有点明白：为啥前天她来的时候，进了弄堂，一直打听不着儿子媳妇住在哪里。

第二日天蒙蒙亮，唐引娣就醒来了。

烧早饭时候，她心里拿定一个主意：今天她要走，回奚家宅，就趁银龙上班过江，跟着他去 81 路车站。不是不想在这里多待两天呀，鸟笼大的地方，睡处也没有的。她上了床，儿子要睡地板，像啥？再说，从早到夜一个人关在房间里，难过。讲起来上上下下住的人家不少，但白天无人影，一早一夜人挤人，却又各自匆匆忙忙、进进出出，讲话的工夫都没有。楼下有对老夫妻，相帮来领孙子的，外地口音，他们的话她不懂，她的话他们也不懂。

上川线长途车开出高庙，用不了个把钟头就好到奚桥了。银龙一早给老娘一颗晕车药，还在她肚脐眼上贴了张伤膏药，果然不大难过。唐引娣闭着眼睛，想着这两天的事，忍不住叹了口气。永真的身体，他们两个还讲好起来了，这趟送医院，人都被她吓煞！难怪小杜要发脾气，要紧关头男人喊不应。

唐引娣到家已经中午了，锅清灶冷，老头子不在。她跑到印刷厂找雪妹，雪妹说，阿爸一早到上海去了。原来，停工数月的老钢铁厂，终于要敲光拆光了。一帮老伙计来约奚祥生，最后去一趟老厂，同它"再会"。

等到天墨黑，老头子也没回来。唐引娣急了，正要去找金龙，雪妹倒进来了，说有人打电话来，老头子在北蔡喝醉了。金龙忙得一时抽不开身，就叫了宅上一个本家兄弟开车去接。原来，奚祥生和他的老伙计们离开钢厂回来，是搭了人家的便车，车只到北蔡。三个老头子下了车，难得相见，要寻个地方继续说话，就一道进了小酒馆。

这一夜，奚祥生极不安生，睡梦里还痛哭流涕的。早上醒来，他叫头痛。唐引娣心痛，责备他："怎么又乱吃酒了？伤身子的。"

"你懂啥？给钢厂送葬，好不吃？我这里，挖心挖肺地痛！"他拍拍胸口。

"你吐得人家车上一塌糊涂。"唐引娣看着奚祥生瘫了一样地靠在床上，双眼迷蒙，就拉起他，轻轻拍着他的背，"给你刮个痧好吧？"

奚祥生摇摇头，"这么大的厂，万人大厂……就这么没有了。"

"不要想了。想又想不回来咯。"她扶他靠在自己胸前，然后用那厚实的手掌，用力在男人的背上又揾又撸，一下又一下。常常凶神恶煞的老头子，这会像儿子样靠在她怀里，乖得来。浦东人流行讨"大娘子"，大娘子对比自己年轻的男人，像阿姐，像娘。男人在外头赚钞票，大娘子不作不嗲，守着屋里担当门户的呢。

正是一九九三年，一个最动荡的年份，以产业工人数量闻名全国的大上海，除了数家大型钢铁厂前后拆光，纺织厂大部分关停，印染厂纷纷批租……近一个世纪形成的工业基地，壮士断臂似的实施了产业大转移，其影响波及成千上万个工人家庭。雪妹的姐姐姐夫、哥哥嫂子，也一个不剩地前后下岗，他们的子女都还半大不小，正是读书、用钱的时候，一下岗，感觉瞬时间天塌了！人到中年，不得不开始了艰难的"再就业"。前两年还在大学里神气活现当"工宣队"的大哥，做起了夜排档，生意刚刚有点花头，被工商的纠察冲了，差一点还关了警署；大嫂和二姐经人介绍，一道做了钟点工；在纺织厂细纱间的小妹妹雪萍，被厂工会推荐给来招空姐的上航，厂里人都说："张雪萍如果选不上，航空公司有眼无珠！"几轮淘汰下来，果然成了全厂唯一的候选人。雪萍人样高挑,大眼睛瓜子脸,歌唱得极好。下面还要经历"过五关、斩六将"的严格考试呢,全家人都担心雪萍有没有这个好福气。雪萍的儿子刚刚一岁,她老公说,如果雪萍考上,他就不到华亭路帮人去卖牛仔裤了,一门心思在家带毛毛——听说空姐工资一个月上千呢!足够一家人开销了。

娘家人的窘境让雪妹心焦。她一直不愿学开车,也不让金龙买私车,说乡下公路上野蛮车主太多。这会她一咬牙,不但考了张驾照,还买了车,三日两头往其昌栈的娘家跑。张家父母和兄弟姐妹,都没想到曾经"不得不做了乡下人,苦头吃足"的雪妹,现在反成了全家日子最好过的人。金龙笑说:"六十年风水轮流转——没到六十年呢。"

七

第二天一早,唐引娣在灶间烧饭,铁龙突然进来,说他要走了。唐引娣听不明白,问他要走到哪里去?

"不晓得……这断命的印刷厂我不待了,透气不畅!"

唐引娣这下着急了,可不待她问清楚,铁龙留下一句,"小飞,阿妈你相帮照看着。"人就闪了出去。唐引娣连忙拨出灶肚里的柴,奔出来想拉住铁龙问个明白,但铁龙背着行李,身影已经到了墙外的村路上。唐引娣大声喊着铁龙的名字,还是想去追他,铁龙朝她摇摇手,脚步更快了。奚祥生闻声走出门来,唐引娣就要老头子快快去把这三浮尸叫转来,奚祥生不动,反倒说:"随他!多吃点苦头,才识得天高地厚。"

这叫啥话！唐引娣六个子女里头，铁龙吃的苦头顶多！不说他小小年纪跑到天远地远的云南，就是回来了……见小飞低了头从自家屋里出来，对他们轻轻叫了声，"阿奶，大大。"唐引娣这才醒过来似的忙问："小飞，你阿爸怎么就走了呢？他到哪里去了？"

小飞故作无事地说："要走就走呗。粥好了没有？"

"好了好了。"唐引娣忙不迭地要进灶间去。小飞说："阿奶我自己来，我又不是小孩了。"

是的，十六七岁的小飞是大姑娘了，面孔和个头都像爹，长条杆，圆脸。都说小飞其实蛮聪明的，爹娘自回奚家宅后一歇吵一歇好，她娘三日两头在上海，后来干脆闹离婚，小飞读书能不受影响啊？她没考高中，进了职校，说想早点工作自己赚钞票。

唐引娣从小带小飞，这个大孙女命苦，做阿奶的心里一直牵记着她，第三代那些小囡里，数小飞顶懂事了。看着小飞一口一口地吃粥，唐引娣喉咙里堵得难受，铁龙怎么又出花头了呢？他这一走，是到哪里去呢？唐引娣早饭都不吃，心急慌忙跑去问老大，这才得知：昨天，铁龙的一个赤膊兄弟上班时违反了厂纪厂规，"文明司令"刘铁蛋批评他，他非但不服，还同刘铁蛋烂吵。铁龙仗着亲兄弟是厂长，帮着他一起大骂刘铁蛋，在厂里造成很坏的影响。金龙赶到后，当然要旗帜鲜明地表态支持刘铁蛋。铁龙的臭脾气上来，竟与大哥争吵起来，啥难听的话都骂出口来。金龙愤怒之下，说待厂领导研究后，这两人必须承担后果。铁龙大概觉得挨处分不光彩，干脆先来了个不告而别。

自唐引娣走后，银龙同杜慈心一直僵持着没有和好。杜慈心是越想越气:工地事再大,不只你一人,可女儿只有一个爹!都性命攸关了,事后连个道歉都没有。半夜三更,风大雨大,她背着女儿摔得浑身是泥,连医生护士都向她投以同情的目光,甚至好心地给她抹布擦洗,可她的丈夫别说问都不问,就是知道了,也只当无事!在银龙的脑子里,做老婆、做娘,应该都像他阿妈,像奚家宅大多数"大娘子"一样,家里家外、大小事情,从鸡叫忙到鬼叫,不用男人操心的。

可小杜不是唐引娣,银龙也不是奚祥生。

冷战,就这样一直继续着。杜慈心的失望和不满在一天一天地累积,银龙反正忙得四脚朝天,常常半夜三更回家,洗洗就睡,完全没有心思顾及老婆的情绪。

碰巧,出版系统造了新房,杂志社分到好几套,搬新房者把原有的老房腾出来,一批换一批,一下有几十户职工受惠。杜慈心的运气很好,评条件、按积分,她刚好挤进,分到了东安新村的一套新工房。不大的两室户,煤卫却是独用了。她家的旧居则成了一位大龄美编的新房。明明是欢天喜地的事情,杜慈心却是板着脸同丈夫说的——这事不说不行。新工房的原房东是三代同堂,入住多年,墙壁地板已一塌糊涂。想到丈夫眼下没精力、没时间,装修要全靠自己一个人。但她那个"老上海风情"刚刚红火起来,成了杂志的重点栏目,页数增加一倍。她策划了一系列很好的选题:"上海的石库门和新里""上海的咖啡馆和西餐社"等,每一个选题,下面都可以分出无数个小题目,一旦做精做细,不但吸睛,还有很好的史料价值。这些选题,杂志社上上下下都说好,但资料的寻找煞费体力和精力,对象的物色和采访更是大海捞针。无论自己采访、完稿,还是约稿、改稿,工作量巨大,杜慈心苦于分身乏术！主编答应给她派两个助手，却始终一个合适的都没找到。这情形下要装修房子，杜慈心实在不知道该怎么办……不料这天银龙回家，很开心地拍拍她的肩膀，说装修的事他已经同老大说好了，老大知道他俩都忙，拍胸脯保证这事由他一手负责，还替他们找下了靠得住的装修队，包工头就是奚家宅后浜人……杜慈心好不惊喜！问银龙去乡下"调兵遣将"为啥不早给她透个风呢？银龙笑笑，他说伲农村里的人朴实，兄弟家有事，不出力像啥？

至此，多日的冷战，算是鸣金收兵了。

杜慈心去东安路与装修队碰头交接的时候，不意看见公公奚祥生也一同过来了。奚祥生拿出二十只青壳红油咸鸭蛋，还有天刚亮时摘下的糯玉米和丝瓜、黄瓜，说："你娘让带来的。"然后背了手，房里角角落落地看。没等杜慈心开口他感慨地说了一句，"世界还是小呀。"

浦东人说的"世界"，作"面积、地方"解。杜慈心刚到奚家宅时听不懂，后来就明白了：种田人用不着操心五大洲四大洋，他们眼里的"世界"，就是家里家外那点地方。也许公公把新房子想象得太好了，才嫌小。杜慈心把当年她设计乡下那间房子的劲头又拿出来，吃饭睡觉都在动脑筋，一心要把新房子搞得平常却不平庸、简洁却充满艺术情调。

老头子走时，硬要给小杜两千元钱。杜慈心说什么也不肯收，奚祥生就沉下脸来，径自往窗台上一放，吓得小杜只好收起。唉，两千元对一辈子省吃俭用的老两口来说，真不是小数目！不算如今游荡在外、情况不明的铁龙，兄弟姐妹里，银龙一家算是最穷的了。他们自己并不因此泄气，但在奚祥生眼里，这是桩心事。杜慈心想着，好不感动。

八

　　钢厂没有了以后，奚祥生的魂好像也没有了。对上海的产业大转移，他当然是理解的，但心里却说不出的空空荡荡，常常坐着发呆，有时会无端地发脾气。宝凤同金龙商量，觉得应该给他找个事做。金龙先是让他到自己厂里当门卫，老头子说啥也不干；后来宝凤不晓得怎么说服了老爸，去她的工艺编织厂当了"顾问"，负责安全生产。奚祥生高高兴兴去了。乡镇企业家也是企业家，他巴不得能帮宝凤出把力。谁知还没满月就坚决不做了，说明摆着是个"吃白饭的"。宝凤怎么劝说都没用，只得依了他。可老头子没事做，又总闷声勿响，人就木呆呆的。唐引娣心里急，怕他闷出毛病来。宝凤只好又出"花头"，跑来同老头子说：巧巧这向耳朵老是嗡嗡响，郎中有个单方，要一天蒸一只新鲜的鹅蛋吃。她捉来十只小鹅，"拜托"老爸来养。宝贝女儿的事，奚祥生怎能不答应？

　　奚祥生每天早上去田野里放鹅。奚家宅人远远看见他赶着的十只小鹅在田埂上排成一长队，笃悠悠走着的样子，都说好看。一个多月，小鹅们羽毛长齐，快两斤来重了，只只竟无比的美丽、听话。川沙故事大王老夏，听闻此事还编了个故事——"金瓦刀当了鹅司令"，到处讲。奚祥生只有苦笑，说这种事……呒啥名堂的！

　　有名堂的事突然来到。雪妹娘家轮着了动迁，因划入陆家嘴开发区，这里统统要变金融高楼了。老两口选择了拿钱，到浦东老家把早当了柴间的一间破屋拆掉了翻造。宅上人都笑：不过比鸭棚大了一眼眼的地方，造小洋房？上海人真想得出！眼下到处在动迁，拆下来蛮好的大梁、檩子、钢窗、木门……三钱不值两钱，雪妹两个阿哥不费啥工夫就淘齐了旧料。奚祥生这下总算做上老本行了，能帮上亲家，他觉得高兴。他将十只白鹅全交给娘子，天天一本正经地同"野路子"包工头争吵，那些在他眼里"统统不正宗"的泥作木匠见他如见瘟神……房子终于完工。五万元钱，居然在老宅的原址上造起了前后两开间、二层楼南北阳台外挑的两层半楼房，令上海的张家亲友实在眼热煞！

但雪妹父母还没来得及搬来入住，奚祥生好好地吃着饭，突然掉了饭碗，人也歪了下来，瘫倒在地上。唐引娣吓得大叫，正好小飞放暑假在家，狂奔着叫来大伯伯，急送川沙医院。

老头子被确诊为脑溢血中风，神志不清，在病床上不停说着胡话。第二天夜里，医生发了病危通知。奚家的儿女们悉数到齐，包括一直不知所终的铁龙。杜慈心也连忙带着女儿跑来婆家……

也许是奚祥生脑子的出血部位还算凑巧；也许是他平时很少吃药，一用药就特别灵验；也许他本身抵抗力强，一日一夜后，命悬一线的奚祥生醒了。一醒来他吵着要回家，子女们横劝竖劝，医生也来"吓唬"他，老头脾气倔，硬说自己身体自己晓得，到了第五天，竟到厕所里换了衣裳想逃出去，在病房楼下被保安捉了回来……好在他的出血部位吸收得特别快，连医生都感到惊讶，第九天，奚祥生就回了家。

九

杜慈心没想到这么快新家就装修好了。金龙叫来的装修队的师傅都是川沙人,都不想在市区做。凭手里功夫,他们在乡下都忙不过来,出来上海,睡地板,还要自己烧饭吃,看的不过是金龙银龙的面子。结果,小小一套房子,水电、泥水、木匠,每来一次总是好几个人,快手快脚地做好,当天回去。美编老钟看了眼热,表示想请他们也去给自己干,杜慈心通过金龙开口了,却都是一个个找了借口没答应。杜慈心买的全是好的环保材料(这是银龙对装修唯一的"最高指示"),完工后天天开着窗。一个礼拜后,国弟领着他的五个小兄弟,半天就帮二哥家搬好了场。

望着色调高雅的新居,杜慈心觉得"幸福生活"就这么开始了。

按浦东的风俗,搬了新居,亲友们要过来"热闹热闹",认个门头,日后也好走动。

金龙借了辆小面包车,婆家人大包小包的都来了。十多个红男绿女,在楼门口下了车,嘻嘻哈哈的笑声中夹杂着响亮的浦东土话,加上家门口的一大堆鞋子,邻居们都隔了铁门看稀奇,"这户浦东大佬倌人家,亲眷哪能介多!"

杜慈心买了十双新拖鞋,仍然不够穿。因为四阿弟石龙一家也来了。脱下的皮鞋整整齐齐排放在门外,但门口地方小,摆不下,只好一双双放到了一级级楼梯台阶上。大家东看西看,都有些失望,因为"世界"太小。杜慈心想,煤卫独用,大小两个房间,地段又好,杂志社里同积分的人一同抽签,她签到这套时,哪个同事不羡慕?乡下人不懂的!

中午吃饭,银龙本想到外头饭店去定两桌,但雪妹、宝凤,特别是唐引娣,都说:自己人呀,客气啥?别多用钞票啦!宝凤和雪妹结伴去附近的菜场买了好些熟菜,唐引娣带来一只鸭子,杀好了的,还有丝瓜、落苏、米苋啥的。几个女人在厨房间挤来挤去,大半个钟头,饭菜就弄好了一台面。

终于,奚家人轰轰烈烈地来,又轰轰烈烈地走了。屋里只剩下自家三个人,杜慈心如释重负地吐出一口气,喊累。永真说妈妈你没干什么呀?杜慈心说是心累,这么多人,叽叽喳喳的,房顶都要掀开了,没看见对面人家都在窗口朝他家望呢。银龙很开心地对永真说,新房弄好,自家人要来热闹热闹,人气越旺,预示今后的日子越旺。你看,大伯伯和阿叔、孃孃,还带来这么多礼物呢!

银龙一说礼物,杜慈心就忍不住了,"你看看他们拿来的……啊哟哟,真是比不送还不好。"

"又怎么了呢?"银龙诧异地问,口气不悦。

"同我们家的风格完全不搭!标准的奚家宅式审美。"

"奚家宅审美哪能?就你一个标准?人家送来也是一番心意!"

杜慈心拿过墙边靠着的一个大镜框,给银龙和女儿看。这是金龙家送的,很大的一幅刺绣牡丹图。包装已经打开,中央的白绢上,四五朵大红、粉红的牡丹,晶亮亮地开得好不艳丽;花后一轮金黄的明月,空白处绣有四个黑色的大字"花好月圆"。

银龙看了说:"不是蛮好的?这是苏绣吧,不是画的,老价钱了。"

"是机绣,不是手绣好吧?就是手绣,颜色那么浓烈,饱和度如此之高!我们是简欧风格,房间里的每一件东西,从造型到色彩,我都小心翼翼的。永真,你们少年宫老师教你们画画,涂颜色是不是最忌随心所欲?"

银龙听着听着,已经一脸不高兴了,他摇着脑袋说:"雪妹说的话你没听见?'花好月圆',好日子的象征。你这是在吹毛求疵,何必呢!作得来。"

银龙说完,并不想同老婆多啰嗦,他让一步说:"要不你就收起来,又不一定要摆出来的。"

"所以呀,我是从来不买画啊、工艺品一类送人的。永真,你在少年宫学画,妈妈不是要你当画家,而是从小要有一个好的审美能力,它对你的一生都很重要。"

银龙不响。眼看这事就这么过了,谁知杜慈心收拾着这堆东西,偏又多话,"如果,把这幅牡丹挂起来,桌上放上四只美女花瓶,床上再铺上石龙家送的这条红花毛毯,标准是他们奚家宅的乡下房间了。"

母女俩说着,嘻嘻哈哈笑得开心,银龙非但不笑,脸色也拉了下来,"永真!不许笑。知道吗?石龙叔叔家条件差,这条毛毯式样是老,十有八九是他们结婚时人家送的礼。做人要善良,不可以这样刻薄!"

话里有话,杜慈心怎会听不出来?"奚银龙你这算什么话。我不善良了?他家没彩电,是我提出兄弟姐妹凑钱送他一台的好吧?我说他们审美不懂,又没说他们人品不好,他们只是缺乏这方面的文化。这是事实,我又没有污蔑他们,用不着动用'善良''刻薄'这种字眼!"

"你讥笑他们!讥笑他人的不足,难道不算刻薄?"

眼见父母的声音一个高过一个，永真烦恼地喊了起来，"不要吵啦！"

银龙和杜慈心都不作声了。杜慈心拉过女儿，"走，妈妈给你讲睡前故事。"但等杜慈心回到大房间，银龙还虎着脸。杜慈心说："喂，刻薄这顶帽子真不可以瞎扣的，还当着女儿的面。"

"没瞎扣。你现在就是变得越来越刻薄了。"

"算了吧！只要一说奚家宅人长短，就像踩着了你的小尾巴，一跳三丈高。心胸狭窄，小农意识！"

伶牙俐齿的杜慈心，一句讲过去，就有十句回过来，银龙自然不是她的对手。他此时偏又不甘，怄气说："就是要把那幅牡丹挂上去！我就是觉得好看。"

"你挂上去，我就拿下来！"

"你这女人太霸道了！这个家就你一个人说了算？杜慈心，请你尊重你的丈夫！"

"我尊重真理。对于存心气我的人，以牙还牙，不客气！"

"别以为我勿晓得！你现在盛气凌人，嫌我农民出身。我就是一个农家子弟，这辈子不会变了！"

"挺光荣对吧？"杜慈心冷笑一声，"都啥年代了！"

"你要是觉得农民出身丢你脸了，想哪能就哪能！奚家人没有对不起你，做人要有道德！"床上的银龙真是生气了，身子背着她，声音都变了。

杜慈心有些心虚，却说："谁嫌弃你来了？我不过是要你与时俱进，不要老是抱着奚家宅的一套不放。"她拍拍银龙的背，"还真生气了。戆哦？"

银龙不转身,以示不满。

"哼,一本正经了!天天同一帮挖烂泥的在一些,我看你是越来越……"

银龙突然坐起身,吼了一声,"不许你这么说我的城建兄弟。你晓得他们有多拼!"

杜慈心被吓住了,佯装到桌前理东西,退让为上。

银龙从牙缝里挤出一句,"燕雀安知鸿鹄之志!"然后,倒下继续睡。

啊哟!我是燕雀、你是鸿鹄了?杜慈心好气又好笑,在心里骂着丈夫"神经病"。

好好的一天,白天还热热闹闹,嘻嘻哈哈;晚上,谁也不理谁。新的一轮冷战,就这么开始了。

这天黄昏,银龙坐上了开往川沙的班车。老头子自出院后,说自己吃了"管制",成了"管制分子":香烟没得吃了,老酒也没得吃了。宝凤过年拿来的一大块三精三肥的自腌咸肉,香得来,老头子顶喜欢吃咸肉,现在只许他薄薄的吃一片,他不答应,小囡样地吵。连医院病房大楼都有本事逃得出来的人,唐引娣哪能弄得过他?实在被他"作"得吃不消了,唐引娣只好向金龙银龙讨救兵。

银龙这么忙,还得常常回奚家宅。这次银龙说:"阿爸,我们几个都忙,你顶好能来相帮一把。"

"帮……"奚祥生苦笑了,"没用啦!眼门前就是度死日——只会吃,啥啥都做不得!"

"如果帮得上呢?"

"当我是小囡好骗？我还没老年痴呆呢。"

"我们现在上班不安心！你不听医生的话，不肯这样、不肯那样，自己管不住自己，还老是跟阿妈作对，同子女作对，犟头倔……"

"瞎三话四！不要听！"

"要听！你拖子女的后腿，我三日两头要回奚家宅，我放心不下你啊！碰着加班，回到家你睡了，只好天不亮起来同你说话，上班又常常要想着……别让我分心好不好？"

"哪个要你想了？不要管我的。"说虽这么说，气还是短了。

"你是我阿爸！不管你，我做不孝子孙？所以，一本正经同你讲：帮个忙，让我们几个放心好吧。"

奚祥生不响了。

十

银龙连早饭都来不及吃，急急匆匆上班去了。奚祥生呆呆地坐了一上午，同他说话也不搭腔。唐引娣吓得连忙去找雪妹，雪妹一面安慰婆婆，一面赶紧来看公阿爹。奚祥生看起来倒像没啥，谁也不晓得他到底想了些啥，反正从这天开始，老头子勿犟了，完全像换了一个人。唐引娣想想不对，说老头子要闷坏了，跑到雪妹阿爸的新房子里，求男亲家常过来同他聊天。这一招倒是好的。雪妹阿爸本是上港二区开抓斗车的老师傅，也是大厂的工人，两个老头有话讲。

雪妹阿爸的房子造好后，娘家兄弟姐妹常来常往。雪妹两个下岗待业、本来在纱厂做的阿哥也进印刷厂做了临时工。印刷厂里早有上海下岗的亲戚陆续加入的，厂里人称这些人为"上海师傅"。他们的劳动纪律和工作作风，很得先前过来的上海印刷界老法师们的赞赏，更为厂里的农民兄弟树起了无言的榜样。至此，飞龙厂的各种规章制度都依了大厂的模样严格运行着。"飞龙印刷厂"虽然还属集体所有制的乡镇企业，其蒸蒸日上的声誉却在印刷行业内日益提升。

其实到了九十年代，依附于上海母厂的乡镇企业，大多已经因母厂的消失或自身经营上的问题，纷纷倒闭。有幸生存下来并得以良性发展的，已属凤毛麟角。与大阿哥的飞龙厂一样，宝凤的"凤凰工艺编织厂"在进出口公司里口碑一向很好。公司建议宝凤九月去法国参加巴黎时装展，开开眼界，凤凰厂的业务，可能会有更大的拓展。宝凤再聪明，也是没见过世面的农家女，别说远去异国他乡，出娘胎至今连火车都不曾坐过呢。这天夜里，她同国弟商量："我怕万一跑丢了，外国话又讲勿来，做'讨饭瘪三'都会饿死的。"

国弟说："你带个翻译好了，或者拉着进出口公司的人，不要走散。"

"说交通和住宿费还要自己拿出来的呢，肯定要几万了，要做多少活计才抵得这些钞票！想想一口回绝算了。"

"钱用了么好赚回来的呀，说不定去了能揽着大生意呢？进出口公司要你去，肯定有去的道理。"

"我又不想发大财。伲种田人出身，有眼前这点生活做，好透好透，做人不要不知足。"

"你呀，真是扶不起的刘阿斗。难怪阿爸说你'屋里凶得要死，跑到外头一点没用——洞里老虎一只'！"

宝凤就骂国弟："十三点！外国饭我吃不惯的，喝咖啡像吃苦药……不去不去！"

国弟吵不过老婆，第二天就给银龙打了电话。银龙特地到宝凤家跑了两次，还替宝凤做了十来张"救命卡片"，即在小卡片上一面用中文、一面用英文写上"我从中国来，我不会说英文。""请你帮助我。""请送我去某某酒店。"等等的一沓，一旦走失或有急事，就可以据中文送上英文一面向人求助。

宝凤终于被二哥说动，带着为她特制的"救命卡片"，登上了飞往巴黎的航班。

眼看就到八月中旬了。这天，一直住在工地的银龙到市区开会，结束得早，就回家一转。这月的工资要交给老婆，立秋一过，早晚见凉，他还得拿点厚衣裳。

家中无人。不大的两间半房子，窗明几净。打开空调，屋里很快就凉爽了下来。银龙坐在床上，那令淡绿花纹的竹丝细篾席清凉滑爽，让人立感宁静适意，这同烈日下到处泥浆和轰鸣声的筑路工地，是多么巨大的反差啊！银龙想，谁不留恋家的舒适和温暖呢？可现在不行！等退休以后，他会好好眷顾这个家，眷顾老婆女儿。

晚上源深路上有要紧的碰头会，银龙休息片刻，得立即赶回浦东去。他把工资放进五斗橱抽屉，心里突然一动：这么同老婆冷战下去不是个办法，倒不如给她发封"E-mail"，先服个软，唱上两句"是我错"，让她气慢慢消了。毕竟，他们是患难夫妻，好得要死要活才走到一起的。

时间也来得及，银龙打开了杜慈心的电脑，很快进入 Outlook 界面。这邮箱当然是妻子的,还来不得及输入自己邮箱的名字,他的目光一下被妻子未读邮件里的一行文字惊住了,"……你劈了我一个耳光,夺门而出。我的酒醒了……"邮件是美编老钟发来的!目录出现的文字太少,银龙感觉到老钟和妻子之间一定发生了什么!

他急急地打开这封邮件,发现老钟是在向杜慈心道歉,言语间并不见露骨的暧昧。因为自己忙,房子装修顾不上,小杜说老钟巴不得他们早点搬出来,好让他进去装修,就主动帮她设计和采买建材。一开头,小杜对老钟就感激不尽,说老钟有才,说老钟图画得极好……后来两人冷战不说话,老钟趁虚而入了?还是他们早就有了私情?难怪小杜看自己越来越不顺眼……不,不!小杜不是个轻浮的女人。但这种所谓"懂情调,有品位"的男人,不正是小杜的一帖药吗?银龙心乱如麻,气恼不堪,干脆把杜慈心的邮箱翻了个底朝天。

这一翻,银龙心中的伤痛,就不止老钟这一件事了!

银龙发现,杜慈心早把他们夫妻间的矛盾,不厌其烦地向她哥哥杜慈雄倾诉,满腹委屈。好在杜慈雄是个明白人,"以我的接触与了解,银龙质朴正派,也许不解风情,但可靠实在。"杜慈心显然不接受哥哥的意见,说奚银龙就是一个"赖在农耕时代不思进取的乡下人",甚至说"我越来越瞧不起他!"

妻子对他竟然如此评价,这是银龙完全没有想到。如果说,小杜同她哥的邮件叫银龙气恼还不算什么。小杜同她小阿姨的邮件,则直接刺伤了他。小阿姨似乎是从小杜哥哥嘴里套出不少他们两口子不睦的情况,昨天刚写信给"我宝贝的心心":"……你还年轻,合不来就分手呀!人生苦短,何必一辈子活得不称心?以你的漂亮,寻个靠得住的男人不算啥难事……小阿姨只要还有一口气，拼老命也要把你安排好！"一系列邮件，像突如其来的狂轰滥炸，使银龙目瞪口呆！他顾不得将电脑步步退出，猛地关了机，拿起拎包甩门而出。

　　离家以后，银龙住进了浦东的工地，再没回去。杜慈心当然发现了丈夫私自打开邮箱，偷看了她的邮件。在哥哥和小姨面前说了他的坏话，她不在乎：就对你不满，就对你有大意见，让你知道了，不算啥了不起的事！小姨鼓动她离婚，也是她们间的私聊。小姨看不上他，又不是才有的事。只有老钟的那封邮件，可能会使不明真相的银龙想入非非。老钟也够倒霉的，婚房都到手了，未婚妻突然劈腿，跟初恋情人跑了。听说老钟很痛苦，作为朋友，杜慈心那天带着装修多余的一些东西到老房子去看老钟，也是想安慰安慰他的。老钟独自在空荡荡的房内喝酒，定是喝高了，舌头也大了，醉眼蒙眬间，把杜慈心当作他的女友，一把搂住不放。杜慈心害怕了，扬手打了他一个耳光，夺门而出。杜慈心想：你奚银龙爱怎么想就怎么想！人正不怕影子歪，反正自己问心无愧！如果银龙无端起疑，说明至今对自己连个基本的信任和了解都没有，多年的夫妻，白做了！

十一

　　宝凤从法国时装节回来，刚进家门，见到女儿巧巧，第一句就是："你给我把英文好好读读好！"巧巧莫名其妙，以为二舅舅给她妈的救命卡片没派用处，或者出其他麻烦了，连忙躲到她阿爸国弟身后。国弟一问，才晓得宝凤这次去法国，真正遇上大好事了！

原来，带她去"开开眼界"的进出口公司人员，一到巴黎，个个为自己手头的那摊事情忙得不可开交，哪还有时间单独陪伴宝凤？正好有个女留学生来打工，她给宝凤作了翻译，宝凤就随着这留学生到处走走看看。展销会上那些手工编织的毛线和丝线衣裳，花团锦簇，美得无与伦比，西方女人像是特别喜欢，售价极高。宝凤心里好不激动，只要拿起来看看针法、用手一量，她是一模一样也做得出来的呀！身边正好带了一套勾针和几副竹针，外加两团开司米，也不用小翻译多说，当场勾织给销售方看。宝凤的领悟力和勾织的熟练度，令外方惊异。宝凤的开价在她看来已经高得张不了口，但外国人工值钱，有好几家公司都表示了合作意向，有两家甚至当场下了订单。都是些童装，俗话说"饶大不饶小"，童装的耗材不多，这两单东西做工繁杂，但工价高。宝凤肚子里"三下五除二"的算盘一拨，明白赚头已经不要太好！她捧着那些粉嘟嘟的成套小样衣，心里那个高兴和得意无以言表！这以前，她凤凰厂的订单，都是进出口公司发给她的，交货对象当然也是进出口公司。现在自己直接同外商交易，不说经济收益，对于凤凰厂而言，绝对是一个质的飞跃。宝凤明白，以监管和人工优势，日长时久，只会越做越熟，越做越好。但她自己英文不懂，总是大碍，只好寄希望于巧巧。过个十年、廿年，这个厂，总要交给她的。巧巧要读大学，要学好英文，不怕走遍全世界！

"七路"工期结束之日渐渐临近。毕竟时间太短，要求又太严，越到后头压力越大。指挥部决定，"七路"中领先的源深路，抢时间首先完成路面浇捣,既鼓舞士气,对其他工地也是鞭策和激励。这个将被写入浦东道路史的光荣任务,交给了在上海市重点工程实事立功竞赛中夺过五连冠、赫赫有名的上海市政工程管理处大修总队。这可是上海城建系统一支身经百战、功名显赫的队伍啊!

大修总队开进工地,由指挥部派来此处蹲点的银龙,一眼认出其中有一个熟人,他从前川沙中学时的学兄陆锦明。陆锦明现在的身份是大修大队的领导,虽然身材魁梧,但那张大眼睛的娃娃脸,完全是小时候的放大版。

两天后的上午,工地彩旗飘扬,浦东"七路"浇捣第一块混凝土仪式隆重举行。市、区有关领导和城建局领导全都到场。这支身经百战的一千多人马的队伍,已在源深路施工作业区铺开战场。搅拌机轰鸣,运输车川流不息,压路机、摊铺机、细刨机、卡车、铲车、平板车、吊车……一派热火朝天的景象。工人们一色军装,二十四小时轮番干。路过的行人和附近的居民无不发生由衷赞叹:多少年没见过如此大干的热闹场面了!

银龙从早到夜泡在工地上,将与妻子的矛盾、家庭的不睦,完全抛到脑后。

烈日下的工地,搅拌机的轰鸣声戛然而止。搅拌机一旦不转动,搅拌罐内成吨成吨的水泥、黄沙、碎石将无法取出并结成硬块。工人们大惊,有人喊叫着"怎么又停电了?"现场顿乱。

原来,作为浦东一条重要交通干道,源深路施工不能封锁交通。场地狭小,各个施工队之间抢时间,为占领有利地形,彼此难免发生摩擦:电线杆搬迁,经常停电,一停就得三五天;自来水管要镶接,一停也得三五天。没水没电，混凝土搅拌机就失去了威力，眼睁睁看着施工受阻，大修总队从上到下焦急万分！银龙火速赶到新区城建局汇报，局领导根据银龙的意见作出决定，并由他传达到源深路各施工队：所有施工队伍，施工作业面上，大修总队要放在第一位，当下，面层是关键！

机械轰鸣、漫天风沙的源深路工地，日历撕去了一张又一张。银龙在这里与大修总队上下患难与共，早打成一片。秋老虎肆虐，白天高温爆表，工人们汗流如雨。夏秋之交，高空对流层冷暖空气交换加剧，一时又电闪雷鸣，暴雨倾盆，工地上照旧日夜兼程、毫不停歇……

深夜，设在农宅内的火线指挥部宿舍十分闷热，一台旧电扇不停旋转，发出令人生厌的声响。疲惫不堪的银龙翻来覆去地无法入睡，跑到外面一口接一口地吸烟。陆锦明觉察了，来到他的身边，问他可有什么心事？银龙摇摇头。陆锦明说他在部队从连指导员当起当到团政委，十多年一直做人的思想工作，看出他心里有事。但银龙将话扯开了，只字不吐。

十月二十五日，源深路工地最后一块混凝土浇捣完成，工地上爆竹声炸成一片，人们欢呼雀跃，有关领导纷纷前来祝贺，电视台、报社都派人到现场报道和采访。这难忘的日日夜夜啊，人们在超负荷拼搏，有多少可歌可泣的业绩和感人肺腑的故事！欢呼声中，大修总队的头儿们一个个流泪了，陆锦明悄悄对银龙说：这工程做得实在太苦了，老苏的牙龈肿得像馒头，靠吃止痛片挺着，谁也不让知道。老苏听见了，笑道：你自己呢，痔疮出血，路都走不动……

当晚，新区城建局为他们摆庆功宴，火线指挥部内却呼噜声响成一片，好不容易一个个把他们叫醒，到了酒店，满桌精美的菜肴，还有一大盆只只肥美的大闸蟹，可大修总队的功臣们都没有胃口，不约而同地一个个找借口开溜，他们太累了，此刻最需要的是——睡觉。

当晚，工人都回家了，工地宿舍里显出少有的清静和空荡，使人感觉有些异样。银龙主动提出留下值班，说要尽快完成他的总结报告。其实他是不愿回家。只要想到家，妻子邮箱里的那些文字就如万箭穿心，令他坐卧不宁。

陆锦明回宿舍拿东西，也准备回家，临出门望了银龙一眼，他走都走出去了，突然又回来，在银龙身边坐下，问："有心事，对吧？"

"心事？没……我在想，以后，这条马路车水马龙、人来人往，有谁会想到，当年修它的那些人……"

陆锦明笑了起来，"小阿弟，我从教导员干到团政委，一直是做人的思想工作，还自学过五年多的心理学……你瞒不了我！老早看出来了，你同弟妹闹矛盾，后院起火了。"

"哪里……一般性。哪家没本难念的经。"

"你一定不知道，和女人相处，绝对是门学问。学校没教，我们种田的父母更不懂……下次借本书你看看。约翰·格雷，美国人，博士，世界上最著名的两性关系专家、婚姻咨询师。去年刚出的，《男人来自火星、女人来自金星》，我是从香港弄来的译本。"

这些话让银龙惊讶，看着陆锦明真诚的眼睛，他只好苦笑笑，说："怎么说呢……两个不该走到一起的人，走到了一起。'文革'婚姻吧。"

"家庭，也是男人的一支队伍，带好一支队伍不但要用心思，还要懂原理、讲方法。"

见银龙听得云里雾里，陆锦明干脆放下东西，说自己也是过来人，一度将事业和家庭对立起来，弄得家无宁日。他从心理学、社会学的角度，向银龙谈了自己的感受，这是银龙出娘胎以来从没涉及过的话题。这一夜，陆锦明干脆没回家，陪着银龙"值班"，用一杯又一杯的浓茶硬压瞌睡，两人几乎聊到天明。

十二

杜慈心下班回来，一推房门，就看见银龙正在卖力地拖地板，所有的椅子杂物全都擦洗干净，整个房间清爽洁净；几大碗浓油赤酱的菜肴已经烧好，从厨房里飘出馋人的香气。杜慈心很意外，一时不知怎么才好。见妻子回来，银龙告诉她，煤气灶上煨着萝卜排骨汤，他要出去付煤气费了。那神色，如同他们过去任何平常不过的一天，他们之间像是什么都没发生过。杜慈心脑子急速转动，她猜度着银龙的心思，却实在猜不明白。很快，永真放学回来了，饭桌上一切又恢复到从前，但夫妇俩都有些不自然，只是一个劲地招呼女儿吃这吃那。银龙体贴地对老婆说，自己在源深路工地抢时间，家里确实辛苦她了。

杜慈心不响。

银龙实在困得挡不住，早早上了床，杜慈心坐在电脑前写她的稿子。晚上十点半的样子，床头电话铃骤然响起，杜慈心正在卫生间，没能立即接听。电话铃把熟睡中的银龙吵醒了，他拿起话筒，一声"喂"，对方没有声响，却听得"咯"的一声，对方把电话挂了。见妻子进来,银龙很不高兴地说:"怪哦?听见我声音,一声不响,把电话搁了。"

杜慈心说:"大概人家打错了吧?"

"打错?你怎么晓得人家打错?反应倒是蛮快。"银龙的口气有点古怪。

杜慈心听出他的弦外之音,也不开心了,"我不过随便一说。你什么意思?"

"你心里清楚。"

"我清楚啥?奇了怪了。你是不是在怀疑我?奚银龙,你现在把话给我说清楚!"

半夜时分,久别重逢的两口子唇枪舌剑。当然不免提到了偷看邮件的事,银龙不作解释,只是痛贬老钟,把憋在心里多日的恶气吐了个干净……尽管两人都尽力压低声音,但睡在后半间的女儿还是被惊醒了。

"别吵啦!"永真歇斯底里的一声大叫,石破天惊!见女儿泪流满面、穿着单薄的睡衣睡裤站在他们面前时,夫妻俩立刻住了嘴。杜慈心一把抱住女儿,痛哭起来。

永真推开妈妈,说:"你们是不是要离婚了?"

杜慈心和银龙竟无言以对。

"我不许你们离婚!你们不可以离婚!"永真大哭着说。

腊月底了,银龙有积假,理当提前带上老婆女儿一起回奚家宅过年。但他知道杜慈心一向不情愿冬天回去,尤其天不好的话,乡下泥泞、风寒阴湿。她又特别怕冷,况且夫妻关系眼下这副样子。但真不回去,她独自一个人在家?杜慈心做不出。

长途车行驶在浦东大地，窗外完全就是一个杂乱无章的大工地。有车辆迎面开来，溅起大片泥浆，车窗上顿时一塌糊涂。杜慈心忍不住喊脏，可银龙却兴致勃勃要女儿看这看那。杜慈心不无讥讽地对永真说："别人看见烂污泥就触气，有人看见烂污泥倒欢喜。"不料银龙竟立即接口说："一点不错！我就是看见烂污泥欢喜——前天还是在讨论的项目，昨天还是图纸上的东西，今天就已经动工，看得见摸得着了，这就叫开发，就叫大变样，你懂吗！"

唐引娣早盼着银龙一家回来，因为儿女中只差他们一家没到了。一直行踪不定的铁龙，腊月二十就突然回来了，背了两只老大的旅行袋，喜笑颜开地要全家男女老少一人来挑一件自己喜欢的羊毛衫。铁龙还交给老妈一万块钱，叫她去买点好东西吃吃。唐引娣一面慌忙把钱推开，一面问他在外头做啥了？为啥音讯也不来一个？铁龙说和同去云南的兵团战友合伙在浙江做羊毛衫生意，钞票好赚得不得了，心里还快活。唐引娣见铁龙面色不错，人也胖了，心才放了下来，又问他和尤璐究竟怎么样了，铁龙只说了一句，"你不要管啦！"唐引娣再没敢多吱声。

十三

小年夜的奚家老宅真可谓热闹！灶间两只大铁锅加大小汤罐，烧得热气腾腾。因为下雨，白色的水气在屋里缠绕不散。女人们跑进跑出，鸡、鸭、鱼、肉，要杀、要洗、要烧……乡下人会吃，两张八仙桌上堆足堆满，冷盆热炒有得弄。堂屋里，男人们一支接一支地吃着香烟、喝着茶，天南地北地聊天，烟雾弥漫。银龙一家进来，屋里顿起高潮。永真叫过爷爷奶奶，就被堂姐妹飞快地拉走了。唐引娣迫不及待地告诉银龙：小龙本来答应带了女朋友回来过年的，现在像是不会回来了。银龙一惊，心里叫苦，忙安慰阿妈说：小龙一定是请不出假呢。其实，他心里比谁都清楚小弟不会回来，那个北京女友，早已经分手多时了。银龙很后悔当初同阿妈说了小龙的事。阿妈因为小龙没结婚，老是要他去问、去催。小龙最早同一个台湾姑娘蛮好，后来像是又有过两个，他没有细问，小龙也没详说。直到去年圣诞，小龙在聚会上碰到一位北京去的女孩，两人竟相见恨晚，很快陷入热恋。今年春天，小龙辞了芝加哥的工作，来到姑娘所在地明尼苏达州发展，并与之同居。银龙觉得小弟这次像是靠谱了，很高兴，忍不住把此事告诉了一直牵挂着的老妈。唐引娣兴奋得一夜没睡，以后就老要他催问小龙啥时候带人家回来。还说今年春节要给他们办酒。银龙只觉得好笑，劝过老妈别管。国庆后小龙来过一次电话，银龙得知小龙同北京女孩已分道扬镳，离开明尼苏达到了曼哈顿，在华尔街的纽约证交所找到了一份称心的工作。

大年夜，照例要"拜太太"祭祖。孩子们对这种仪式感十足的事情觉得好玩，总想捣蛋，弄出点花头。大人撵着骂、追着打，也属年的快乐气氛。男人们要喝酒聊天，女人们要管坐不住的儿女，所以，一直以来男人和女人分了桌。唐引娣烧火，宝凤掌勺，雪妹打下手，石龙女人斩切冷盆……不多时，冷盘、热炒，浦东"老八样"菜肴一只只上齐，还多出五六只时鲜热炒。

堂屋里的灯泡早换上一百支光的，一开就亮得晃眼。一张八仙桌和一个圆台面前，全家人坐得挤挤挨挨，虽然小儿子缺席，但唐引娣还是为儿孙满堂、丰衣足食而喜笑颜开!她絮絮叨叨地不断向小辈们"忆苦思甜":从前只有地主家才吃得起八炒八菜呀,我们现在几炒几菜了?……很快,孩子们个个吃得小肚儿滚圆,嚷着要出去放烟火点炮仗。奚祥生第一个站起来要给他们点火,同孩子们一窝蜂地跑出房门。

花炮声里,女人们在孩子吃剩的残羹剩菜中匆匆扒完一年中最重要的那餐饭,中央台的"春晚"就开始了。这是女人们最期待的时刻,嘻嘻哈哈地挤到了电视机面前。男人们却还是尽心地喝着酒,你一言我一句地评说着天下大事。话题很快都集中到了浦东开发上,银龙便被众星捧月般地成了主讲者。他告诉大家:一月初,九三年的"七路"立功竞赛表彰大会,也是九四年建设重点工程的动员大会。在欢庆胜利的时刻,新一年道路之战的帷幕已经拉开。新区道路总指挥部,与花木、金桥、洋泾、严桥四个乡以及北蔡镇,签订了动拆迁协议书,这等于是份军令状,标志着九四年的"五路一桥"已经进入了"真枪实弹"阶段!他兴奋地告诉家人:五路一桥的建造会更加壮观!新年后一上班,市委领导就将带着市府和新区管委会的有关负责人深入现场,调研指挥……

奚祥生被拉回来听银龙"上课",果然,老爷子爱听这些话,脸上出现了舒坦和满意的笑容。他的频频点头和弟兄们鼓励的眼神,无疑使银龙更加起劲。他告诉大家,浦东如今就是一个大工地,有人说中国的建筑机械百分之八十在浦东集结,全国各地有两千多支工程队在浦东,挨不到的都千方百计地想进来,哪怕不赚钱。人家那是在赚荣誉!多少青年干部在浦东被火线提拔、脱颖而出。马上开建的五条道路,比如中央轴线大道,一头连接陆家嘴隧道,通过延安东路直达机场,另一头是陆家嘴金融贸易中心,连接花木行政中心,这条半年内必须建成的高标准大道，其意义非凡……

杜慈心望着口若悬河、神采飞扬的丈夫，突然明白了：银龙明年又得和今年一样，成天泥里水里地泡在工地上，家里肯定又是死人不管的了！这就是说，她明年的日子只会比今年更加难过。这样的日子，啥时候是个头？她越想越气，春晚上精彩的节目一点也看不下去，只是望着在亲友们面前讲得眉飞色舞的丈夫，血直往脑门上冲。

这天晚上，银龙和杜慈心回到自己房里。见床上只有两条不厚的被子，银龙故意问：“怎么睡？”杜慈心冷着脸、忍住眼泪转过身去，十分坚定地吐出一句，"……离了吧！"

第五章

转眼已是二〇〇〇年,一个新的世纪开始了。

元旦这天,高升和鞭炮声中,飞龙大厦落成,飞龙印刷厂改制为"飞龙印刷实业股份有限公司",在上交所挂牌上市,金龙任董事长,张雪妹也当了公司的财务总经理。金龙的儿子永高读的是商学院工商管理专业,为的是日后能接父亲的班。已大学二年级的永高最近入了党,且评为校三好学生。金龙买了川沙县城旁边的别墅,搬离了奚家宅。在东方明珠观光层当讲解员的小飞也已出嫁,奚家老房子只留了两老夫妻。子女们都说父母年岁大了,特别阿爸中过风的,两个人在乡下住着,不放心。金龙和雪妹不知费了多少口舌,要老头老太搬过去和他们同住,唐引娣就是不肯,说:"伲种田出身,城里哪能住得惯?猪是不养了,人走容易,可看门狗阿黑、小狸猫咪咪,还有那日日生蛋的四只鸭子五只鸡,又不好一道搬到洋房里去咯。"唐引娣觉得这些东西都是家里的一份子,丢不得、舍不下。再说,在老屋里住着,前沟后浜地走走,自留地种种,左邻右舍好串门白话,蛮开心。进了城,菜没得种,鸡鸭也没得养,一日到夜做点啥呢?奚祥生也说,你们早出夜归忙得要死,在不在一起住还不是一样?真有啥,你们在奚家宅厂里,我们在城里,倒反而离得远了。这话有道理,大家只好随了他们。雪妹上班就在飞龙厂,中午吃饭时,有时会回老宅去看看两老。

一

正逢国庆。金龙请全家人来他的别墅认个门,大家聚一下高兴高兴,吃饭不用烧,在川沙某酒家定了个包房。

杜慈心第一反应是不去,自从银龙单位分好了两房两厅,夫妻俩已悄悄地办了协议离婚。为了女儿永真,二人决定谁也不说,等永真考上大学,再告之真相。今年以来,杜慈心一直以种种借口没到奚家宅。这次不去,永真面前也讲不过去,她只得与银龙说好,当天去当天回。银龙仍在新区城建局,刚调到了局里的动迁办任副主任。

在奚家人面前,杜慈心配合得很好。但雪妹还是看出来了:难得回来的二阿嫂话少笑少,对所有人客气得有点怪。傍晚,一个往日本的台风突然拐弯,逼近上海。一时间狂风暴雨,昏天黑地。金龙一个电话,在附近的宾馆包下几间客房,让银龙夫妇、宝凤夫妇、石龙夫妇和小飞夫妇在这里住下,永真则和巧巧也凑了一间。银龙和杜慈心不得不疙疙瘩瘩地过了一夜。

第二天早起永真说起,爷爷奚祥生生病后,明显像是变了个人。大家都同意永真的看法,连唐引娣都感叹:老头子对娘子、子女狠了一世,动不动弹眼乌珠,嘴巴又恶,骂起人来邪毒。中了次风,一个人像

"瘟"掉了。不但手脚慢了，人也不骂了，娘子讲啥，都肯听。唐引娣早上拿过搓板汰衣裳，他就相帮着用板刷刷领头和袖口。宅上人在背后说：稀奇哩，三猢狲同娘子现在好得来——唐引娣福气大。

奚家宅坐落在川杨河北面，从浦东一开发就划在开发区以内，虽一直没轮到动迁，各种小道消息却一直在宅上传。这次又有鼻子有眼睛地传着奚家宅要动了，一些老人就要唐引娣去问问银龙，到底有没有个准信？唐引娣挡不住了，只好给老二拨电话打听。

在新区城建局动迁办的银龙，自然早已得知奚家宅纳入明年的动迁规划，别说老娘，三个兄弟前后来问他，出于纪律，他也滴水不漏。老母亲这次又来问，他也只是说："早呢，你瞎急点啥？"好心的唐引娣于是在宅上悄悄传达从儿子嘴里抠来的"可靠消息"。一些人家就赶着乱搭乱建，连鸡棚鸭棚都恨不能翻出个两层楼来。

这天，老两口在门前孵太阳，有一搭没一搭地讲闲话，突然听到后院有女人放肆的大笑声。两人起身来看，才发觉是半年多杳无音讯的铁龙带着一个女人回来了。这个女人不年轻，蛇腰丰臀，掸了弯眉毛，抹了红嘴唇，穿了双高跟皮鞋，嘴巴叽叽呱呱地一刻勿停。老两口望着这个"彩旦"样的女人，脸色就不好看了。自铁龙和尤璐离婚后，家人不停帮他物色对象，但铁龙不要。有次宝凤同他为此还争了起来，他骂："吃饱了呒啥事体做啊？"唐引娣只好叹气，这个老三，注定一世不让她称心了。眼门前跟来的女人见了老两口，笑嘻嘻地叫着"阿爸、阿妈"，但奚祥生阴着脸，一声勿响。唐引娣拉过铁龙问，才得知这女的是南汇人，名叫马春芳，这次回来见过父母，他们就要领证去了！

铁龙和马春芳，匆匆吃过饭就跑了，后来还是金龙打通了铁龙的电话，得知一直在外闯荡的铁龙，起起落落，终究一事无成，他心灰意懒间偶遇刚从火灾中逃生的饮食店小老板马春芳。马春芳离异多年，儿子参了军，家里还有一个体弱的阿爸。铁龙和马春芳相见恨晚，决定牵手共度余生。

雪妹代表金龙在川沙约见铁龙。雪妹表态：愿帮铁龙装修旧房子以作新房。铁龙却说他不住奚家宅，要住到南汇的马家去。

因为拖着个会吃不会做的爹，想再婚的马春芳招婿一路不顺。铁龙没拿马家阿爸当累赘，反拿他当个宝："浦东三把刀——瓦刀、剪刀加菜刀"，"马家班"在本帮菜行业中多少有点名气，老丈人从小看得多也吃得多，"肚里货色勿勿少"！铁龙想好了：要与马春芳开办一个"春芳茶担"，请老丈人坐镇任顾问、当总监。浦东乡间不知从哪一年、哪一辈起，出现了一种上门的餐饮服务，或可说是流动的饭店——茶担。乡间凡有红白大事，主家顾不上或力不从心，喊了茶担上门，按桌计费，从食材的采买到烧煮烹炒，到端上桌，到收拾打扫，统统承包。连炉灶、风机、钢炭和碗盏碟匙，都自备上门。因价廉物美，口味对胃，在农村有很大的市场。铁龙还说，他和春芳商量好，结婚不办酒，请奚家爷娘和兄弟、阿妹全家所有人去南汇马家浜"认门头"，他给大家像像样样烧两桌！雪妹应下了，但没好意思把家人对马春芳的不良印象说出来。

挑了个风和日丽的日子，奚家三代人除了杜慈心母女借口要补课没到，全体出动去了南汇马家浜。

到了马家，发现此地虽是半房半灶、两开间老派农舍，里里外外倒收拾得清清爽爽，大小家什也摆放得井井有条。铁龙俨然像个当家人，起劲地指挥大家停车。春芳阿爸拉了奚祥生的手就叫"老阿哥"，一看也是个本分的老实人。浓妆艳抹的马春芳本是自来熟，叽叽喳喳地把奚家人拉到两张圆台面前，递烟送茶地招待。看得出，她是个快手快脚、肯做肯苦的女人。

大家落座没多久，铁龙夫妻俩端上早已备好的一只只冷盆，老马烧火，铁龙掌勺，春芳打下手，热炒就接二连三地弄出来了。马春芳只说请大家尝尝评评，他们做茶担是不是可以？奚家人一致认定口味倒真的不错，且大为吃惊：铁龙什么时候学来了一套厨师本事？

铁龙说他从小好吃，在云南再苦，嘴巴也比别人不委屈。好吃自然会烧，没啥稀奇咯。马春芳说铁龙自己讲虽然长了只猪脑子，但一双手聪明，传着了他阿爸这么一点点。大家都笑，连奚祥生也忍不住笑了。马春芳脚头轻巧地跑进跑出，不断传菜上桌。大家都说别烧了，有得吃了，吃不掉就要浪费了。马春芳嘻嘻哈哈地说："你们来，我同阿爸高兴呀！看着你们一家人，好咪哟！我是称心得来……真没想到我马春芳也有今天！"

宝凤嘴甜，立即回她说："啊呀呀三阿嫂！我看你也好咪哟……三阿嫂，你眼光好！你讲得一点不错——伲奚家门的人个个好，几十年下来，奚家桥方圆多少里，啥人不晓得？"

马春芳拍着手大笑，"是呀是呀！铁龙也是这么说的：一家门都是英雄好汉，就他一个猪脑子、废铜烂铁。"

"不是的、不是的！""铁龙就是脾气臭点，其他一点不比阿哥阿妹差。"

马春芳一时笑得合不拢嘴了!

之前,奚家兄妹从父母嘴里只知道铁龙现在找的女人是个"十三点",近距离接触了,都认为这个马春芳手勤脚俭、有力气,粗事细事全拿得起,像个实实惠惠过日子的女人。唐引娣早就眉开眼笑了,连奚祥生都跟着娘子呵呵地笑。奚家人对铁龙再婚的担忧和疑虑统统烟消云散。

临走时,奚祥生特地走近铁龙对他说:"南浜头国庆家的三女婿,几代做'茶担',听说做大了,唐镇一带名声极响。我帮你去问问,如果人家答应,领你去取取经。"铁龙心头一暖,阿爸一辈子口口声声叫他"废铜烂铁",父子俩铜头碰铁头,看来这次真是转变了。

奚祥生果然约好了这户人家,同铁龙一起上门。到底是做了几代的茶担大户,这一带红白喜事,小囡的满月酒、升学宴……因为价廉物美,一年到头忙得约都约不着呢!

许是看在奚祥生面上,人家倒一点不保守,全都让铁龙看,而且有问必答。无论食材的采购和挑选监督、炉灶、油酱调料、大小餐具的安放,桌椅软饰等装车运输……果真是样样有窍坎!这家茶担老板的手下,挂靠有六七十位厨师、上百名小工,至多可以同时开两百多张台面。乖乖!上海的大饭店,同时开两百张桌头的怕也不多的吧?但因为茶担属乡镇"五小",不用纳税,从大厨师到选菜汰碗端盘子的小工,都按日计工,不包工资不交金,电费、场地也是办事人家管的,其利润之大,活活叫开饭店的羡慕煞!

铁龙开了眼界,对办好茶担信心倍增。奚祥生要给铁龙三万元现钞。铁龙不要,老头不开心了,"叫你拿么就拿着!同自家大人客气啥？赚了还怕还不了我啊！"铁龙两夫妻确实缺启动资金，阿爸明察，他们自然感激不尽。

当夜归来，寒流已至。奚祥生说有点头昏，早早睡下，凌晨起来解手，不意床边一个趔趄，人就歪了下去……奚祥生脑溢血再次发作。子女们火速赶到医院，老头子已属深度昏迷。医生说出血面积大，位置也不好，怕是凶多吉少。

三天后，奚祥生安详地走了。

奚家一片悲痛。远在美国的小龙带着瑞典妻子玛丽亚特地从纽约飞来奔丧，金龙安排他们一家入住川沙的锦丽华大酒店。杜慈心不得不再次扮演儿媳角色，带着永真随银龙回到奚家宅。见了一动不动的公公，披麻戴孝的杜慈心还是非常悲伤。想想当年她最怕的就是他，后来这公阿爹待自己还算不薄，几个儿媳中，并不对她另眼相看。再想想离婚的事一直瞒着婆家人，明明早不是奚家儿媳了，却还一身重孝，心里不由五味杂陈。见婆婆和她的儿女们都悲痛欲绝，杜慈心的泪水也忍不住地流淌了下来……

对如何操办父亲的后事，子女们分歧甚大。眼下农村人有钱，意识形态方面也开放得多，有些风俗又恢复了，比如请道士做法事。虽说道士人数及道场天数，视各家经济条件，各个不一，但鲜有人家不做的，怕乡邻说小气、舍不得花钱，对父母不孝敬。银龙觉得这种事纯属迷信、呒啥意思；宝凤却骂二哥"书蠹头"，主张大操大办，说这不是迷信，是风俗——若是迷信，乡里区里怎么不明令禁止呢？金龙干脆拍着胸脯说，做道场的费用，他承包了。银龙也火了，算你有钱？一个上市公司董事长，自称现代企业家、中共党员，还要请道士做道场？好笑！

石龙看着三个阿哥吵，不便插嘴，但心里也是支持要办的：二哥也许没错，但乡下就是乡下，哪能同上海市区比？银龙顶想不到的是，海外读到博士的小龙和妻子玛丽亚，居然也站到了他的对立面，据说是为了看看鼓乐齐鸣的丧葬民俗。银龙越想越气，拧着脖子硬是不松口。大家商量来商量去，只能让悲痛欲绝的唐引娣最后表态定局。但唐引娣哭得稀里糊涂，全然拿不定主意。金龙、银龙都来做老妈的工作，直到最后时刻，唐引娣终于发话：道士不请，豆腐饭照办；远近亲友，大殓那天都到家里吃一顿。

大家无话。

铁龙和宝凤认定：阿妈所以不肯请道士做道场，是得知了请道士要六千块钱。铁龙更没想到，"春芳茶担"正式开张的第一笔生意，居然是操办自己亲阿爸的豆腐饭。

丧事结束，小龙带着玛丽亚要去市区宾馆住宿，打算在上海玩几天后去北京、西安等地走走。他们离开后，唐引娣对着老头的遗像，流着泪说："小龙的这个外国娘子，倒是手大脚大的，看来身体蛮好。只不过我说她不懂、她说我不懂，五个儿子里我最宝贝他呵，吃奶吃到六岁……当初真不该让这个奶末头跑到外国去！现在讨外国女人做外国人家，管不着见不着。"

银龙陪小弟夫妇"看上海"、"看浦东"。当下，多少"海归"都回国来大展宏图，他希望小弟也能成为其中一员。但小龙只是沉稳地笑笑，向大哥说了声"谢谢"。年少出国，作为华尔街的金融专家，在某国际大银行里身兼要职的 William Xi，观念和思维方式均已西化。更何况他娶了外籍妻子，对今后的生活，两夫妻自有安排。银龙明知无用，还是向他说了许多。小弟媳玛丽亚毕业于斯坦福医学院，是个出色的儿科医生，和小龙结婚已经两三年了，玛丽亚的父母住在瑞典哥德堡，都是退休的外交官。玛丽亚很喜欢知书达理的二嫂，送了二嫂一条羊毛围巾，价格不菲，弄得杜慈心非常不好意思，动足脑筋买东西以还情。玛丽亚拉着杜慈心的手，希望她能去瑞典玩，却被杜慈心婉拒，弄得小龙夫妇很是困惑。

二

春节一过，奚家宅的动迁正式开始。因为半年前唐引娣告诉宅里人"还早呢"，一些没来得及翻楼或搭建的人们心里不平衡，一时间说长道短、煽风点火的，唐引娣无端受着委屈，宅上人心浮动。

动迁的不仅是奚家宅，还有四周六七个大小村宅、几百亩田地。动员大会开了，党团员大会也开了，正式表态的除了一家早搬往市区的空关户和一位住进了敬老院的五保户，谁都像在等待着什么似的，迟迟不作反应。暗里，人们三五成群地忙于串连。有人放话：奚桥镇看奚家宅，奚家宅看唐引娣——唐引娣的儿子是动迁办头头，他们家是个标杆，他们什么尺寸，我们就是什么尺寸！

银龙在奚家宅也有一间屋，他的隔壁是小龙的那间，小龙听银龙的，年前回来时银龙早探过他的口气，银龙可以带头按政策把自己和小龙的合同立即签下，难的是金龙和铁龙。他两家本连作一排，一起翻的楼房。金龙在搬别墅之前，前搭后扩成三开间的两层小楼。铁龙虽然还是上下一间半的两层,但他扬言要"好好搞一搞"。在阿爸后事上,铁龙对银龙的不满一直存在心头,觉得他为头上那顶乌纱帽不念亲情,自私透顶!所以他早早扔下话来,"条文是死的,人是活的,没见过人的胳臂朝外弯!"

铁龙的经济困难是明摆着的。春芳从前那个饮食店烧得啥都不剩,为了办茶担,夫妻俩抵押房产向银行贷下大笔资金。但茶担刚开张,赚头有限,贷下的钞票还不晓得哪天能还清。和自己一奶同胞的亲阿哥是动迁办的头头,在政策上不动声色地"偏一偏",得一点好处本不费吹灰尘力,何况掏的又不是他自己袋里的钱!但银龙那一本正经的腔调,开口全是他不要听的官腔,正是铁龙最为痛恨的!

铁龙在前面当"冲头",后头有金龙在撑腰。金龙希望老二这回能聪明些,多少让自家人和父老乡亲因为有他而得点便宜。金龙不缺钱,但飞龙厂初创时期的人马及厂里的生产骨干,几乎全是奚家宅及周边的农民。银龙说动迁同他飞龙厂勿搭界,真是离开泥土变了种!乡下厂家再改制,终究是乡镇企业变过来的。祖宗的尸骨埋在一起,基本都是不出五服的自家人!

银龙晓得大家看着他家几兄弟,巴望能水涨船高,种田户几辈人从牙缝里省出来的一家一当全扔在房子上了。动迁后能住进城里工房,还能分几十万现金,这是一生一世可遇不可求的机会啊!自家亲兄弟此时成了动迁最大的对手,偏偏前面大家又有过不开心,家庭矛盾和动迁缠到了一起。银龙搞了数年动迁,各种各样难对付的场面经得多了,但知道这一关,他不好过。

眼下,铁龙和金龙两兄弟一声不响,只等动迁组上门出牌。

银龙指示：一切按政策办！他第一个在动迁协议上签字，并说服老劳模、老乡村干部出身的阿妈，跟着在动迁协议上按了手印。他又同小龙联系，一旦拿到小龙的委托书，他就将小龙的协议也签下。银龙这招一出，铁龙终于爆发了——你奚银龙哪怕拆了房子当柴烧，不关我的事！但你竟然利用七八十岁的亲娘为自己造势，实在阴毒！金龙也不咸不淡地说，要签你自己签，拖牢阿妈啥意思？宝凤则怪老阿妈没脑子，明明晓得他们兄弟之间闹矛盾，怎么就只听二阿哥的？

唐引娣为儿女们的不和忧心忡忡，心情不好，不意受凉，重感冒导致肺炎住了医院。儿女们这下都着急了，纷纷前来探望，连怀孕的小飞都挺着大肚子赶来了，唯独杜慈心没到。银龙谎称老婆不在上海，但宝凤这天打电话去他家，接电话的正是"出差"在外的杜慈心。杜慈心恳请宝凤一定为他们保密，一是为了要考大学的女儿，二是为了病中的婆婆。宝凤自然应允。

奚家宅的动迁迟迟无法推进。银龙无力改变兄弟对他的成见，提出回避，欲调离动迁办重回工地。但局领导鼓励他、信任他，不希望一向干得很好的银龙，因自家的事情离开这个重要岗位。

一天，银龙正在动迁办接待动迁户，有人来报，"小泼皮"因为动迁中与儿子发生冲突，吃饱老酒后爬上巨型吊车的顶部，扬言：如动迁组不答应他的条件，他就从那里跳下来自杀。情况十分危急，消防队已经赶到，巨大的气垫正在放置中，围观的、劝说的、救护的，加上警署和媒体人……把吊车周围团团围住。"小泼皮"横竖不肯下来，最后居然提出，非要银龙上来与他对话。银龙牙一咬，走向巨型吊车。四周一片反对声，怕银龙爬到一半吃不消摔下来，怕已经喝得神志无知的"小

第五章 | 243

泼皮"在高处占了有利位置,万一将银龙推一下踢一下,岂不闯了大祸!但银龙一边向上爬,一边用言语稳住"小泼皮",他不顾劝阻,只身向吊车最高处抖抖豁豁地爬去……铁龙也在下面看,他晓得老二从小恐高,连小飞在东方明珠观光层上班后,带全家上去,他都不敢走到边边上。现在,他也一把年纪了,身子紧紧贴住吊车,两只手死死抓住铁档,一步一爬,被高空的风吹得像要掉下来的样子。到底是骨肉同胞,铁龙不由动了恻隐之心:老二这碗饭吃得真不容易。

当银龙终于握住"小泼皮"的手时,铁龙的心随众人提到了喉咙口,生怕"小泼皮"万一乱动……谁知"小泼皮"这烂浮尸竟然哭了出来,说银龙做了官没有架子,是个"模子"!答应一切听他银龙的,并开始跟着他慢慢地往下爬。

奚家宅动迁动员大会再次召开,银龙以动迁办副主任和动迁户的双重身份作了发言。他说他昨晚一夜没睡着,像这样的发言,自他进动迁办到现在,不晓得有过多少次,那些条条框框他闭着眼睛都背得下来。但这次不一样,动迁的是他的老家,他沾亲带故的乡邻。银龙讲到童年的生活,讲到父母造屋的不易……动迁关系到家家户户的切身利益,关系到今后的生活,他可以在这里向大家发誓:本着公正、公平、公开的原则,尽可能让大家多得益,决不让父老乡亲、特别是无权无势的老实人吃亏!同时,作为共产党的干部、动迁办领导,军令如山,他不敢违规为亲友舞弊,请父老乡亲体察、监督,且助他一臂之力,帮他把这次动迁圆满完成。

掌声雷动。奚家宅人不傻,银龙是他们从小看大的,他的诚挚,没有作假!他们相信他说的,全是真心话。

这次大会以后，大部分动迁户见大势所趋，且银龙和唐引娣已成为样板和标杆，大家瞎吵瞎闹不仅不会有结果，反而怕吃亏，开始纷纷签约。动迁办日夜灯火辉煌。但还是有些人家，反正已经拖到后头，等着金龙铁龙这两兄弟签了，他们才跟进。

银龙跑到南汇找到马春芳，马春芳果然不清楚铁龙与二哥不开心的事。银龙说铁龙对自己有成见，所以特地来找春芳递话。他再度重申：自己是奚家宅出来的，他手下的任何人都不会让铁龙及奚家宅父老乡亲吃亏；动迁办谁违背动迁政策欺负老百姓，他就对谁不客气！叫铁龙尽管放心，但也请铁龙能体谅他。他决定自己补贴铁龙二万块钱，毕竟，眼下的日子，他比铁龙要来得好过。从小缺乏兄弟姐妹的马春芳，见二阿哥不耍官气，推心置腹地对待她这个"小小老百姓"，还贴钱给他们，心里感动，竟拍着胸脯大包大揽地要银龙放心，说铁龙就是肯听她话，句句听！

也不知道马春芳怎么把铁龙搞定的，反正铁龙细细看过他的动迁方案，没讲啥，爽爽气气地签了。金龙因手下的职工大半早已签下，便也顺水推舟，让雪妹出面，到动迁办将合同签了。

奚家宅的动迁终于全部结束。

三

唐引娣由金龙接进了他的别墅。雪妹把楼下朝南的卧室作了婆婆的房间，可唐引娣"有福不会享"，叫他们头痛。小区里的老人打拳、跳舞、唱戏、打麻将、斗牌或领囡结绒线……这些，唐引娣不是不欢喜，就是用不着。她说她天生就是个"做胚"，只会劳动。不劳动，不晓得自己还好做啥？雪妹打听到小区对面的工房里有不少动迁过来的奚桥人，就去串联上了。有日头的天里，老人们都到儿童乐园旁的绿化中心坐坐，唐引娣总算有了好走动的地方，大白天儿子媳妇不在屋里，能有人好讲讲闲话。

这天，银龙去看阿妈，问她还缺点啥，只要她想要的，自己一定千方百计去帮她办到。唐引娣两只眼睛孩子般地望着他说："你讲的是真的？""我骗你做啥？你说。"银龙想，无非是吃的、用的、穿的，阿妈不好意思向金龙雪妹开口。谁知唐引娣应了一声"好"后，拉了银龙的手就走，简直是一路小跑呢，银龙不由为他阿妈的脚力暗暗吃惊。

跑到小区一个角落的后门，唐引娣喘着气，却双眼发光，"你看！你看——"银龙莫名其妙，这里啥也没啥呀。唐引娣有些不好意思地笑了，指着那门说："看这里。"银龙顺她的手指看过去，只有一扇常年不用的小门，铁杆焊成的，有点年头了。银龙还在困惑，唐引娣指着铁门上那把锈迹斑斑的大铁皮锁，说："你有没有本事把这个锁弄开？"

"弄开做啥？不好弄开的！这是物业上的锁，我弄开了，物业要找我的！你想：万一坏人进来，哪个负责？"

唐引娣愣住了，这是她没有想到的事。再想一想，她又说："那你同他们去说，我们换把锁，进进出出我来关好，坏人不让进来。"

"你要出去做啥呢？"银龙一脸不解。小铁门外，是一大片早就被征用了的田地，正荒着，野草长得半人高。

"去种点啥！这地啊……好咪。"像是看到了希望，唐引娣急切地说,"讲开发么,又一直不来开。这么好的地,荒着,作孽哦?我常常来这里看……我还做得动,别的不弄就种点菜,不要花铜钿去买了吃。"

银龙笑出声来了,"阿妈呀,你真是的!怎么说呢……金龙现在是大老板,钞票多得用不完,在乎你省几个小菜钱?"

"自己种,不打农药、不浇化肥,吃口到底两样!"唐引娣不高兴了,"现吃现割,新鲜。你种田人家出身,这也不懂啊?"

"那我问你,种菜的锄头、铁耙,浇水上肥的粪桶、粪勺啥的,搁哪里?他这么高级的别墅,进门都要换拖鞋。"

"早想好了,汽车间。我看过的,东北角上拦一块。"

"你可真会动脑筋啊!"银龙哭笑不得,"你扛着锄头、铁耙,挑着粪桶在游泳池、儿童乐园的旁边走,像样哦?再说,你唐引娣好种,人家李引娣、王引娣也来种,小门外头就变成小区自留地了。这里号称花园小区,进来就看见挑着粪桶的老农民来来往往,小区里沤肥的臭气,外头菜地施肥的臭气……我不讲了,你自己想想。"

唐引娣不响了。但她刚才还因为兴奋涨红了的面孔,立刻不好看了,脸上细密的皱纹也深如细沟。风吹乱了唐引娣干枯的白发,她那双粗糙如鸡爪的手,牢牢抓住小铁门上生锈的栏杆。她缩紧头颈,将脸贴在栏杆中间,脚尖用力踮起,竭力向外张望……银龙看了难过,说:"阿妈,风大哩,走吧,回转去。"

唐引娣贴在那里不动,像一只巨大的壁虎。既不死心,又没办法,只好嘟嘟囔囔地说:"介好的地,不种啥,由它生草……不对的呀!都是熟地呵,几代人种熟的……草长这么高,会出野兔子了……罪过呵!"

　　银龙突然感到一阵心酸!阿妈这个一辈子匍匐在土地上的老农,对土地的依恋和情感是自己无法比拟的。土地,养育了祖宗,养育了无数个阿妈这样的母亲和她们的孩子,她们对土地感恩!而自己这一代,老土地再也养不了他们了,人的欲望又大了些,年轻人对未来的憧憬和希望,几乎全同土地无关。他们千方百计想离开,土地成了他们追求幸福生活的羁绊。而阿妈,就像一棵老树,已经在土地上长出无数看不见的根须,再不能分离!

四

　　转眼就到了五月,太阳一日比一日炀起来,人在日头底下做事,可脱得只剩一件布衫。老宅自留地上去冬种的油菜,这两天应该好收割了。这天铁龙来,唐引娣就央他开车一同去割油菜。铁龙眼珠一瞪,居然说:"割啥?不要了!"她不得不去央金龙,金龙刚刚从法国回来,公司里忙得一塌糊涂,她还是趁吃饭工夫问他的,金龙嘿地一笑,说:"五分地能收多少菜籽,榨得多少油?"她心里不开心,这帮小浮尸现在都口气大得来,五分地的油菜都不要了?雪妹说:"这种乡下的菜籽油杂质多,烧的辰光油温要高,气味大……我们都吃精制油了。"金龙转身不晓得从哪拿出一把超市的购物卡,扑克牌样地散在台子上,"小区门口超市里啥样的油都有,你想拎多少就去拎多少!现在啊,收了油菜连榨油的地方都不知哪里找了。"

唐引娣没趣地走开了,心里郁闷。她转身又给银龙打电话,银龙说:"那点油菜真的别要了,你都这个岁数了,去年底又查出血压高,猫腰低头的体力活是千万做不得的。"想想还是不死心,唐引娣又给国弟打电话。她的这个女婿脾气顶好,丈母娘有啥事,从来不还价的。但她话没说完,宝凤在那头一把夺过电话,劈头盖脸地说她,"有福不会享,成天同小辈作对"。唐引娣被女儿说得要哭出来了。

第二天正好是礼拜天。金龙打算一早开车带老娘到三甲港那边去散散心,免得她一天到夜想着那五分地里的油菜心不定。吃过午饭,他还要赶去上海听课。去年以来金龙在交大工商管理学院读 EMBA 班,今天有个外国专家来上课,听说非常之精彩。但一早起来,金龙发现老娘的房门开着,厨房里没她的人影,喊了几声没有回音,他突然意识到什么,叫出一声,"苦了!"

雪妹在厨房弄早饭,问:"怎么了?"

"老娘!十有八九到奚家宅割油菜去了。"

雪妹一看,壁橱上奚家宅的那串钥匙没有了,想到昨夜婆婆找出一身不穿的旧衣裳,雪妹问:拿这衣裳做啥,她好像没听见——肯定是想定了要回奚家宅去啦!金龙眉头紧皱,说了声,"统统输给她!"连忙给兄弟和阿妹打电话,他怕老妈出事,叫大家火速赶往奚家宅增援。

唐引娣果真就在油菜地里。天不亮,她就悄悄起身,到公交起点站等到头班车开,一个人回奚家宅来了。这五分自留地的油菜,一直在她心头挂着呢。子女都叫不应,她一个人慢慢做,到手的菜籽不收,得罪老天爷的!人到菜地,日头刚刚出来,望着眼前一人高的粗壮的油菜棵,唐引娣觉得真是眼目清亮,心情舒畅!她伸手撸下几个饱满的菜荚，手心里一搓，乌黑的菜籽在手掌心粒粒滚壮滚圆。想到儿女几个都说不要，她气呼呼地骂："统统昏了头了！"

日头升高了，唐引娣忙了好久，汗一出，口渴得厉害。她这才想起忘了带水来，毕竟年龄不对了，又长远不做，唐引娣很快就觉得腰酸背痛、力不从心，干脆倒在割好的油菜上歇息。这一歇，竟迷迷糊糊睡了过去。

当金龙开车同永高、铁龙、宝凤急急忙忙赶到地头，只看见割倒的油菜，却看不到阿妈的人影。怕她摔倒在地头，众人大叫起来，永高和铁龙跑步去老宅，看看老阿奶是不是进了老屋。好在唐引娣听到了声响，从油菜堆后头站起身来。大家抱怨她不该一个人跑回来，唐引娣却理直气壮地说："谁要你们来的？我慢慢弄，不过五分地，总会弄好的。从前，我一个人大半日就弄好了。"

"从前？从前你几岁？"宝凤一把夺了她娘手里的镰刀，"七老八十的人了，充啥英雄好汉！"

唐引娣急得叫起来，"你还我！我要割，我欢喜割。"宝凤不睬她。

永高从老屋找来两把镰刀，立刻给金龙和铁龙拿了过去。再怪老娘也没用，趁人多，快快把油菜收光，顺了老娘的心思算了。种田出身，都晓得割油菜要早，趁露水不干，潮叽叽的最好。如是日头升高，晒爆了荚，菜籽跳出来散到地上，可惜煞了。

可是弟兄俩多少年不做地里活，尤其是金龙，肚子早凸了出来，弯腰挥镰，一歇歇就满头大汗不说，肚子实在受不了。他见雪妹也赶到了，马上就把镰刀给了老婆。可雪妹当铁姑娘时伤过腰，这两天正好老病复发，不敢多动，只好在旁边帮他们搬搬堆堆。宝凤会割却不敢割，怕把一双手弄毛糙了，厂里那些外贸衣裳，像绣花软缎睡衣、开司米高级童装等等，一碰就成次品。永高倒是乐意，可没割两把就割着了手，流了血，开车到街上买创可贴去了……金龙和铁龙只好硬撑着割，叫苦不迭。唐引娣硬要参加进来一道动手，被宝凤拉到油菜垛的背阴处，叫她靠着菜垛子坐下，死活不让动手。唐引娣叹着气、摇着头，感慨种田出身的，一个个弄出一副金贵身子，起码的地里活都做不动，放在从前，个个饿煞！

中饭，是雪妹开车到川沙买的盒饭，送到地头来吃的，老屋里老早搬空，连坐处也没有了。两兄弟半天做下来，连声喊"吃不消"了，宝凤叫雪妹买饭时买了两副手套，套在手上代替了之前的塑料袋。有了宝凤这个生力军，进度才快了很多。

等银龙赶到，已经快傍晚了，五分自留地上的油菜已经割完，众人正七手八脚把菜往老屋里搬。没有小推车，好在金龙的宝马车后备箱多少能派上用场，但地头搬到大路，大路开到老屋，路不远，转弯不少，实在不便。金龙宣布：明天的摊晒、用连枷打菜籽等等余下的事，全归老二。银龙知道老大对自己的晚到不满，忙解释说：永真虽然从小喜欢画图，但正规素描起步太晚，好不容易托人寻着上大美院的老师，老早约定今天上门去请求点拨——永真明年报考美术类大学，时间已经非常紧迫，他自己连大学同学今天的聚会都没去。金龙说：就你忙？宝凤今天有个外商客户约谈，不得不临时改期，人家怀疑她诚信有问题哪办？我下午 EMBA 班有重要讲课，门票都炒到八千元一张了，也只好放弃。铁龙说：我今天八十八桌满月酒签单啊，改在明天，这一行竞争多激烈，万一被别的茶担抢了，我一笔大生意落空……

唐引娣听得云里雾里,他们几个天天都忙,可这么好的菜籽不收,也是没有王法的!她不服气地"哼"了一声,没好气地回上一句,"我的事就不是事啊?"金龙忍不住地说:"老娘啊!你这五分地的油菜,弄大啦!你知不知道,我们这几个人,一个钟头值几钱?用一天时间换来的菜油,该值多少一斤?"

铁龙说:"老总牌油菜籽,天价!"

唐引娣眨着眼睛,完全不懂儿子们说的是啥意思。

雪妹说:"好啦好啦,人家陪老爹老娘乘邮轮、坐飞机,全世界旅游看风景,伲这个老娘是……只喜欢到田里劳动!就算大家今天陪她旅游,啥一个钟头值几钿?只要老人称心,我们就尽了心啦。"

雪妹的这番话,说得三兄弟都说不出来。宝凤说:"对啊!如果阿妈要你们陪她去哪里哪里旅游,你们是陪还是不陪?还会闲话多得来?只要阿妈开心,伲呒啥好讲斤两的!大嫂嫂,终究还是你水平高,我服帖!"

金龙几个就一起打"哈哈",称赞雪妹的话讲得有道理。见金龙铁龙要紧地想走,银龙就拍着胸脯说余下的事情统统由他第二天来搞定。于是,大家连老屋都不去了,镰刀、扁担和箩筐,连同吃茶的碗和热水瓶,统统放进了金龙那辆宝马车的后备箱,

金龙夫妇坐前头,银龙铁龙一边一个拥着阿妈。明天一早,雪妹开车送银龙过来,农具再取下不迟。因为永高吃过中饭被他娘催着回学校去了,金龙油门一踏,宝马车启动,直奔川沙。前后脚地,宝凤也开车回了自己的家。

自留地恢复了清静。真是静呵,这一带自农家搬光,日间没有声

响,夜里没有灯光。或许在多少年前,这里还是沙滩,奚家的老祖宗们还没有到来之前,这里就是这么安静的。土地,在一辈又一辈人的心血、汗水和肥力的作用下,越种越熟,它忠诚地回报给它的主人,让他们在它之上收获、繁衍、发达。现在,这土地的安静是暂时的,很快,一场轰轰烈烈的建设会在这里发生,并使它日新月异……后来的人们也会在这里生活、工作,又有谁知道脚下的这一处,从前有过怎样的故事?

又过了一个星期,五分地打到的一百多斤乌紫的菜籽,由铁龙送到南汇那边榨了油,还真不少呢,大桶小桶的足有四十来斤。唐引娣很开心,说这油才叫油呢,黄蜡蜡的,又稠又香,在大灶上猛火炒菜,多少好吃!永高刚说了声"啥叫浓啊,是没提炼……"被他妈暗中拧了一把,再不作声。唐引娣喜滋滋地将菜油分装了五桶,除了小龙,子女们一家一桶。但好些天过去,这些油一直都没来拿走,她听到小浮尸们在嘀嘀咕咕,说什么这油炒菜一定要烧到冒青烟,气味太大难闻啦,不及调和油清爽好吃啦……好像都不要的样子。唐引娣望着这些油有些难过,这是伲自留地里种出来的呢,从今往后,是再也吃不着的了。雪妹嫌这些油放在厅里占地方,说不如叫铁龙拿走,他做茶担再多也用得着。这天正好银龙来看老娘,建议挑上几只好看的酒瓶装了,密封后再扎上红绸带,各家放在客厅的橱里,作为曾经是种田人家的纪念,传代。

唐引娣这才欢喜地笑了。

第六章

浦东国际机场。一架美国航空公司的波音747大型客机在停机坪降落，小龙携妻子玛丽亚及一双混血儿女走下舷梯。来隆重接机是有关方面的领导和干部。当然，银龙和永真也来了。银龙比任何人都高兴，他那少小离家的小兄弟，终于依了他的心思，回国发展来了！

一

小龙现在的最新身份，是上海期货交易所首席金融工程专家，负责新产品研发设计、全球大宗商品市场研究和交易国际化等等。而玛丽亚作为医学博士和一名优秀的儿科医生，被上海儿童医学中心聘为外籍专家。儿童医学中心是上海市人民政府与美国世界健康基金会（PROJECT HOPE）合作建设项目，是一所集医疗、科研、教学于一体的三级甲等儿童专科医院，担负着上海和全国各地患病儿童以及来华外籍人士子女的医疗工作。早在三四年前，玛丽亚作为美方儿科专家，与该中心就有了业务往来。

联洋国际社区内的一幢别墅，是小龙的新家，全由二哥银龙一手帮着操办。六十开外的银龙已经两鬓起霜，退休数年。但他先是在原单位"发挥余热"，后又当了川沙营造馆的义务讲解员，成天闲不着。得知小弟一家决定回国，他高兴之极，主动揽下帮他们买房子之事，两三个月来四处看房，最后定在这个联洋国际社区。从这里到小龙上班的陆家嘴和玛丽亚上班的东方路，都十分便捷，两个孩子也有很好的国际学校可上。

宝凤、雪妹等家人早在小龙的新居里等着了。女眷们在客厅里忙着包菜肉大馄饨，这是小龙和玛丽亚最喜欢吃的浦东食品。宝凤因为接触外国人多了，英文不会看更不会写，但马马虎虎地会说个只言片语，此刻，正教着大阿嫂用英文向外国妯娌打招呼："你好"是"好多油多"、"谢谢"是"三克油"、"初次见面"是"奶爱司脱米吐"……雪妹学不像，两人笑作一团；金龙陪着老妈坐在阳台上张望，唐引娣已经八十多了，但身体很健康，这个远在海外的小儿子就要回到身边，她欢喜得天不亮就起身，说睡不着了，催着金龙早点出发到这里来等。门铃响起，是银龙拎着大包小包从超市回来了，他把手里的鲜花往花瓶里插，把食品往冰箱里塞，说油盐酱醋和水果啥的都齐了，外国烹饪用的东西他实在不懂，等小龙老婆自己买，反正这里的大超市，进口食品样样有的。

唐引娣嘀嘀咕咕，担心见了这对最小的孙子、孙女，相互会不认得，同他们又说不了话。小龙这两年回来次数多，玛丽亚和两个小囡还是四年前回来过，当时小的一个还在吃奶。唐引娣牢牢记着她的两个外国孙子孙女的名字：大的男囡叫"麦狗"、小的女囡叫"大牛"。其实，麦狗是英文名Michael，大牛是英文名Danielle。铁龙斥阿妈说："你真想得出的！麦田里的狗；邪大的一头牛——现在有叫这种难听的名字吗？"唐引娣说："我叫的，我记牢就好。从前种田人家的囡，叫得贱，才养得大。"小龙连声说阿妈的这两个"贱名"起得好！非常有趣，他喜欢。其实，两个小囡中文名字老早就有了，小龙起的，跟着家里的阿哥阿姐，永字辈，一个叫奚永福，一个叫奚永美。宝凤说："土死了！勿灵勿灵。你读到博士，这点脑子动不出？"小龙大笑，说他就喜欢土，越土越有意思。永福、永美，非常经典。传统的中国人名字呀，"永远幸福""永远美丽"，意思怎不是好极？但老阿奶还是只记着麦狗和大牛，她说这两个孙子、孙女是外国种，皮肤白得像剥壳鸡蛋，眼睛大得像葡萄，头发不算黄也不算黑，弯弯曲曲就传着他们娘了。奚家门出了这样的子孙，好白相。

终于，小龙一家到了。虽然早在视频上看到过二哥为他们买下的房子，小龙和玛丽亚还是为新房比想象中更为漂亮而高兴。"麦狗"和"大牛"满屋子跑着跳着，迫不及待地要父母把他们的玩具从行李中找出来，好去布置自己的房间。

两位阿哥陪着小龙夫妻楼上楼下地看房间，家具卧具已一应俱全，厨房卫生间也布置得一样不缺，甚至连抹布都一处不缺地替他们挂好了。客厅里，宝凤和两个嫂嫂，边包馄饨边争着逗弄两个洋囡囡，教他们喊"阿奶"。早笑得嘴都合不拢的唐引娣，突然抹起眼泪来，说老头子可惜走得早了，如果今朝还在，会有多么开心啊！

馄饨上来了，小龙端起一碗，鲜汤的浓香中伴着香葱和胡椒粉的气息，多少年没吃到了呵！他心里竟有些莫名的激动。阿妈和嫂嫂、姐姐,都记得这是他从小到大最喜欢吃的东西。初到海外时,孤身一人,想家。想家时一定会想这一碗热气腾腾、带汤带水的菜肉馄饨。特别是逢中国年节,外国人不休息,一个人在实验室啃干冷的面包,或者寒风里在街头买个热狗、汉堡,妈妈的馄饨——那飘浮着香葱和猪油花花,浸泡在鲜汤里的元宝状菜肉大馄饨,常常会闪电似的从他脑海里浮现……留学生们在一起,逢年过节包饺子,可再好吃的饺子,也比不过伲浦东人家的菜肉大馄饨!馄饨皮子中国唐人街超市难得有,自己做又实在太麻烦。家乡的馄饨,只能在记忆中存在。虽然这两年回来的次数不少,但来去匆匆,回奚家宅都是见缝插针,连碗馄饨都没来得及吃上。小时候,进了腊月,天气阴冷阴冷,落雪籽、飞雪花,阿妈就叫他到灶膛前头,抱住他,让他靠在自己的怀里。他喜欢看灶膛里红殷殷的火苗,阿妈手里的那把长长的大火钳,会让灶火很神奇地变大变小……身子很快就暖了,等到白白的水汽在灶间弥漫开来,那就是土灶上大镬里的粥烧开了,阿妈揭开镬盖,用镬铲搅动,菜粥、南瓜粥、山芋粥……滚烫地喝上一碗,额头上就会沁出细密的汗珠。如逢年节,裹馄饨、做圆子,镬里的水一烧滚,阿妈或者阿姐就把馄饨一只一只地下到锅里。馄饨、圆子都是阿妈和阿姐做的,老早就放在一边的团箕上,整整齐齐地一个挨一个,一圈一圈地排着队。馄饨一落镬,加大火力,灶膛里发出毕毕剥剥的爆裂声,火光映得灶后的墙壁红光闪闪,也映得阿妈的面孔特别红润。待镬盖再次启开,浓白的水气中,一镬水正大肆翻滚,一只只馄饨争先恐后地从镬底蹿上来。只比自己大了三岁的阿姐,踮着脚,像个小大人样地从边上轻轻捞起浮沫,再舀一瓢冷水下去,镬面立即平静下来,馄饨却都老老实实地在镬面上轻轻飘荡,但随着水温升高,馄饨们又会在镬里转着圈,上上下下跳舞。

这是小龙无数次梦里的情景。今天,馄饨真真实实地就在嘴边,他用勺轻轻舀起一只,吹着气,迫不及待地咬上一口,不厚不薄的面皮滑溜溜、韧结结,带着麦子的清香和汤的滋润,馅子一咬开,哇!汁水爆裂,肉鲜中夹着荠菜、青菜的清爽和脆嫩,顿时弥漫了整个口腔!小龙的眼睛不由湿润了,便取下眼镜来擦。玛丽亚问他怎么了?他只说是热气把镜片熏糊了。玛丽亚之前好几次到上海,吃过馄饨,还知道它的英语名称是"dumpling soup"(饺子汤,或汤饺)。今天,小龙认真地教玛丽亚和麦狗、大牛:它不应该叫 dumpling soup,它同 dumpling(饺子)没关系,它就叫 wontun, w-o-n-t-u-n! 他还告诉玛丽亚:过年过节或逢红白大事,浦东的女人们大多会在一只很大很大的圆形竹编叫团箕的家什前,团团围坐在一起,她们灵巧的双手一折、一翻、一揿,一只只元宝型的馄饨就成了。她们在团箕前包馄饨,一边交流着各家最新消息,抒发自己的满足或者苦恼,不像你们欧洲的女人,坐在沙发上,喝着咖啡、牛奶红茶,就着茶点聊天。裹馄饨时,如有后到的亲友进来了,团箕边的人身子欠一欠,长凳挪一挪,立刻挤出一个空位,让后来者挤着坐下,立即就亲近了几分。众目睽睽之下,馄饨一裹,一个女人的手巧不巧,做事灵不灵泛,就藏也藏不得,掩也掩不了了。有劳动自信的好女人,没有不愿坐到团箕前来的!嘴巴再巧,手上不来事,在城里还好,到了乡下就是致命伤。何况谈论之间,做人的良心和道理规矩,不能说一览无余,也定会自然流露……

玛丽亚听呆了!她说她得学,把这个"dumpling soup"的做法学会,然后戴上袖套,和阿姐她们坐到一起劳动。小龙笑着纠正她,

"Wonton! No dumpling soup。"

他俩的话音刚落,一直在旁边听着的宝凤就笑着说:"啊哟!伲小弟的外国话讲得邪赞!比人家外国人一点不差的——你们在说啥,讲给我听听看!"小龙只好把刚才同玛丽亚说的关于馄饨的话,讲给小阿姐听。这时,银龙的手机铃声突然响起,银龙一看,电话竟是杜慈心打来的。银龙很感意外,因为他同杜慈心已经好久没有联系了。银龙避开家人,跑到阳台上去接听。电话里,杜慈心说有事想同他尽快见面,银龙听她口气似有什么大事,便一口答应了。

银龙与杜慈心离婚的事,自从永真考进大学后就得以公开。奚家对此反应强烈,尤以唐引娣最是难过。杜慈心离婚后就住回了茂名路老房子。哥哥一家早搬进了新买的商品房。永真已毕业就职,这姑娘现在非常优秀,收入又高,工作第三年就贷款在市中心买了一套小公寓,独立生活了。

银龙应约当晚与杜慈心在一家咖啡馆会面。从联洋赶回市区的路上,他一直揣摩着杜慈心到底为啥要找自己?现在的人都开明,离了婚不是仇家,夫妻一场,总有一些同过去相关的事情,牵扯到对方,双方也都客客气气。但银龙无论如何也想不出杜慈心这次找自己的原因。

进了咖啡馆里,银龙刚坐下,还没开口,杜慈心就将一张医院的增强CT诊断书放在了他面前。诊断书上写着杜慈心的名字,诊断表明,她的肺部有一个明显占位,结论是:高度疑似肺癌,建议立即手术。

银龙大吃一惊,心往下沉,一时什么也说不出来。眼前的杜慈心,大半年不见,苍老了许多,面色也极不好。杜慈心见银龙发愣,淡淡一笑,"你不用紧张。我都想好了,我不打算手术——既然是不治之症,先开刀后化疗，医生只有这一招。化疗很苦的，苟延残喘，生不如死。"

银龙不响。其实他很想说："你不要冲动，先冷静一下，要不到其他医院再看看……"不过话在嘴边，却还是忍住了没说。今天，银龙不想让杜慈心不高兴。他又想起，以前杜慈心单位里一个同事，化疗到后来已不成人样，去日无多，二人去探望他回来，一路上一直在说：如果是自己得了绝症，坚决不作无为的治疗……杜慈心见银龙不响，似乎明白他在想什么，说："你不用劝我。从查出毛病到今天，我想了不是一天两天。之所以告诉你，是让你有个思想准备：希望在我离开后，你对女儿好一点，好好地呵护她、照顾她……劝她早些成个家。"

她的声音有些异样，眼睛里也有了泪光，看得出她是在竭力克制自己。银龙的喉咙口堵得厉害，啥话也说不出来，半天，才缓缓地说："这个……你尽管放心。"

杜慈心相信这个男人，她看着他，点了点头。

"那……现在永真，你告诉她了吗？"

杜慈心斩钉截铁地吐了个"不"字。

"你阿哥呢？"

杜慈心摇摇头，"哥哥虽说是医生，有名的专家，啥用？这是不治之症，他又有什么办法？"

银龙还是想说，"不，不！你不要放弃！各方面再试试，比如中医……"可杜慈心像看出了他的心思，挥挥手，示意他什么也不用多讲，道了句，"你也……多保重。"站起身来了。银龙看着已经沉疴在身的前妻走向门边，忍不住又追了上去，"经济上，如果……"

第六章 | 263

"不必!"杜慈心的声音很轻,却坚决得没有商量的余地。

银龙回家后,心情不好,不想做晚饭,正要胡乱对付,却接到女儿打来的电话。永真刚从云南旅行回来,还在机场,说想吃爸爸做的饭菜了,一会打车到他这里来。长大了的永真高挑健美,已经三十了,却还待字闺中。她在美院学的是工业设计,思想前卫、敏锐而又踏实肯干,笑说自己有着父母"城乡结合"的杂交优势,现在是上海某设计公司的艺术副总监。女儿有令,银龙立即跑菜场,开始忙里忙外地为她张罗。永真赶到,热菜热饭已经摆在桌上了。银龙在旁边看着女儿津津有味地吃着,目光阴沉,一言不发。永真同老爸嘻嘻哈哈地说:"你这么看我,怪哦?又要说我找老公的事了对哦?老爸,我得先给你上一课!婚与不婚,都是正常的生活状态。没听人家说嘛,一个女人,能干,有钱,要婚姻干吗?"

"乱讲!哪听来的?你有个家,我就好放心了。"

"哈哈!既然你认为婚姻这么重要,赶紧给你自己找个伴呀。"

银龙不响,他没有开玩笑的心情。好在永真大大咧咧地并不理会,她心急慌忙地赶回来,是为了参加明天开幕的"浦江创新论坛",因为她的偶像、号称"当代达芬奇"的世界顶级工业设计大师路易吉·克拉尼将会出席论坛并作报告。

吃完饭,永真就要回她的小公寓去,临出门时又折回来告诉爸爸:党兄永高,后天就要从澳大利亚回国了,他与大伯伯金龙之间很可能会有一场大风暴!银龙想细问,永真却不肯说,她要父亲劝劝他大阿哥:相信永高,不要干涉他的生活。

银龙一夜没睡好,一大早,他不管三七廿一,赶到茂名路,敲开了杜慈心的房门，说他前天忘了问她，病情现在到底到了哪个地步？有病，还是应该相信医学，该手术手术、该治疗治疗。他上网查过了：有太多肺癌病人手术后生活质量不错的。杜慈心谢谢他的好心，说她自己知道，这是家族遗传。不但父亲和伯伯是因肺癌过世的，爷爷恐怕也是。

虽然杜慈心尽量装作平静，但情绪的低落与沮丧还是掩饰不住。银龙又苦口婆心劝她不要放弃治疗，杜慈心烦了，竟说出"轮不着你管"的绝情话。银龙只好无语。临出门时，杜慈心又拉住他叮嘱，一定不要向女儿透露半点风声，这算是她最后求他的一件事。

二

两天后，金龙夫妇从机场出口处欢天喜地地接着了儿子，却发现准儿媳妮妮没有一同回来。老两口非常意外，问永高，永高居然轻描淡写地说，他与妮妮分手了，因为妮妮和他"目标不同"。金龙夫妇惊愕得不知说什么才好。永高和女朋友妮妮，都是在澳洲的中国留学生，好了两三年了。小姑娘是姑苏女子，长得漂亮洋气，娇柔的外表下是极有主见的女强人，但除了花钱大手大脚，金龙夫妇也挑不出啥毛病。女方父母在苏州开厂，规模不小。双方家长早就见过面、吃过饭，眼看都要谈婚论嫁了，怎么突然说黄就黄了呢？金龙和雪妹目光一对，知道其中的缘故恐非三言两语讲得清，况且机场又非说话处，雪妹对金龙小声说："先回家吧。"

从浦东国际机场到川沙没多少路。金龙的宝马在远东大道上奔驰,雪妹和永高坐在后头,三个人都不说话,车内出奇安静。雪妹到底忍不住问儿子:"她……不想回国?"

永高不置可否地笑笑。

"这么大的事,怎么不同我们先作个商量?啥'目标不同',你倒说来听听。"

"会同你们说的。不过,我自己的事,请让我自己做主!"

金龙在后视镜中用目光示意雪妹别再问了,轻轻骂了句,"小浮尸!"

他心里突然有了一种预感:儿子的事,恐怕麻烦大了。

回到家,雪妹早准备好一桌的饭菜连忙摆出来给儿子吃。大约老阿奶正看着孙子眉开眼笑,永高就只管对付了阿奶,还只管吃,吃了就去睡,说要倒时差。到了夜里,永高起来,阿奶已经睡下,他叫出父母,向他们摊了牌:这次回国,如他们所愿,自己不准备再出去了。但他经过深思熟虑,决定不接手阿爸的公司,也就是说,不做"飞龙股份"的少东家。理由是:他对印刷始终提不起兴趣,也不愿意生活在父亲的阴影下。他说他已经和几位志同道合的朋友一起,决定做健康绿色食品,这是当今每一个中国人最渴望得到的东西,因而也是中国最有发展前景的产业。他们决定回浦东,种菜养猪,当"农民"。从有这个想法开始,妮妮就同他有分歧,相互不断争执,但还是谁也说服不了谁,两个人都很苦恼……最后,不得不平静地分道扬镳。

雪妹听完,不响,她望着男人,只等他开腔。金龙沉吟好一会,才说:"自己创业,谈何容易!"

"不会比你当初决定做印刷那时更难吧?"

金龙淡淡一笑,"两回事!你年少气盛,阅历少,哪里晓得这里面的窍坎……这些年一直在外面,国内的情况你不了解的。"

"我晓得你一定会这么说!"永高眼睛亮亮的,满是自信,"阿爸,你说的,事在人为。难道你们这一代以后,再也出不了创业者和企业家了?"

金龙还是笑笑,"我没这么说。你为了这个就同妮妮分手,你觉得你很成熟了?"

"她贪图安逸,物质方面看得太重。人家说了:我硬要兄妹开荒,她就一刀两断。"

"小姑娘的闲话不好当真的。她不肯兄妹开荒也没啥错。世界上大名鼎鼎的家族企业,像洛克菲勒家族、摩根家族,一百多年来,经过几代人,有的还越做越大,后辈人比前辈更了不得!再比如香港、澳门的……"

"嗨,这方面我比你知道得更多——微软、安利、沃尔玛、戴尔、杜邦……"永高打断他阿爸的话,确实,这方面的事情他讲起来,比他爸只会更加头头是道,"你是想告诉我,从我出生起,就注定被绑在你的印刷机上?爸,请你回答我:作为一个独立的人,我还能不能有自己的目标?"

金龙不响。雪妹看儿子头仰得高高,一副小公鸡的样子,知道金龙不会采取硬撞的态度,他一定是先"磨"和"拖",再见招拆招。比较起不识天高地厚的儿子,金龙当然"老奸巨猾"得多。雪妹也很明白自己的位置,这时,她不失时机地插上一句,"你是独生子女呀!儿子,我们只有你一个。"

母亲的这句话情真意切,永高不响了。

"俗话讲,做生不如做熟。你用创业的劲头把飞龙做大、做强,有啥不好呢?"金龙的身体向儿子靠过来,拍拍他的肩膀,"永高,你晓得阿爸呒啥文化,只不过有点小聪明……我是沾了时代的光。飞龙集团从一个乡下小作坊走到今朝,不容易。我年纪已过花甲,吃力啦。让你大学就学经济、学企业管理,到国内外大公司打工积累经验,就是为了让你好好接飞龙这个班。你不接,我把这么个一家一当交给谁去啊?"

父亲说得动情,令当儿子的不得不动容。一年多不见,永高发现阿爸看上去苍老了好些。他那头依旧乌黑的头发是染的,耳鬓处长出的新发根在灯光下闪着银色的毫光,永高的心不由往下沉……多少次在想象中,他模拟着与父亲交谈或者说交锋。甩手父亲苦心经营的飞龙,这是最基础的起点。他当然想好了应对的办法,而且有上策、中策和下策。可是,面对面与父母坐着,尤其是才进家门,永高不忍心即刻与父亲开仗。他的上策,是说服阿爸接受他的策划,贷款甚至投资给他,让他顺利创办绿色农业园区。如果父子水火不容,冲突无可避免,那么,至少不要在今天发生。

雪妹见儿子不响,示意金龙"收兵",就对儿子说:"好了,介急做啥哩?人回到屋里了,有啥不好商量的?都想想嘛。永高啊,你爸这几天吃力得来……血压有点高。让他今天早点睡,好哦?"

永高只能说:"好。"

一进两夫妻的卧室,雪妹就压低声音对金龙说:"别以为你这几句话会打动小赤佬,没用!这事,还用得着讲?"

"我装戆呢。再怎么说,也要从这里开头。你今天拦住了是对的,谈了几年的女朋友崩了,看他像是没事,心里肯定受了重伤,他是个蛮重情的人呢。他是老实小囡,我一示弱,他心里不会不动,慢慢来。"

"妮妮……苏州那边居然一点反应没有,照理她阿爸会找来的。要么只有一个解释,那就是女方已经铁了心,不准备挽回了!"

"哼,男的,年纪大点呒啥,你还怕他打光棍了?"

"三十出头了呢……"雪妹叹了口气。

在奚家第三代中,从小听话懂事的永高一路走来,真没让父母操心,是奚家一致公认的好小囡。考大学填志愿,金龙叫他学企管,希望他以后能到飞龙来,他听了阿爸的。毕业后,还是由金龙安排,在大型国企上了一年多的班,再考上澳洲的悉尼大学读硕士,后来又到某国际大公司的新加坡分部任中层管理,有意让他拥有一个东西方兼备的眼界,永高一路都很配合。金龙没上过大学,但他领市面,获取信息的能力极强。当代精英应该具备什么能力,他脑子里清清楚楚。就像下棋,一步步走得蛮好,突然杀出来这么一招,实在措手不及!而且,儿子要搞绿色农业,道理没错,可绿色农业那么好搞?异想天开!

唐引娣一心盼着孙子回来结婚,她早上起来,就问雪妹:"你们,'好日'定了哪一天?"雪妹还想搪塞,金龙说这事瞒不过去的,便同老娘说了实话。谁知唐引娣愣了愣,倒一点没有不开心,反而说:"也好!这姑娘钞票邪邪会用……一张脸化妆化得浓来,套了假睫毛,像给眼睛装了窗帘,手指甲也长是长得来,还揎了红漆、粘了花……这种手怎么做事情?只会吃不会做,日子哪能过呀?我一开头就觉得不灵,你们都说好,我不敢响。"

永高同女朋友黄了的事火速在奚家传开,金龙夫妻与儿子的矛盾也不再遮遮掩掩,完全公开了。雪妹并不想动员家族的力量给儿子施压,对于成熟了的永高,这没用的。但长辈和平辈的兄弟姐妹来问,比如永真在 QQ 上同他聊,把他的某些话顺便告诉了银龙阿叔,银龙阿叔又去同宝凤孃孃讲,宝凤孃孃又叫她的巧巧来问他,然后又去金龙那里证实……七大姑八大姨的,兴师动众。

老的一代都为金龙苦恼,私下里议论纷纷。他们觉得太太平平的人家出大事了——儿子在外国读书回来,翻转面孔自说自话,不把爷娘放眼里了!早知道就不该把他放出去。中国人都是父母为子女、子女为父母的,这浮尸不进飞龙就是呒良心呀,老大不是要被儿子活活气死?小的们则觉得父母们在无事生非:大哥哥有自己的想法很正常的,用得着全家人大惊小怪吗?无论小飞、永真、巧巧,统统都偏向大哥哥永高,对父母们的失望、感叹不以为然。结果,弄得本来只是金龙家的事,变成了家家都鸡鸡狗狗的不太平了。

永高对此是有思想准备的,但已经持有西方观念的他,还是有点哭笑不得。金龙说:"家里人都是好心,你做得出,人家还问不得了?"永高却说:"把我的私事当成家族的大事,滑稽哦?没想到你一个上市公司董事长,还是农民意识。"气得金龙一句话也说不出。

三

奚家第三代，一个个都到了谈婚论嫁的年纪，可没一个让爹妈省心！小飞因为家庭破碎，早早就谈了恋爱，对方父母是老实巴交的下岗工人，家里要啥没啥，不过小伙子人厚道，是职校的同学。铁龙常常不在，金龙雪妹都觉得小飞要挑还有得挑，托托人，找个家境殷实的，小飞也有依靠。可小飞就喜欢这穷小子，匆匆地把自己嫁掉了。永真倒是能干，但她毕竟从小在上海长大，脑子聪明，想头也多，同乡下姑娘不一样，好在有她娘杜慈心在管。宝凤的女儿巧巧，眼见也二十七八了，长得比她娘年轻时候好看，一笑两酒窝，也比她娘精怪活络。虽然没有读过大学，一口好听的英文带着比划，"叽哩呱啦"的，老早就会同外国人谈生意了，接手她妈的公司后，运行得倒比她娘还好。都说巧巧是一个标准的"白、富、美"，追她的人"队伍排得老长"，但她东挑西拣的，一个也看不上。宝凤为此同女儿吵得水火不容，丁国弟也跟着苦恼。巧巧同表姐永真最好，宝凤暗地里一直怪永真把巧巧"带坏"了，因为巧巧现在讲得一口歪道理，而这些"乱七八糟的东西"，全是从永真那里"批发"来的！有天，宝凤与丈夫在看电视的相亲节目，突然发现女嘉宾中竟然有巧巧在！上了电视的巧巧化妆后惊为天人，漂亮得认不出来了！身上那件大红的开司米勾花披肩是法国拿来的样衣，巧巧披着，仙女也不过如此啊！一个老好老好的小伙子选她做心动女生，最后拒绝了好几个对他有意的女生，就坚持要选她，巧巧却对人家鞠躬，说句"对不起"算数了，气得宝凤骂到半夜。

宝凤夫妇前些年在三林买下别墅，成了三林塘居民。吃过晚饭，两老夫妻在老街的河边走走，小桥流水的，在上海已属难得。国弟退休了，上午参加老年舞龙队，下午到老年戏剧组唱"申曲"，倒是快活。宝凤爱旅游，春秋两季都和一帮老姐妹四处跑，还是广场舞的核心成员，所以两夫妻身体都好得很，就是被女儿的事弄得心神不宁。一次，雪妹同宝凤说起，她娘家阿侄调到三林的镇政府半年多了，小伙子本人蛮好，阿哥要雪妹相帮着物色个好点的姑娘。宝凤一听就来劲了，连忙打听对方的情况，还要雪妹陪她去看本人。雪妹笑她急疯了，阿哥阿嫂都是普通得不能再普通的退休工人，门不当户不对的。宝凤不响，心里却有了主意，"半年前调到镇政府的、姓张的小伙子"，还怕自己寻不着？

果然，宝凤在镇政府的办公楼门口，看到贴在那里的照片上面有个叫张乐的，眉眼鼻子同雪妹还蛮像的呢，也是圆脸大眼睛，精神头十足的样子！宝凤假言托他带东西给雪妹，直接找张乐"相面"了。张乐不知底细，以为是居民来找，蛮客气地接待她。得知是自己孃孃的亲戚，立刻改口，"孃孃"长"孃孃"短的。小伙子人生得高大，看起来既正派又灵泛，宝凤心里开心，连忙回去告诉了国弟。国弟一听，笑起来说，原来是他呀！我们舞龙队的人都叫他小张的。小张是个快活人，讨人喜欢，就是不晓得他还是大阿嫂的内侄。宝凤想，这张乐虽说是个公务员，大小属国家干部，加上大学生、党员，素质有一点的。顶要紧的是雪妹娘家她晓得，正宗的劳动人民，双方知根知底，有得好啦！就怕巧巧有眼不识金镶玉，又不肯听爹娘的话。宝凤想，这事要成功，得动一番脑子。大阿嫂肯定先要成为自己的同盟军，张家的工作，有了大阿嫂就不愁解决不了。

永真突然告诉父亲，她准备去意大利佛罗伦萨美术学院读研。其实，她到云南去旅游，就是为了让自己把这个事情想想透。虽然永真早已是同龄人中的佼佼者，收入、地位，无不令人羡慕，但她知道这样天天冥思苦想、绞尽脑汁地拼创意，自己早已心力交瘁，因为底子太薄！当年学校保送她读研，她拒绝了，她当时认为：美术设计不是学校里能教的，应该向实践学。那些一直关在校门内脱离实践的老师，以年纪和资格被评上教授和硕士生导师，无论是设计理念，还是计算机绘画软件的应用，真不如他们年轻人呢。但毕业至今，她越来越觉得自己已经被榨干了，她必须到一个新的天地去汲取、去提升，否则，她这辈子只能这样了，不！不进则退，很快就会被淘汰出局。那天在浦江设计师论坛上听路易吉·克拉尼演讲，她完全为这位世界顶级工业设计大师倾倒！向大师提问的时候，她大胆举手。没想到大师对她的问题很欣赏。激动之余，永真又把自己在玉龙雪山、在丽江古城一直都纠结于胸的事梳理清晰、下了决心：佛罗伦萨美术学院，是她的下一个目标！

但她没想到，老爸几乎没听她讲完就一口否决了！更叫她惊讶的是，他居然拿不出一个像样的理由！

银龙是有苦不能讲，难道告诉她：她母亲已身患绝症、来日无多？从百度上，银龙知道这个佛罗伦萨美术学院，有着"世界美术院校之母""世界四大美院之首"的地位和美誉，不但是全球第一所美术学院，至今也在世界美术学院排名第一。几百年来，那里大师云集：达芬奇、米开朗基罗、瓦萨里、伽利略、但丁、拉斐尔、提香……这些在美术史、文学史、科学史上如雷贯耳的巨匠之名，让佛罗伦萨美术学院成为全球艺术家的心中圣地。永真决心去那里深造，银龙当然高兴，理当支持。只是，在这时候，女儿一旦成行，与她母亲很可能会生离死别！就算到时她能赶回来，会不会因为今天的隐瞒而对父亲怨恨终生？但当父亲的能告诉她吗？他答应了杜慈心的！

一贯独立的永真根本不在乎父亲的态度，说此事她早就"蓄谋已久"，现在不过来通知老爸一声，他没有理由也无法阻拦自己的行动。银龙心里难过得很。他太了解女儿的脾气了，女儿大学毕业时，他觉得身为学生会主席的永真与其当不靠谱的所谓"艺术家"，或者成天坐在电脑前做没日没夜加班的"设计师"，还不如考公务员，他希望女儿走从政的路。知女莫如父，永真正直无私，能干稳健，有理想、有主见，这种素质，在同时代的年轻人中不可多得，国家就需要这样的人接班。但无论他怎样苦口婆心地劝说，还请来女儿一直蛮佩服的陆锦明伯伯做工作，小姑娘就是"针插不进、水泼不进"，最终还是进了设计公司。

现在唯一能阻止永真成行的，只有母亲的病情。见永真逼着他非说出反对的理由，他只得支吾："……你都这年纪了，到了意大利，男朋友不好找。"

永真哈哈大笑，"到了国外才好找呢，黑的、白的、黄的，老的、中的、少的，艺术之都，往街上扔块石头就砸着个艺术家。"

银龙又说父母年纪大了，你是独生女，有责任照顾。永真说："咦，你们才六十多呀，在这年纪，中国当中央领导、外国当总统的人多得是！"还说两年时间很快会过去，回来以后，她想去江南克拉尼设计院工作。虽然在常州，开车回上海也就两个小时——能在全世界最有名望、最有灵气的大师手下工作，她才能成为中国乃至世界的顶级设计师！银龙实在没办法了，只得说你去找你妈商量商量。岂料永真说，她早同老妈说啦，老妈才开通，一口答应了。银龙再问，才知道永真说的那会儿，杜慈心还不知道自己得病了呢。银龙就说，你再找老妈谈谈。永真不理解，反说老爸现在思路不清楚，看来真的是老了。银龙一急，忍不住朝女儿吼了起来，永真当然不买账，伶牙俐齿的，说得她爸毫无还手之力，气头上只能挥手说："你……你心里只有自己，走吧、走吧！"永真背起包，甩门而出。

屋里只剩下银龙一人，他突然感觉到从未有过的孤单。

银龙只得再上茂名路。永真这事，除了前妻，再没有第二个人可以商量。可杜慈心说她不会改变自己的态度，让永真远走高飞去——死亡何必非得子女送终？横竖一个死，她更愿意悄悄地走。银龙很难过，他觉得杜慈心心理出了问题。

四

金龙父子间谁也不肯作出让步，矛盾愈演愈烈。永高和他的伙伴已经看好了南汇那边的一块地，租赁、规划……正在步步进展。也就是说，虽然老头子不同意，永高暗地里一直紧锣密鼓地在行动！儿子不把自己放在眼里，多年的如意算盘砸烂了，对金龙无疑是一个致命打击。表面上他还装作没啥，但一夜一夜睡不着，血压升高，头痛欲裂，两天没去公司上班。雪妹两边规劝，也是绞尽脑汁却毫无进展，背地里不知掉了多少眼泪。这天，金龙终于发话：儿子眼里没他这个爹，他就只当没这个儿子！更休想从他手里得到一分钱。

　　银龙的态度雪妹是懂的：创业，资金就是开路先锋，手里没钱，是儿子最最硬不起来的地方。这叫敲山震虎，金龙对儿子不得不使出的最后一招。儿子身边有多少钱，雪妹早摸了个一清二楚，就新加坡打工的那点小钱，对付半年六个月的嘴巴还马马虎虎，办农场，做梦。

　　唐引娣耳聋，听不清儿子、孙子为什么一直在争来争去，问儿子、问媳妇，都叫她别管，唐引娣急了，说一定有大事瞒了她了，她手杖敲着地，硬逼金龙同她说清楚。金龙想，永高从小是阿奶带大的，同老阿奶感情最深，倒不如让阿奶出面制止，老太太一辈子在农村，种地的苦恼她比任何人都有发言权。至少，阿奶反对，这小浮尸一时还不敢乱来。

　　谁知唐引娣一听孙子回来是要种菜养猪，竟然开心得拍手大笑，一连声叫着，"对唻，好透好透！大家都不种田么，吃啥？现在毒的东西介多，这也不好吃，那也不好吃……我们永高到底在中国、外国学了大本事，晓得做大事啦！"她斥责金龙人不老、脑子还不如她清楚，且给孙子撑腰说："你爹不给钱，阿奶给！"硬要把自己的积蓄和几十万动迁费统统给永高做本。永高感动极了，一把抱住老阿奶，说没想到整个家里只有老阿奶一个人如此坚定地支持他！唐引娣还说，你养猪，阿奶帮你！阿奶从前就是养猪模范，五八年，一只猪猡我养到三百廿五斤，拍了照片登过报纸的！

　　永高想起从小听人家说，阿奶是劳动模范，住过国际饭店、戴着大红花上过国庆观礼台，他灵机一动，激动地说："太好了，我们怎么没想到？猪肉品牌有了——就叫'养猪阿奶'。老党员、老劳模，不用解释就是打了安全可靠牌……有故事的品牌,可遇不可求呀!阿奶,你就是我的品牌代言人!"把个老阿奶乐得合不拢嘴。金龙在一旁真正哭笑不得。

永高搞生态农业园并非自己一个人,几位志同道合的年轻伙伴中,有高中和大学的同学,也有网上招聘的。有的是农学院背景,有的搞计算机专业多年。永高回来之前,这些志同道合的年轻人,已经开始了调研和论证。父亲不支持本在预料之中,永高对他妈说:"啥也挡不住我的决心。我会用事实向老爸证明:他儿子不比他差!"

他们挑中了老港近海边的一块地,因为启动资金不足,永高自作主张地将父亲为他在陆家嘴附近买下的三房两厅公寓卖了。金龙伤心至极,责问儿子,这小浮尸竟然说:"这房子你给了我,我应该有权处置吧?比如我结了婚住在里头了。"

"你都三十出头的人了!没了房子,老婆不讨了?"

"你说的,'大丈夫何患无妻',等农庄搞好了,我的房子、娘子,统统自己搞定。"

金龙盛怒之下,说:"我没有你这个儿子!"永高不得不采取了下策:背水一战,干脆不回家来。

金龙因为心情很坏、血压升高只好休息,铁龙在南汇住得也远,一时都顾不着刚回国的小龙。银龙心细,抽个傍晚特地到联洋的小龙家去看看。回国后的小龙立即参与了新区海外高层次金融人才的引进:主持招聘熟悉境外期货市场业务的中高端紧缺型人才;发挥他的自身优势,创建博士后工作站;加强内引外联、牵线搭桥,邀请国外著名金融专家、学者来浦东举办论坛和讲座……整天忙得不可开交。玛丽亚把两个孩子送进了小区附近的国际幼儿园,很快就去儿童医学中心上了班。小区物业又替他家物色了一名有经验的也能说些简单英文的涉外保姆。见小弟家已安排得一应俱全,银龙这才真的放了心。

但杜慈心和女儿的事,银龙心里始终纠结得不行。他觉得不管杜慈心怎么对她,这种时候无论如何要帮她一把!好在永真想去佛罗伦萨美院还得先学意大利语,测试及格后才可申请,半年内不会动身,银龙有足够运作的时间。杜慈心爱女儿,对永真寄予很大的期望,为此,她生存的欲望应该会强烈,于是银龙就厚着脸皮一次一次地去杜慈心那里,恰到好处地帮着做点事,见缝插针地开导开导她。也许杜慈心也觉得都到这个时候了,银龙主动来关心也属难得,不忍拂了他的一片好意。再说,这时候也确实需要有人帮她跑跑腿,办点琐事。

宝凤后来又去了镇政府几次,近处远处地打量那位张乐,真是应了"丈母娘看女婿,越看越欢喜"。看着想着,她发现这张乐原来同年轻时候的国弟像透像透——不是说面孔,是腔调!一样的快活人,从早笑到晚,精神头十足,力气像是用不光。宝凤晓得就这么同女儿去讲,她也会听也不要听,前面有过两次,她刚说开口说有人给你介绍……话没讲完,巧巧就说:"又来了,又来了!啥人有兴趣啥人去看!"气得她胃痛。这一次,只能想办法找个机会,让他们自己接触。宝凤悄悄作了一番盘算。

巧巧的女朋友中有些在南京西路一带高级商务楼里著名外资公司做白领的,平时纵横职场,竞争激烈、压力大,休息天就参加一种据说现在全世界都流行的 DIY 手工俱乐部,有织毛线的,有做十字绣的。巧巧因为手巧,被朋友拉了去看,回来她同宝凤讲:"笑煞人啦!一点没技术含量的！织的围巾狗啃样的，收费还大得不得了！"她向女友们建议，可以做司马克，可以学单线勾花，还可以……只要指导到位，就是像模像样的艺术品哎！姑娘们相信巧巧，一合计，仗着有巧巧母女这么强大的技术支持，说要合股开一个更高级的DIY女子会所，连地方都有现成的——一个朋友在静安寺的商住两用楼有套两房两厅的房子，一直出租着。聪明姑娘们越说越兴奋，连名字都想好了，叫"绣寓"。大家要巧巧动员她妈出任技术总监，但宝凤不答应，说这不是又没自由了，想旅游也怕被牵牢了。巧巧再劝，宝凤就骂了，"我吃饱饭没事做了？两代人呀，一个女儿还争争吵吵地把气受够了，一下多出几个女儿，那不是要我折寿？你让我多活两年。"宝凤的顾虑是有道理的，因为这种会所大多夜里做市面。深更半夜地从静安寺赶回来，对习惯早睡早起的宝凤，真是负担。宝凤还反对巧巧她们做这个事，好好地上着班赚着钱，又不缺钞票用，何必穷折腾？不如认认真真先去寻个好老公！巧巧又叫老妈去物色她手下的工人，可人家有工夫就要忙手里的活，家的事还有一摊，特别是这么远的路，晚上没人高兴出门。"绣寓"就这样要胎死腹中了。宝凤突然一想，不会叫张乐帮忙？三林本来就是刺绣之乡，正苦于不能发扬光大哩！叫张乐去同上海小姑娘讲讲浦东"抽绣"的历史，再带她们来看看三林的绣庄，找几个年纪轻点的绣娘去指导……巧巧一定求之不得！

张乐一听，果然非常高兴。镇政府和文广中心为让三林这一古老的刺绣艺术重现魅力，正在千方百计地动脑筋。作为负责文化和宣传的工作人员，这送上门来的好事，他岂能不管？何况，小孃孃还是自家亲眷。

张乐和巧巧在宝凤家见面了。两个当事人完全被蒙在鼓里，张乐热情地向巧巧介绍，说着三林刺绣有着三百多年历史，民国时期、"文革"之后两大发展阶段与其工艺特色。巧巧虽然从妈妈嘴里早就知道三林刺绣有来头，特别是上海开埠以后，随着西方欧美人士的大量进入，西式布艺和对外贸易，使三林刺绣迅速融入西方绣法，但今天从张乐口中，她才全面了解到三林刺绣已有别梗、绕梗、拉丝、开洞、扣针、包针、乱针、套针、影子针等一百三十多种针法，尤其是"抽、拉、雕"三大手法为三林独创，堪称一绝。张乐还告诉巧巧，三林刺绣作为上海及浦东重要的民俗文化，已被上海市政府确定为市级非物质文化遗产。眼下，镇政府和文广中心正通过各种渠道在积极设法对它进行抢救、保护和创新……

张乐口若悬河讲得认真，巧巧却听得嘻嘻发笑，她笑这人太一本正经，"绣寓"不过是投资不大的场所，几个姑娘弄弄试试的，大家都忙得要死，并不真的想出什么大名堂，他却像捞到救命稻草一样，向她拼命宣传……不过，张乐答应帮她们物色几位中老年绣娘，定时、定点前去指导，至于交通，去时可搭当地工厂的班车，回来合着打个出租，最好能报销，反正三林的地铁已在建造之中了。巧巧没想到事情到了张乐这里，会如此顺利，忙说车费不是问题，不过这些三林绣娘要统一打扮：头戴土布头帕，身穿土布衣衫，腰系作裙。她们要么不做，要做，就是高档的、有层次的那种。张乐立即说，这个当然啦！你们设计，我们依人样定做，还要对这些三林绣娘统一培训……

这时候，宝凤老早就故意避开了，和丁国弟一起躲在卧室里，听两人在客厅讲得起劲，捂着嘴巴偷笑。她觉得这开头已经蛮好，但现在还用不着去同大阿嫂说。

五.

老同事聚会，银龙遇着了陆锦明，无意间得知：老陆前两年因早期肺癌做了微创手术，两年后因腰痛复查，开刀的三甲医院主任医生认定是肺癌骨转移，必须立即手术切除。老陆想，脊椎上挖东西，吓人的。况且既然转移，总归凶多吉少；但不开，家人全不支持，只好住进医院去了。谁知手术的前一天早上，主任医生的一个助手，吞吞吐吐说他腰间那个东西可能不一定是癌，要他自己拿主意。老陆找开刀的主任医生，找到傍晚也找不着，可那个助手仍然这么说。不管三七廿一，老陆当夜从病房里逃走了。老陆哈哈大笑说，现在他不是还活得好好的？聚会一结束，银龙就跑到杜慈心那里，把老陆的事告诉她了。杜慈心听了，不响。过一会，她又问银龙：这么关心她做啥？银龙说，他曾答应过她要好好照顾她一辈子，虽说现在不是夫妻了，朋友总可以做。

两个月不到，"绣寓"正式开张。装潢设计是永真参谋的，中西合璧的现代风格，高端、雅致、大气。檀香袅袅、龙井飘香，若有若无的丝竹声里，姑娘们在三林绣娘的指导下，学做上海开埠后就由西方传教士引入的"抽绣"。这期间，张乐同巧巧接触频繁，两人蛮谈得来的，很快成了朋友。张乐还说服三林镇政府以技术入股，成了"绣寓"的股东。巧巧和她的女友们非常兴奋，她们的"绣寓"背靠这棵大树，就有了非同一般的底气，甚至动脑筋要开连锁店了，真是"一不小心把事情弄大了"!

宝凤觉得戳破窗户纸的时间到了,就找到雪妹,一五一十地说了个详细,请雪妹出面,先联手她阿哥阿嫂,再向小伙子本人"挑明"。

其实在此之前,雪妹有一次回娘家,她嫂嫂正在和张乐怄气。张乐一有空就去找爷爷和他的老哥们,对他们从前当码头工人时唱的码头号子兴趣十足。码头号子已经被文化部列入非物质文化遗产名录,有专门的人在整理、保护,要他瞎起劲?但张乐说从小就听爷爷唱号子,他太喜欢了!忙着把爷爷唱的号子一只一只录下来,好一代一代地传下去。他娘骂儿子,"脑子出问题了,都这个年纪了,女朋友还在天上飞,儿子的芽芽也没有,还说什么'传代'!"雪妹就说起她小姑大概看上他了,打听他的情况呢。张乐一听就乐了,开玩笑说好呀好呀,绑个富婆,少奋斗几十年。

雪妹现在听小姑这么一说,没想到事情已经到了这个地步,当然高兴。但张乐之前以为不过是开个玩笑,见事情正经起来,就把个头摇得像只拨浪鼓,明确表示不情愿——丁巧巧家境富有,又是外贸公司的老板,他不想高攀。雪妹的大哥大嫂也同意儿子意见,觉得门不当、户不对,他们小家穷户的,找个普通姑娘就可以了。于是,张乐同巧巧就在朋友关系上止步不前。

杜慈心在银龙的耐心劝说下,终于答应作进一步诊疗。几个大医院的结果并不一致,有说是肺癌无疑,有说是高度疑似肺癌,一位上海很有名望的肿瘤专家告诉她,肺部有肿瘤可以肯定,但良性恶性,只能通过切片化验后才能确定。现在东西不大,手术必须抓紧了做!

终于,杜慈心同意住院手术。

病房里，病友和医生护士都以为银龙和杜慈心是夫妻关系，两人不便解释，干脆默认。杜慈心微创手术的活检结果：肺部的那个肿瘤是良性的！这下，杜慈心如释重负，银龙更是喜出望外。这时，他们才将全部情况告诉了永真。永真为心中一直只想着自己而深深自责，抱住妈妈大哭一场。

出院回家的杜慈心身体没有彻底恢复，银龙就三天两头过来照顾。

杜慈心的哥哥工作实在是忙，都白发苍苍了，自家医院和其他医院的手术一台接一台，还得赴老、少、边地区义诊，有时还要参加国际国内的重要学术会议，完全无暇顾及妹妹。好在妹妹并无大碍，只要休息一些时日就会康复。不巧的是大嫂因在京的小儿媳正坐月子，也腾不出手来相帮。永真虽然愿意陪护在母亲身边，但她不善家务，也不及她爸细心周到。银龙虽无微不至却极有分寸，这让杜慈心暗暗感动。一次不知怎么就说到分手后的感情生活。银龙说有人给他介绍过三位，一位还年轻，娇得不得了；一位一落座就打听工资；还有一位老是房子长、房子短，原来儿子是结婚无房，想一起住进来。杜慈心说她也见过几个，但都有找个带工资的老妈子之嫌，她又气又好笑，从此再不动再婚的念头。银龙笑说只怪从前他太顺着她，她被宠坏了。杜慈心不响。

银龙同女儿说，你妈身体大不如前了，他吞吞吐吐的模样，聪明的永真立即意识到了什么。她见父亲有心复合，便说："我去做老妈的工作，你俩最好还是重新在一起吧。"可是，永真同妈妈一说，杜慈心却连连摇头，说不必了，"你爸是个好人，这次多亏了他，但自己一个人已经清静惯了，多一事不如少一事，再吵起来，怕真的要得癌了……"

尤璐突然托人来找小飞，小飞感到非常意外。尤璐对她这个女儿一直不管不顾，这成了小飞从小到大心头的隐痛。从小在阿奶身边长大，小飞已无法接受另一种与她家截然不同的价值观和人生观。好几年前，铁龙听同去云南的知青朋友说，尤璐后来的丈夫因贩摇头丸被抓，抄家、没收财产，送去青海劳改了。尤璐犯包庇罪也被判了两年，出狱后一无所有，只得回到香粉弄的娘家。眼下，尤延香已经故世，尤母后来也走了。小飞见到亲娘，就是在外公外婆两次大殓的时候。今天小飞重进香粉弄，幼时从云南回来住在这里的情形，历历在目。如今的香粉弄全没了从前的模样，弄堂里干干净净，连路人都没几个。北面的楼房像是都归了南京路店家，南面的石库门老房子依旧，但望进去，大白天里面也不见啥人影。两年多不见，尤璐竟又瘦又老，蓬头垢面的样子，几乎要认不出来了！尤璐看见小飞就哭，说她眼下贫病交加，再找男人已没人肯要，低声下气地求女儿能接济她，说从前她对不起小飞，现小飞骂她恨她，都是她活该，只求女儿不要不管她……望着涕泪长流的母亲，小飞心中翻江倒海、五味杂陈，她强忍着眼泪，留下两千块钱，匆匆离去。

　　走在香粉弄里，小飞的泪水终于夺眶而出。她真想跑到无人处号啕一番，既为可怜可恨的生身母亲，也为自己的命运……

　　小飞把香粉弄之行告诉了阿爸铁龙。铁龙总是往心里去了，嘀嘀咕咕地骂着"自作自受""恶有恶报"，反给马春芳重重地搡了一拳。马春芳说："老古话讲'十年修得同船渡'。小飞她娘年轻时，同你一道在云南吃了多少苦，还给你生了小飞这么好的囡……做人总要念旧，不好盯牢人家的软档不放。作孽噢！"小飞说，她已同丈夫商量好了，尤璐一个人住在香粉弄真的不放心，不如替她找个养老院，把香粉弄的房子装修一下出租，房租就用作养老院的开销。香粉弄这黄金地段的租金想来应该不低，尤璐多少也有点养老金，加起来还不够的话，他们就补贴一点。马春芳当即拿出五百块钱，说小飞一家下次去看尤璐的时候，代买些吃用，算作铁龙的一点心意。

六

英文极好的永真，意大利语学得出乎意料地顺利，考试一次通过。她赴佛罗伦萨美院就读的计划正式启动。永真叫来父母"开会"，说她以为：中国几乎所有的工业设计领域，都在盲目追捧西方的设计技术和理念。国内一些年轻的设计师满足于跟风、模仿和山寨，忘记了自己的文化渊源和传统智慧，这样我们就会永远落在人后！上海要打造成为全球科技创新中心，设计，正是创新创意最重要的助推剂。成为一个勇敢将中国博大精深的历史文化导入超现代发展轨道的优秀设计师，是自己去佛罗伦萨学习的目的，也是她的终身大事。至于婚姻，相信有个好男人在等着她，早晚会在某个时间与之相逢！银龙拍拍女儿的肩膀说："有志气！不愧是金瓦刀的孙女、奚银龙的女儿。"杜慈心也感慨地对永真说："妈妈为你骄傲，也从心里羡慕你！我聪明能干的女儿一定能心想事成！"

永真说，她走之前对父母有一个要求，希望他们复合——复合不同于复婚，他们可以试着谈一场恋爱；可以试着同居，也就是试婚，实在不行，分手也还来得及。她滔滔不绝地说了一大堆理由，银龙早就顺水推舟了,杜慈心却始终不作声。当晚,永真留在茂名路,想好好同母亲再谈谈。

杜慈心心里怎能波澜不惊?她深知自己有容易冲动的毛病。因为冲动,这一生有过好些大错铸成,无以挽回。到了这年纪,她不能再因为冲动使晚年生活陷入糟糕的境地。银龙的心思很明白:毕竟他俩曾经有过轰轰烈烈的爱,他把她从死神身边救出来,共过患难……人到老年,回想起来,弥足珍贵!何况,他们还有一个出类拔萃的女儿!杜慈心觉得,在那命运不可操控的特殊年代,生存需要掩盖了两人的差异和不同,是外因将他们推在了一起。尽管也要死要活了一番,但一旦主要矛盾消失,性格脾气、生活习惯……一道道难以填补的鸿沟横在他们中间。原生家庭不可改变,他与她的不和谐也将永远不可改变!分开后,相似的道德和责任使他们可以作朋友,一旦柴米油盐的天天又混在一起,不是又要鸡鸡狗狗,没完没了?杜慈心从不怀疑银龙是个好人,但他不适合做她的丈夫。

和妈妈躺在一张床上的永真,听完妈妈的心里话,竟然哈哈大笑,说妈妈至今还是一颗少女心。一万斤绿豆里混进两粒红豆,你在中间搅啊搅,希望它们能相遇,可能吗?理论上或许绝对能,可几率是几亿分之一!或许搅上十年百年也搅不到一起。那么,几亿人中,你要找到一个和你非常相似的人,其概率就像那两粒红豆的相遇。永真还说,纵观中外古今,好的婚姻,其实并不非要对方和你相似。夫妻并不是两个同心圆,而是两个相交的异心圆,有的相交部位较大,有的较小。几十年中,这大小也并非一成不变,重要的是在朝朝暮暮中沟通,要用心经营……杜慈心惊讶女儿怎么会有这么多理论和想法,说你难道就不想找一位与你意气相投、生活状态相似的人吗?永真说,这当然好,但她会记得:不必刻意去寻找那粒唯一的红豆。她会永远保持自己红豆的独立,然后在绿豆堆里找到合适的绿豆。红豆、绿豆,不都是豆吗?多多发现对方的好,去扩大他们的相知相交,不要总是挑剔各自的不同。所以,不管婚与不婚,她相信自己都能过得幸福。

杜慈心没想到女儿对婚姻的思考会这么理性和成熟。永真又告诉妈妈,她在大学有过一段初恋,一位很优秀的外系男生与她真心相爱,但男方父母嫌永真是离异家庭,一万个不同意。一气之下,永真把男孩拒了。尽管从此一拍两散,她心里却非常痛苦,一夜夜地失眠……后来再有男生向她示好,她都一概拒绝,哪怕真是很有诚意者。永真知道自己的心理出问题了,就找了心理医生。心理医生说,初恋分手本是非常正常的事,但伤及她的自尊和自信,确与父母的离异有关。父母分手后竟一起瞒骗了女儿好几年,他们巨大的隐忍和牺牲使一个家庭正常的变故显得极不正常,在她的心中,更被放大并产生了巨大压力。永真是因此喜欢上心理学的,她劝妈妈也多多地看看心理学的书,作为一个人,学这学那,为什么不学学研究自己内心的学问?

永真的这些话,在杜慈心的心里引起针扎般的疼痛……杜慈心曾经多么希望女儿能幸福,不要重蹈她的覆辙,没想到女儿却因为自己受了伤。眼泪汩汩地流出杜慈心的眼眶,她却不敢出声。黑暗中,永真还在说:"妈妈你这人不行,凡事爱钻牛角尖,就是少不得爸爸的照顾!有人肯这么呵护你,别不知足。我明白地告诉你,你们不复合,我就不结婚!"

虽然明知永真说的是气话,杜慈心还是被击中了软肋,她立即说:

"那，让我考虑考虑。"

过了几天是杜慈心的生日，银龙一早就买菜上门，说永真马上就要走了，三个人一起聚聚。杜慈心笑说银龙的厨艺今非昔比，银龙说那是因为女儿爱吃她烧的菜，逼出来的。正说着，永真拎着一只漂亮的奶油蛋糕来了，她说，她看到父母一起在厨房间的画面就感动，希望老爸老妈别让她再失望了。银龙以为杜慈心会不让女儿再说下去，谁知前妻竟然大大方方地说："奚银龙，要不真的试试？我现在算明白了，人海茫茫，十全十美的哪里找？你这戆老头子也没人要。我这里呢，看在女儿面上，马马虎虎混混算啦，至少你不会要我当老妈子服侍对吧？"永真一手一个地搂住她的父母，开怀大笑。

近半年过去了。因为永高一直不回来，唐引娣天天同金龙和雪妹吵着要见孙子，她要他们带他去永高的农庄，说这个农庄她也有份的，因为她给了永高钞票了。起初，雪妹以那里还一塌糊涂为由把唐引娣糊弄过去了，时间一长，说永高忙、永高出差统统没用，老阿奶敲着拐杖骂人了，骂金龙好歹不识，把一个好儿子气得爹娘不要。眼看中秋将至，雪妹也一心希望金龙和儿子的关系恢复正常，但金龙看死了儿子是"不见棺材不落泪"，等着他失败，在事实面前不得不低头。

这天，厂里有人告诉他："你儿子出名啦！"说在昨夜的电视新闻里看到永高了！说他带领一帮年轻人组成的创业团队，在浦东海边搞现代化有机绿色农业，代表方向什么的。金龙大感意外，立即令秘书在电视上把这个节目找出来，他要看回放。关在董事长办公室里，金龙看了一遍又一遍。电视里说，风投公司对永高他们的商业计划书产生了很大的兴趣，尤其是对负责人奚永高的执著、创业团队成员的能量等等非常看好。在争相投资的几家公司中,他们最后挑选了一家著名的投资公司。第一笔天使资金很快到位,随着第二期工程上马,更大的融资正在跟进……

吃午饭的时候,金龙跑到财务处找雪妹,说:"自家一只会生蛋的老母鸡,给人家抱得去了!"

金龙夫妻以阿奶吵着要看孙子为名,带上唐引娣,开车来到了永高的"绿源农庄"。

父子俩心照不宣。但永高依然很激动,爸爸这么快就主动和解,于他是利好。老阿奶望着绿油油的大地和满圈活泼泼的苗猪,更是开心得不得了,口口声声说永高有出息,是做大事情的人!还说她今天不走了,要雪妹帮她回去拿衣裳铺盖再过来,她说她喜欢这地方,准备住在这里了。

永高急了,说眼下这里还非常艰苦,他们住的都是简易工棚,食堂里的饭菜也不合老人胃口,等日后宿舍楼造好了,一定接阿奶来住。唐引娣指着不远处一幢"尼姑顶"的老屋,说这房子像是没人住,她最喜欢这种老房子了。原来这一带本来有个小村宅,十来间破旧农舍,就数这幢老屋最好。永高还是小时候在奚家桥北面看到过这样的"尼姑顶"房子,白石灰山墙是个很大的半圆,两头尖尖翘起,上面密密一排黑瓦,就没让拆。因为他想起了小学毕业那年暑假,他同永真一起画那房子,说好看。大大告诉他们,这种乡下叫"尼姑顶"的屋山脊,学名叫"观音兜",是西洋货,属欧洲流行的巴洛克风格。永高想,这种房子现在少见,尽管普通,毕竟是浦东地方原住民的老宅,留着挺有意思。这屋子旁边有棵不大不小的白果树,比房子高出几丈,树冠蛮大的,夏日里好遮阴。唐引娣说她要住到那个老房子里,她会自己烧饭吃,门口种点小菜,再养几只鸡和鸭……金龙哭笑不得,说老娘你这是倒退!一个现代化农庄里,养个上世纪的老太,实在让人笑话,示意雪妹好哄老人回去了。

雪妹就搂住婆阿妈的肩,好声好气说:"阿妈呀,会让你来的。这房子现在破得来,龌龊煞咯!"

唐引娣竟像个孩子似的,双手紧紧抱住身旁的栏杆,嚷着:"我不回去,我不回去。"

金龙还想说啥,永高突然上前来,扒在阿奶的耳朵边大声说:"阿奶!阿奶!我要你留下来,一定让你住到老房子里去。我这里少不得你呢。不过,过一个礼拜,等我把房子收拾好,我再来接你,好哦?"

唐引娣立即答应了,"好!好咯。"

"永高你不要瞎起哄,老阿奶脑子清爽着呢。"雪妹小声对儿子说,"她会天天缠着不放的。"

"不哄她,真的。阿奶是个宝,我们农庄的老宝贝。"

金龙虽然也是一腔疑惑,却对雪妹说:"随他吧。"他知道儿子又在动什么脑筋。永高用阿奶的头像注册了"养猪阿奶"的商标,宣传起来很有效,这让他不得不佩服这小浮尸的心计。三十而立,自己在他这个年纪,不是也在千难万难中,硬把做不得的印刷做起来了?

金龙猜得没错。永高说阿奶是老宝贝,里厢真是有"花头"的。从小在农村长大的永高,虽然也漂洋过海吃了洋面包,拿了洋文凭,但对从小生于斯长于斯的农家生活再熟悉不过且非常有感情。他感慨现在上海的小囡别说韭麦不分,连大米从哪里来都不晓得了。绿源有机农庄刚在此地挂牌,地里还种着水稻、棉花,收获产出尚有待时日。永高灵机一动,设计了一个项目,组建了一个精干的小组,首先推出"当一天小农民"的活动,定在国庆期间正式开张。没想到这个项目成本低,来钱快,影响大。虽说进来的钱不多,但每个月的收益对付农庄的水电煤等日常开销,足足有余,更为绿源做了个大广告。这个活动一般都是早上有车子到公交站去接,或自驾而来,一个孩子可陪同一到两位家长。像眼下这种稻熟季节,八岁以上的小孩一人可领一把镰刀,跟着任技术指导的老农,由家长陪同着去田里割一把水稻,让孩子们知道,我们天天吃的大米原来是这么来的。在大地上劳作、流汗,出力,他们就体会到了"粒粒皆辛苦"的含义。然后,带他们去磨房推磨、磨粉,再按当地农家的手法,做一屉夹沙米糕或者饭瓜塌饼。爸爸妈妈是学做叫花鸡。午饭,除了他们这些劳动成果,还有鱼塘里的鱼做的汤和菜地里的新鲜蔬菜。饭后,孩子们可以去鱼塘垂钓,可以去棉田采一朵新棉,看农民奶奶怎样把棉花纺成纱线、织成土布……他们还会得到一份做小小稻草人的全套材料,然后做出一个有着帽子和一身土布衣裤的稻草人。夕阳西下,孩子们带着金色的稻穗、洁白的棉花、自做的蒸糕,家长们带着农场买的绿色的机蔬菜、瓜果和鸡鸭,满载而归……没想到这"做一天小农民"的活动,孩子们高兴,家长们满意,试运行至今没多少时日,经口口相传,要到网上预约才能成行。

都说小孩的钱好赚,虽说只有双休日、节假日和寒暑假,赚头不大,但细水长流,这钱还来得有意义。永高团队决定,这个项目必须在原有基础上扩大。老阿奶的到来,等于是提醒永高,因为她,这项目又可多一个内容——这幢老屋虽然不是名胜古迹,却是地道的浦东民居。

把它布置成传统农家的样子，摆上农具、家具，岂不是浦东原住民的一个陈列馆？老阿奶本是农村生活的万宝全书，可以通过她培养出几位"难不倒"的讲解员。老阿奶又说得一口地道的浦东土话，可以教孩子们农谚及乡土儿歌，还可以让孩子猜猜普通话翻成"本地闲话"该怎么讲？永高有个高中同学现在大学研究方言，说上海市郊的㑚傣话，包含二十个元音，在世界七千多种语言中，实属数量之最，是世界方言中的一朵奇葩。虽然㑚傣话中心区域在奉贤、金汇，但浦东方言也属它的范围。比如把漂亮说成"趣""下半夜"说成"奥卞牙"……眼下，连上海话都面临消失的危险，更别说浦东方言了，所以，老阿奶这样的老一辈农民，怎不是一件大宝贝？

一星期后，永高果真开车来接阿奶了，金龙雪妹两夫妻也开车跟了过来。他们的想法是，毕竟老人年纪大了，一个人住怎么放得了心？先让她住两天，后面的事后面再说。

唐引娣一进那个"尼姑顶"山墙的老屋，就眉开眼笑。屋里已经按照从前殷实农户的样子，布置得舒舒齐齐。尤其是那张雕花的木架子眠床，还挂上蓝印花布帐子——唐引娣当年嫁过来的时候，就是这样的一张床呢！堂屋和里屋的地面，敲掉水泥换了青砖，如真做成泥地，要泛潮，还龌龊。后门做了个灶间，接了自来水，还砌好一只乡下土灶，灶壁上用黑墨画了灶花，牡丹鲤鱼啥的，趣透。据说，灶花也是有讲究的，有画五彩灶花的，不过是在奉贤、金山地方；㑚浦东的大土灶，只画黑白的灶花。黑白的灶花，看来清爽、大气。唐引娣的后房，住了两位女青年，永高说夜里有啥，也有个照应。永高问阿奶："这房子你可称心？"唐引娣连声说："称心、称心！"她指着全屋的东西，问孙子都是从哪里弄来的？永高说，是变戏法变出来的。唐引娣笑了，说你骗不了我，一定是从动迁的地方收得来的——现在动迁的地方多，蛮好的老东西都不要，卖掉，三钱不值两钱，想想都心痛！

几天后又是国庆长假。绿源农庄因为"当一天农民"活动显得好不热闹。唐引娣天天搬张竹椅子坐在老屋门口，一群群来当"小农民"的小孩围着她，嘻嘻哈哈，好不开心。大约是心情好了，吃的又是自己农庄的新鲜菜蔬、鸡鸭鱼肉，老人精神头十足，面孔也红堂堂的。儿子、婆阿妈都在这里，雪妹国庆期间也住在这里了。雪妹看到农庄里基本都是年轻人，小姑娘也有十来个。大家都说普通话，听口音，外地人多。雪妹的目光一直在女青年之间打转转，看着她们都朝气蓬勃的样子，心想：这么些姑娘堆里，该有看得中儿子的，也会有被永高看中的吧，她会是哪一个呢？……金龙在农庄里里外外走了一圈，作为一个成功的企业家，他很快明白了风投为什么对绿源有兴趣。想想自己办印刷厂的时候，那才叫走投无路啊！儿子现在的客观条件比那时真不知好到哪里去了。再说，他学了一肚皮的知识，无论如何要比自己强得多。再想想，企业家的第二代不肯接班实在不稀奇，比比那些不成才的、败家的富二代，永高还算争气，还是值得自己骄傲的。他决定回去同雪妹商量个数字，在绿源入点股，也算对儿子的支持。

国庆后，天一天比一天凉了，露水亮晶晶的，冷空气一来，怕要打霜了。雪妹说应该把老阿奶请回家了，怕有个伤风感冒，给永高他们添乱。但唐引娣不肯走，说在这里身体邪好。她还在旁边开了个小菜园，落籽种了点鸡毛菜、萝卜、韭菜啥的哩。

七

农历十一月初八，是唐引娣的八十五岁大寿，正巧是个礼拜天。小辈们早就策划了给老阿奶好好过个生日。地点，就定在绿源农庄。这一天，奚家人开来的车子，在"尼姑顶"老屋的周围停足停满。奚家早有了第四代，大孙女小飞的儿子果果已经上了幼儿园，肚子里的老二春三月间也要出世了。小龙的"麦狗"和"大牛"一下小车就在这里满世界奔跑，听说春天这里可以找蝌蚪、夏天可以捉知了，玛丽亚高兴地同小龙叽里咕噜不晓得在说点啥。小龙说，让孩子亲近自然，在大自然中长大，一直是玛丽亚的愿望，也是到了上海后唯一的缺憾，没想到如今解决了。她说一定会带着孩子常来，还会把农庄介绍给她的外国朋友们，他们一定会高兴坏了。宝凤和巧巧到得晚，说是等店里的蛋糕做好才出发过来。最后到的是银龙。最叫唐引娣意外的是，银龙带来了小杜，说二人已经重归于好了。巧巧的男朋友今天还是第一次上门，这个圆圆脸、大眼睛、一直笑嘻嘻的小伙子，竟是雪妹的娘家阿侄！唐引娣开心得来，一直笑、一直笑。热热闹闹的中饭，是在老房子的客堂里吃的，两张圆台面和长凳、碗盏碟匙，都是从食堂里借来的。全家四代人挤挤挨挨地坐在一起，只有永真不在。永高想用手机开通视频，但这会儿，佛罗伦萨天还没亮，永真一定还在睡梦里呢。宝凤给老寿星套上一件大红织锦缎的罩衣，许是喝了点酒，唐引娣的面孔红扑扑的，像掸了胭脂般，趣来。

吃好饭，永高带大家去农庄里参观。绿源农庄虽然还处于开发阶段,但蔬菜大棚、养猪场和养鸡场、养鸭场,包括休闲度假区,都已初具规模。宝凤和雪妹叫阿妈上床去歇息,唐引娣不肯,说天这么好,日头这么旺,她想到门口晒太阳哩。宝凤立即搬了张高背藤椅,把唐引娣携去坐好,才拉上雪妹追家人去了。

刚刚还闹哄哄的老屋,现在清静了。有两只喜鹊在头顶上飞过,唐引娣耳朵不灵,"喳喳"的叫声一点听不见。她望着子女们远远的身影,自言自语:"年轻好啊,会跑会跳……现在别说跑,连走路都要用撑腰棒了。"一阵风吹来,唐引娣觉着凉,正好睡在她后房里的一个小姑娘回来拿东西,就叫她:"阿妹啊,帮我到床上拿条毯子来。"这姑娘不但拿了毯子相帮铺在阿奶膝上,还特地倒了杯热茶,送到她手里。

坐在暖烘烘的太阳下,唐引娣有些犯困,没精神。是上半日看到小杜、看到巧巧的男朋友,开心过了头?还是说多了闲话,再喝了一盅甜酒?真是不中用啦!又一阵风吹来,白果树的叶子纷纷飘落,窸窸窣窣,像在落雨。没想到半日工夫,地上就铺了一片金黄。辰光到了呢,老天安排白果树树叶是一定要落光的,不落光,明年新叶子哪能长?有片"小扇子"正如飘到唐引娣的胸口,她伸手拈住了看。记得廿岁那年,她已经定了亲了,宅上要好的新嫂嫂拉她一道去赶庙会。戏台上有人在做戏,不是戏班子,是穿便装的,像是乡里的年轻人。新嫂嫂凑过来,在她耳边上说:"看,穿蓝衣裳的,就是你男人,叫祥生。"她的心咚咚地跳,真的啥也没看清,红了面孔赶紧低下头。匆匆间,只记得他很瘦,面孔上涂了红红的油彩。他唱的申曲,倒听得清清楚楚,"白果树落叶黄呀黄澄澄……"她心里想,倒是会唱的,难怪媒人说他聪明。隔年的正月初三,她就嫁过去了。怎么像在眼前的事呢,一眨眼,都当了太婆了！从前大家都说她是苦命人，五岁那年，爹娘一个年头、一个年尾，双双殁了。她被一直没生育的唐家抱去做了养囡，改名引娣，可一直"引"不来兄弟。唐家也穷，养母脾气坏，日子实在不好过；后来自己生儿育女，没有公婆搭手，也苦。肚皮里不停地有，有了囡她就腌一瓮咸菜，产前产后弄不动吃食了。春天里，老大金龙糊了只鹞子，牵着线在田埂上奔，后头跟着四个阿弟一个阿妹，一长串。笑声、叫声，也是一长串，响到天上去。她看着他们，巴望着子女们快快地大起来，五个儿子顺顺当当地讨进五房媳妇，成五户规规矩矩的人家，都住在她的老屋前后。只望风调雨顺，熬辛吃苦地做，土地就不会欺瞒人。哪晓得这些小浮尸一个个都不安心种地，千方百计朝外跑⋯⋯不过现在想想也开心，日子都过得好咪，好透好透。奚家宅人哪个不说她福气好，儿子女儿不是当老板发财，就是有知识、当官。其实呢，她从来心平，不想他们升官发财，不想他们房子大、钞票多，她只要他们太太平平、团团圆圆。

太阳底下坐久了，到底暖。暖洋洋、暖洋洋，暖得人不想动，暖得人只想睡觉。唐引娣拉了拉毯子，闭上了眼睛，真的想睡一歇。可眼睛前头都是红光，红亮红亮，这是日头晒着眼睛。天上的日头也稀奇，树会老，人会老，日头不会老。小时候，结冰打冻的天，冷得牙齿打抖"答答"响，她只巴望日头天天出来，日头一出来，她就对它闭着眼睛，眼睛前头一片红光，比灶火暖热。可红光中，怎么看到金龙他爹呢？他笑嘻嘻地朝她点头，好像还在说啥。说啥呢？现在耳朵不好听不见的。又像是听见手里的茶杯掉在地上，脆脆的一声。是碎了？想要去捡，却没有力气，动不了。她想站起来，挪一挪，两只脚不会动，一点也动不了，像是在地上生了根了。这根生得邪快，水流样地快，大大小小、粗粗细细、密密麻麻的，一直朝地底下伸去，伸下去。她的身子，也在这片暖洋洋的红光中软下来，软下来，像蜡一样慢慢化开，渗进土地里，渗得老远，远到看不见，同大地烊在了一起。

日头还是老高老高，喜鹊还在头顶飞，白果树小扇子样的叶片，还在簌簌窣窣地掉落，远远近近的人们都在忙着他们要做的事，谁也没有去注意这个藤椅上已经睡去了的老寿星。她嘴角弯弯，在笑，她那喝了寿酒后显得红堂堂的脸上，像涂了一层蜡似的发出一种特别的光亮，但有一滴难以觉察的泪珠，从她的眼角悄悄滚落，流入了银白色的鬓角深处……

后　记

　　这小说完稿时，距离二〇二〇年四月十八日还有一个多月。一九九〇年四月十八日，党中央、国务院正式宣布"开发开放浦东"，距今已近三十个年头了。

　　三十年，弹指一挥间！

　　一九六五年，我考上浦东的一所寄宿制高中。每当周末，全家的晚饭都提前吃好，碗筷不及收起，父亲就对我说："早点走吧，要过江呢！"那年月，过江是件大事。从灯火辉煌的外滩乘市轮渡到浦东，没走多远就见到农舍和菜地。出门晚了，黑咕隆咚的，一个十五六岁的女学生独行，家长不放心。今天听来，那像是一个笑话：这段路，乘坐如今的地铁二号线，只需两站地。可就从那时起，浦东，同我的生命联结到了一起。进校后学工、学农以及"文革"中的教改实践，使我有机会深入到附近的工厂、码头，甚至更远的农村。比起繁华拥挤的市中心，质朴而开阔的浦东，就像另一个世界。

　　更没想到，一九八〇年，我成了浦东人的媳妇。婆家在川沙农村，公婆子女众多，是个和睦、上进的大家庭。和小说中的吴家五子一女一样,年轻一代都巴望着能离开这块虽然富饶肥沃却容纳不下过多人口的土地,且从未停止过苦苦地努力……浦东的开发开放,给他们带来了希望和新生。逢年过节回婆家,目睹亲友们从生活到理念的步步嬗变,常常令我欣喜。那些带着欢笑,也带着眼泪的点点滴滴,汇集进我的创作素材库里,日积月累,竟日益丰盈。唐引娣与她的一家,在我的脑子里慢慢成型。我知道这部小说,会有这样那样的欠缺与不足,也可能会稚拙,会粗糙,但半个多世纪的人身体验、四十年浦东媳妇的生活积淀,给了我创作的勇气和自信。我要努力使笔下那些浦东特有的生活习俗与乡土气息,尽可能丰满而浓郁;小说中那些浦东的男人和女人,尽可能鲜活又可爱;那些过去的和当前的细节,尽可能独特和有趣。小说写人,写出浦东原住民们与众不同的风貌,是我的文学追求。

我年轻时下乡当过两年公社干部,后来也接触过不少外省农民,总觉得浦东的农民,真的与别的地方两样。由于地域的、历史的原因,他们家中多半有在市区大厂上班的产业工人和干部,其视野、胸襟、素养及文化水平,自是要好一些;生活状态也显得和面朝黄土背朝天的农民兄弟很不相同。比如"礼拜"这个西方宗教名词,在全国大多数农村的口语中,恐怕是个稀罕词。可在浦东,自上海开埠以来,西方的以周计日就同他们的生活息息相关。一到礼拜天,市区上班的男人要回来,这是浦东人家不可忽略的日子。"今朝礼拜几?"你问宅上任何一个男女老幼,一般都不会弄错。近代工业文明与古老的农耕文明相融合,应该是浦东地方特有的印记。

为了更好地开掘这个题材，我曾花了不少时间去查询和采访。如果说，原住民们在这些年里命运的跌宕起伏，只是我的感性认识；大量的资料阅读，才使我领悟到：浦东的开发开放，是当时中国社会发展的必然，是上海这座东方大都市振兴的必然，也是全国人民和上海人民必然的、必须的选择。而我们的总设计师，审时度势，以他的英明和远见卓识，吹响了浦东开发开放的进军号！

三十年历程艰苦卓绝！浦东开发开放的一代勇士，名垂史册。我的这个小说，力图对此有所表现。

去年仲春，我的母校因校舍老旧要推倒重建，老同学们重回一别五十余年的校园。母校地处陆家嘴金融开发区中心，被世界著名的大银行和中国的各大银行团团包围。金融素养，已成为母校的特色教学，而她的学生，大多已是新浦东人的后代。出了校门，便是金贸大厦、环球金融中心、上海中心，巍峨的"陆家嘴三大件"直插云霄。宽阔的大路上车水马龙，年轻人匆匆上下班，老人们喜笑颜开地去聚会，幼儿园的孩子们排着队出来游玩……多么祥和、美好的画面啊！可路上的人们，你们会不会想起，这儿曾经有过怎样的艰辛拼搏，是何等惊心动魄的建设者们的"战场"？会不会想起，三十年前那些"垦荒牛"们，在此创建了奇迹与辉煌？会不会想起，有多少年轻人在这前无古人的奋斗中踊跃成才……

就是想不起又怎样呢？激情燃烧已成历史，岁月静好才是今天的向往。"把不可能变成可能"的浦东精神，就是中国精神，它早已融入我们的血脉，流淌在为实现中国梦的努力之中。

感谢上海文艺出版社对我始终如一的信任和支持，也感谢我的好友潘阿虎、凌耀芳对我一路的鼓励与帮助。

陶玲芬
二〇二〇年三月

图书在版编目（CIP）数据

浦东人家/陶玲芬著.-上海：上海文艺出版社.2020.4（2020.12重印）
ISBN 978-7-5321-7542-0
Ⅰ.①浦… Ⅱ.①陶… Ⅲ.①长篇小说－中国－当代
Ⅳ.①I247.5
中国版本图书馆CIP数据核字(2020)第031214号

2019年度上海文化发展基金会资助项目

发 行 人：毕　胜
责任编辑：李　霞
封面设计：丁旭东

书　　名：	浦东人家
作　　者：	陶玲芬
出　　版：	上海世纪出版集团　上海文艺出版社
地　　址：	上海绍兴路7号　200020
发　　行：	上海文艺出版社发行中心发行
	上海市绍兴路50号　200020　www.ewen.co
印　　刷：	崇明裕安印刷厂
开　　本：	890×1240　1/32
印　　张：	9.5
插　　页：	2
字　　数：	226,000
印　　次：	2020年4月第1版　2020年12月第2次印刷
ＩＳＢＮ：	978-7-5321-7542-0/I · 6003
定　　价：	45.00元

告读者：如发现本书有质量问题请与印刷厂质量科联系　T:021-59404766